KB155470

회귀자 사용설명서

WISHBOOKS FANTASY STORY

회귀자
사용설명서 23

흙수저 판타지 장편소설

초판 1쇄 찍은 날 | 2020년 4월 10일
초판 1쇄 펴낸 날 | 2020년 4월 20일

지은이 | 흙수저
펴낸이 | 예경원

기획 | 위시북스
편집책임 | 이은송
편집 | 위시북스

펴낸곳 | 예원북스
등록번호 | 제396-2012-000132호
등록일자 | 2012. 7. 25
KFN | 제1-520호

주소 | 경기도 고양시 일산동구 호수로 646-24 위너스21II빌딩 206A호 (우)10401
전화 | 031-819-9431 팩스 | 031-817-9432
E-mail | yewonbooks@naver.com

ISBN 979-11-365-2091-3 04810
        979-11-6098-877-2 (set)

23
회귀자 사용설명서
흙수저 판타지 장편소설
WISHBOOKS FANTASY STORY
Wish Books

회귀자
사용설명서

CONTENTS

155장
너의 죄를 사하노라

"당장 가져오라는 내 말이 들리지 않는 것이냐!"

'어우······.'

"이 죽일 놈들! 이 악마에 홀린 놈들이! 감히! 누구에게!! 그 딴 개소리를 지껄이는 것이냐! 감히 누구에게!!"

'얘, 왜 이래, 진짜.'

"아니다! 차라리! 이단 심문관 헬레나를 불러와라!! 이것들의 머릿속을 조사해 봐야겠으니!! 든 것 없는 저 머리통 속에 정말로 악마가 들어 있는지 직접 확인해 봐야겠다."

'그렇게까지 할 필요 없어요, 교황님. 이제 슬슬 그만해도 될 것 같아요.'

"괜찮습니다, 교황님. 그렇게까지 성내실 필요 없습니다. 저들의 마음도······ 이해할 수 있습니다."

"명예추기경……."

"여신님과 교황님을 아끼는 마음에 올린 충언이 아니겠습니까. 저 역시 이대로 여신님의 성소로 들어가는 건…… 역시나……."

"무슨 소리를 하는 겐가, 명예추기경. 베니고어 여신님께서 명예추기경을 버릴 리 없지 않은가."

확실히 버릴 일은 없다. 내가 베니고어를 버렸으면 버렸지.

"그러지 말고 어서 가게나. 저 아둔한 성기사들의 말에 흔들릴 필요도 귀를 기울일 필요도 없네. 겉만 볼 줄 아는 멍청한 놈들……."

"그들을 너무 나무라시지 않았으면 합니다. 나름의 사정이 있을 테니…… 콜록."

"오…… 오빠."

"성기사들은 단지 본인들의 역할에 충실했을 뿐입니다. 부디…… 흥분을 가라앉히셨으면 합니다. 그리고…… 제 부축은 그들에게 맡기고 싶습니다. 저를 믿어주시는 건 너무 감사합니다만……."

"……."

"혹시나 해가 될까 무섭습니다."

이때라는 듯 슬쩍 성기사들을 바라보자 녀석들이 묵묵히 이쪽으로 발걸음을 옮기는 것이 시야에 비쳤다.

무척이나 감동한 듯한 표정이 얼굴에 드러난 것은 당연한 일이다. 본인들이 잘못 생각했다는 듯 반성하는 반응은 덤.

마음 약한 한 성기사는 입술을 꽉 깨문 채로 흘러나오려는 눈물을 애써 참아내고 있었다.

그들이라고 왜 슬프지 않겠는가. 대륙을 밝게 비추던 빛이 악마의 저주에 의한 부작용에 숨을 헐떡거리고 있다. 입장상 어쩔 수 없는 태도를 취했을 뿐, 그들의 마음 역시 바젤 교황과 별반 다르지 않으리라.

"교황 성하. 저희에게 맡겨주시면 최선을 다해 명예추기경님을 보필할 수 있도록 하겠습니다."

"그래야 할 것이야. 혹시라도 명예추기경의 신변에 이상이라도 생긴다면 내가 절대 네놈들을 용서하지 않겠다."

"명심 또 명심하겠습니다."

이윽고 기사가 내 옆으로 다가와서 조용히 중얼거렸다.

"정말…… 정말 죄송하고…… 또 감사합니다."

"죄송하실 필요도, 감사해하실 필요도 없습니다, 로라 성기사님."

깜짝 놀라는 얼굴. 자신의 이름을 기억하고 있을 거라고는 생각하지 못했던 것이 분명하다.

물론 실제로 이름을 기억하고 있지는 않다. 그저 상태창에 떠오른 이름을 그대로 읽었을 뿐이었지만, 눈을 보니 감동에 빠져 허우적거리고 있었다.

"죄송…… 합니다."

"괜찮습니다. 저는 신경 쓰지 않으셔도 됩니다."

아주 잠깐이나마 명예추기경을 의심한 것에 대한 후회가 바젤 교황을 보필하던 성기사들 사이로 퍼져 나간다.

순식간에 그들의 얼굴에 정체 모를 책임감이 감돌고, 다시 한번 나에 대한 확고한 믿음이 자리 잡히는 게 눈에 보인다.

이것보다 더 가슴 아픈 장면이 또 있을까.

선희영과 엘레나는 무척 다행이라는 듯 가슴을 부여잡고 커다란 한숨을 쉬고 있었지만, 김현성은 계속해서 경계를 늦추지 않았다. 겉으로 드러나 있지는 않아도 이쪽과 일정 거리를 유지하려고 하는 모습이 시야에 비쳤다.

"언제부터 그렇게 된 겐가."

"얼마 되지 않았습니다, 교황님. 갑자기 눈앞이 깜깜해지면서…… 솔직히 저도 잘 기억이 나지 않습니다. 아마 빛의 검사에게 들었던 것과 크게 다르지 않을 겁니다."

"그렇군……."

"심려를 끼쳐 죄송합니다."

"아닐세. 그런 말 하지 말게, 명예추기경. 이게 전부 다 내가 부족해서 벌어진 일인데, 누가 누굴 탓하겠는가. 미안함을 표시해야 할 사람은 나야. 실망하지 말고, 포기하지 말게. 여신님께서는 그 누구보다 명예추기경을 아끼고 있으니……."

"아뇨, 그뿐만이 아니라……. 제가…… 이 이전에 했던 일들을……."

"……들었나 보군."

"자세히 전해 듣지는 못했습니다."

"그 어둠은 명예추기경이 아닐세. 내가 아는 명예추기경은 그 누구보다 따뜻하고 자신을 희생할 줄 알며 신을 위해 모든 걸 바칠 수 있는 사람이야. 그게 내가 생각하고 느끼고 있는 자네라는 사람이야. 어둠에 굴하지 말게. 말하지 않았는가."

"……."

"내 눈에는 아직도 명예추기경의 가슴속에 있는 빛이 보여."

"아직도 그렇게 생각해 주시니……. 너무나 감사할 뿐입니다."

바젤 교황과 이런저런 이야기를 나누다 보니 여신의 석상까지 도착하는 것은 순식간이었다.

본래는 이것저것 여러 가지로 몸을 조사한 이후에 들어가야 하는 것 같았지만, 역시나 성미가 급한 바젤 교황다웠다. 일단 여신님께 데려간다면 뭐든 해결이 될 거로 생각하는 것이다.

내 속에 있는 빛이 사그라들었다고 생각했다면 절대로 할 수 없는 행동으로, 솔직히 바젤 교황으로서도 위험이 따르는 행동이었다.

만약 내가 이 모든 상황을 연기한 것이고, 둠기영으로서 여신의 심장부를 노리기 위해 교황청에 침입한 것이라면 현재 바젤 교황의 행동은 이후 문제의 소지가 될 확률이 높다. 교황의 자리에서 내려오는 것은 물론이거니와 다른 추기경들에게 물어뜯길 가능성 역시 농후하다. 그러니 어찌 감사를 표하지 않을 수가 없겠는가.

"이 모습으로 여신님을……."

"여신님은 명예추기경의 모든 것을 용서하고, 품어주실 것이네."

"쉽사리 용기가 나지 않습니다."

"함께 들어가게나."

'물론 같이 들어가야지.'

김현성도 굳은 얼굴로 함께 발걸음을 옮긴다. 정하얀이나 엘레나 역시 마찬가지.

'얘들아……:'

눈에 띄었던 것은 분위기.

'이건 진짜 감동했다.'

입술을 꽉 깨물고 무거운 얼굴로 성소에 진입하는 걸 보면 답이 나온다. 어쩌면 베니고어가 정말로 나를 적대할 수도 있다고 생각하고 있는 게 틀림없으리라.

베니고어가 이 사태를 해결해 줄 수 있다면 쾌재를 질러야 함이 맞지만, 혹시나 현재의 모습에 크게 분노한다면 어쩔 수 없이 칼을 빼 들어야 한다고 생각하고 있는 게 눈에 보인다.

'키야, 우리 현성이가 베니고어까지 적으로 돌리려고 하네. 대단하다, 증말. 그래, 하얀아. 너는 그럴 것 같았어. 그래도 고맙다, 진짜. 엘룬은 아니니까 엘레나도 그럴 만하지. 암, 그렇고말고. 희영이도 넘나 고마운 것. 우리 같이 가즈아.'

교국의 그 어떤 장소보다 성스러운 장소였지만, 함께 들어온 파란 길드원들에게는 돌아가지 못할 수도 있는 던전 같은 장소로 비치고 있으리라.

아직 모습을 보지 못한 다른 길드원들 역시 그렇다. 포인트마다 대기하며 혹시라도 일이 터졌을 때를 대비해 퇴로를 확보하고 있고, 붉은 용병의 일부와 검은 백조까지 교황청 안에서 대기하고 있는 상황.

애초에 베니고어는 나를 적으로 돌릴 수도 없지만, 이런 상황에서 적으로 돌린다면 커다란 손실을 각오해야 할 것이다.

'그나저나 얘는 반응이 없네. 지금 바쁜가.'

바쁜 시기가 맞다. 위에서 정확히 무슨 일이 일어났는지는 모르겠지만, 베니고어 2.0 패치를 준비하고, 계약에 관련된 부분을 정리하는 중이라고 생각하면 현세를 돌볼 여유가 없는 것도 이해된다. 만약 모니터링을 하고 있었다면, 내가 직업 전환을 보여준 시점에서 퀘스트를 날리지 않았을까.

'아무리 바빠도 여기서 울리는 목소리는 들을 수 있겠지, 뭐.'

한번 본 적 있는 베니고어의 석상이 나를 내려다본다.

바젤 교황은 어느 순간 기도를 드리고 있었고, 성기사들 역시 본인들의 신앙과 믿음을 노래한다.

따뜻한 빛이 스테인드글라스를 향해 들어오고 있었고, 대충 눈으로 보이기만 해도 압도적이라는 생각이 들 만한 신성한 광경이 연출되고 있었다.

'베니고어 님. 충실한 종, 이기영 신도가 찾아왔습니다.'

속으로 힘껏 외쳤지만, 들리지 않는 여신님의 목소리.

바젤 교황 역시 커다란 목소리로 베니고어의 이름을 부르고 있었다.

"위대하고 자애로운 여신이시여, 보잘것없는 종들이 찾아왔

사옵나이다. 우리가 직면한 상황에 대한 답을 부디 내려주시옵소서."

"그 아름다운 목소리로 이 불쌍한 종들을 바로잡아 주시옵소서."

그럼에도 불구하고 이 여자는 대답이 없다.

'와, 이거 업무 태만 아닌가?'

여기서 베니고어의 목소리가 들리지 않는다면 상황이 조금 심각해진다. 빛 하나 내뿜지 않고, 묵묵히 그 자리를 지키고 있는 석상을 홍두깨로 내려쳐 버리고 싶다는 생각이 든 것은 당연지사.

'여신님, 시바⋯⋯ 여신님!'

대륙을 위기에서 구해줬건만, 이렇게 사람을 무시할 줄은 예상하지 못했다. 애초부터 신력이 목적이 아니었는가 하는 생각이 들어 괜스레 인상을 구기던 찰나.

[나의 사랑스러운 이기영 신도!! 나⋯⋯ 나, 왔어! 나, 왔어!]

석상에서 은은한 빛이 뿜어져 나오기 시작했다.

바젤 교황과 성기사들은 감격의 눈물을 흘리며 조용히 석상을 바라봤지만, 이쪽은 그녀와 대화하기에 여념이 없다.

'아니, 왜 이렇게 늦으셨습니까, 여신님.'

[요⋯⋯ 즘 일이 조금 바빠서⋯⋯ 여러 가지로 정리해야 할 것도 많고. 원래 여기든, 거기든 뒤처리가 제일 귀찮고 힘들잖아. 절대로 이기영 신도를 무시하거나 괄시한 건 아니야⋯⋯. 그러니까 이상한 오해는⋯⋯ 그, 그리고 그 모습은 웬만하면⋯⋯.]

'저도 다 사정이 있습니다, 베니고어 님.'

[미안해, 내가 모자라서⋯⋯ 이기영 신도를 섭섭하게 만들었네. 기분 풀어줬으면 좋겠는데⋯⋯. 내 사과 받아줄 거지?]

'됐습니다. 그렇다고 이미 상처받은 마음이 어디 가지는 않아요. 사실 깨어났을 때부터 찾았었는데.'

[미, 미안해 나의 사랑스러운 이기영 신도. 정말로 바빠서 그랬어. 너무 바빠서 잠깐 자리를 비우기도 했고, 알다시피 계약 문제 때문에⋯⋯.]

'그게 변명이 된다고 생각하십니까?'

[미안. 그, 그래도 여기 찾아온 이유는 있는 거지? 최선을 다해서 한번 힘써볼게. 추가로 이번 사태에 고마움도 조금 표현하고⋯⋯. 필요한 게 뭐야? 들어줄 수 있는 한도 내에서는⋯⋯.]

'사실 딱히 이유는 없습니다. 그냥⋯⋯.'

[응.]

'용서받고 싶어서요.'

[뭐?]

'대륙의 평화를 위해서기는 하지만, 제가 연방과 린델에 조금 커다란 상처를 입히지 않았습니까. 그리고 지금 가면도 쓰고 있고요. 그걸 용서받고 싶습니다.'

[어⋯⋯.]

'용서해 줘요.'

[너⋯⋯ 너의 죄를 사⋯⋯ 하노라.]

'아니, 그렇게 말고요. 기적 꽉꽉 넣어서.'

[뭐? 저 미친놈이! 지금 무슨 소리를 하는…… 언니! 언니, 정말 이대로 참고 있을 거야? 연방이 박살 난 걸 왜 언니가 용서해 주는 건데! 내 땅이 얼마나 고통받았는지…….]

[로렌! 너 조용히 있지 못해? 지금 이게 얼마나 중요한 일인지 알기나 해?! 미…… 미안해, 이기영 신도. 깜짝 놀랐지? 이건 다름이 아니라…….]

'연방 수호신, 로렌 님도 함께 계십니까?'

[어?]

'기왕이면 로렌 님께도 용서를 구하고 싶습니다.'

[……저…… 저 미친노옴!!]

더욱더 환한 빛이 장내를 가득 메우기 시작했다.

머리를 뒤흔드는 커다란 목소리에 잠시 움찔했지만, 굳이 반응하지는 않았다. 어차피 로렌인가, 가렌인가 하는 신의 돌발 행동을 베니고어가 막아줄 거로 생각했기 때문이다.

교국의 마지막 희망, 빛의 등불이라고 불리는 명예추기경의 뚝배기를 깨버린다면 대륙에 어떤 일이 벌어질지는 불 보듯 뻔하다. 김현성을 포함한 대륙 영웅들의 원망과 불신을 받게 되는 것은 당연한 일이고, 더 나아가 우리네 영웅분들께서 윗동네를 적대하게 될지도 모른다.

지금 당장 김현성이 저 눈 부신 빛을 견제하는 걸 보면 답이 나온다. 그 무엇보다 대륙의 존망에 힘써야 하는 저들의 입장상 내게 해를 끼치는 것은 자살 행위에 가깝다. 이쪽의 영입을 생각하고 있다면 더욱더.

베니고어를 비롯한 무능력한 신들이 가장 경계하는 것은 내가 벨리알의 손을 잡고 룰루랄라 지옥으로 걸어 들어가는 것. 베니고어가 언급한 적이 있었던 윗분이 나를 열렬히 원하고 있다는데, 베니고어보다 아래에 랭크된 여신 로렌이 어떻게 이쪽에 해를 끼칠 수 있단 말인가. 정신 이상자가 아닌 이상 나를 건드리지는 않을 거로 생각하던 그때였다.

[네 이놈! 역겨운 영혼을 지닌 인간 놈이!! 감히!! 여신을 우롱해?! 신벌이 두렵지도 않은 것이냐!]

거대한 빛과 함께 머릿속을 울리는 커다란 소리가 들려왔다. 그 충격이 어찌나 컸는지 잠깐 몸을 거북이처럼 웅크리게 될 정도였다.

슬그머니 김현성을 바라보자 녀석이 입술을 깨문 채로 검을 만지작거리고 있는 것이 보였다. 아마 조금만 더 충격을 받으면 검을 뽑아 매개체인 석상을 부수려고 하리라.

'그건 안 되는데……. 조금만 더 참아야 돼, 현성아…….'

여신보다 이 교황청과 척을 지게 되는 게 신경 쓰인다. 여신이 타락했습니다, 어쩌고를 시전하기에는 지금 뿜어져 나오는 빛이 너무 강렬하기도 했고……. 무엇보다 현재의 내 모습을 여신이 받아들이지 못했다는 그림이 나올 수도 있는 만큼 척을 지는 건 최대한 지양해야 했다.

그렇다고 저 멍청한 신이 원하는 대로 얌전히 납작 엎드려 줄 수는 없는 일. 항상 그러했지만, 이쪽은 절대로 양보할 생각이 없다. 양보하는 건 내 반대쪽에 있는 이들이 해야 하는 일이었으니까.

입술을 꽉 깨무는 순간에도 로렌은 계속해서 개소리를 지껄여 대고 있었고 그럴수록 빛은 점점 더 거세게 나를 몰아붙이는 중이다. 신이 났는지 아무 소리나 지껄여 대는 여신의 목소리가 들려온 순간이었다.

[지옥으로 보내주마! 이 더러운…….]

'그래, 시바……. 지옥 가자.'

[어?]

'그래! 내가 더러워서 지옥 간다. 내가 진짜 더러워서 지옥 간다고.'

[어어…….]

'용서 안 받아도 되니까. 그냥 지옥 가겠습니다, 진짜. 벨리알 님! 어디 계십니까. 벨리알 님!'

[어…… 어?]

'어디 한번 그래, 갈 데까지 가봅시다. 그리고 나는 당신이랑 더 이상 할 말 없으니까. 뭐, 혼자 알아서 잘해봐. 대륙 생명체에게 직접 해를 끼치는 건 금기라고 들었는데, 무슨 배짱으로 이러고 있는 건지 몰라. 페널티를 먹으면 회복할 신력은 있으시고? 다시 파산하시려고 그러시나 본데, 이쪽에서 지원 끊으면 어떻게 되는지 본인이 가장 잘 알고 있지 않아?'

[이기영 신도, 로렌의 뜻은 그게 아니라…… 다른 의도가.]

'베니고어 님도 그래요. 사랑하는 신도, 사랑하는 신도라고 말해주면서도 은근히 가만히 있었던 거 누가 모를 줄 압니까?

진짜, 어떻게든 대륙을 살리기 위해 이 한 몸 희생한 신도가 어쩔 수 없이 저지른 죄를 회개하러 왔다는데 그것도 못 받아 줍니까? 회개하면 뭐, 모든 죄를 용서하고 천국 어쩌고 하더니 그런 거 다 거짓부렁이었네요.'

[⋯⋯.]

'이거 무서워서 위로 올라갈 때 그쪽으로 갈 수 있겠습니까? 죄가 깨끗이 씻기지도 않았는데, 거기서 누가 트집이라도 잡으면 어떻게 합니까. 역겨운 영혼을 가지고 있으면 죄를 씻지도 못한답니까? 진짜 너무 편협하시다. 이럴 거면 악마가 차라리 낫겠네. 그쪽에서 마음 편히 지내는 게 훨씬 낫겠어요, 로렌 님.'

[이놈이 끄⋯⋯ 끝까지!]

'지금 당신이 여기서 나랑 떠들고 있는 게 누구 덕분인지 잊으면 안 돼요, 이 사람아. 기껏 물에 빠진 거 건져 올려줬더니 여신 우롱 어쩌고저쩌고. 나랑 척지면 누가 더 손해인지 잘 생각해 봐. 연방 복구 작업에서 신전 축소, 아니, 아예 신전은 복구 작업에서 제외해 버릴 테니까.'

[내 신도들이 가만히 있을 것 같아!?]

'가만히 안 있으면 어쩔 건데. 기적이라도 일으키시게? 한번 잘해봐요. 누가 이기는지 한번 봅시다. 안 그래도 그쪽 애들한테 영 평판이 좋지 않던데, 누가 누가 더 쉽게 여론을 움직이는지 한번 시험해 봅시다. 한 달 안에 로렌 여신이 연방을 악마들에게 팔아넘겼다는 진실을 기정사실로 만들어 버릴 테니까. 기대해도 됩니다.'

[아무도 믿지 않을 것이다, 아둔한 놈!]

'정말로 안 믿을까? 이거 자기 신도들을 너무 믿고 계시네요.'

[사랑스러운 이기영 신도! 너무 흥분한 것 같은데…… 우리 잠깐만 이야기를……. 원하는 용서라면 수백 번도 더 해줄 수 있으니까. 으응, 사실 용서받을 일도 아니잖아. 전부 다 우리를 위해서 그런 거잖아. 로렌이 하는 말의 뜻은 그거야…… 애초에 용서받을 필요도 없는 일을 용서받으려고 해서 잠깐 당황한 것뿐이야.]

'아, 베니고어 님 됐어요. 됐으니까. 용서 안 받고 지옥 갈랍니다.'

[이기영 신도! 이기영 신도오!]

[구질구질하게 그러지 마세요, 언니! 언니가 그렇게 저자세로 나오니까, 저 바퀴벌레 같은 쓰레기가 자꾸 하늘 높은 줄 모르고 날뛰는 거야. 한 번쯤은 버릇을 고쳐줄 때도 됐어.]

[로렌, 가만히 안 있어!! 당장 여기서…….]

[이 역겨운 인간한테 언제까지 끌려다닐 작정이야! 이게 다 언니를 위해서라고! 이렇게 된 이상!!]

[로레에에에에에엔!!!!]

뭔가 쾅! 하는 소리가 들린 것 같다. 확실히 알 수는 없었지만 베니고어가 그녀를 제압한 것처럼 느껴졌다.

심지어는 연결이 끊겼는지 아무 소리도 들려오지 않는다. 이게 무슨 영문인지 알 수가 없을 지경.

하지만 일이 어떻게 돌아가고 있는지는 당연히 알 수 있다.

아무래도 우리 무능력한 베니고어가 로렌보다는 더 능력이 있었던 모양이다. 정말로 척을 졌을 때 일어날 수 있는 최악의 상황을 가정했고, 황급히 말릴 수밖에 없었다는 게 학계의 정설.

앞서 말한 모든 내용을 진심으로 지껄인 건 아니었지만, 아예 일어날 가능성이 없지는 않다. 조금 힘들기야 하겠지만, 로렌을 타락한 악신으로 만드는 것 정도는 무난하게 완성될 확률이 높다. 애초 연방 종교는 한풀 꺾이기도 했고……. 그 신전 역시 지지 기반을 완전히 잃어버렸다.

악마 천지가 되었던 곳에 무슨 신전과 석상이 남아 있겠는가. 매개체가 없으니 기적을 일으키거나 대륙에 영향력을 끼치는 것에 더욱더 포인트가 많이 들어갈 거고, 실제로 지금 로렌이 가지고 있는 포인트로 무언가를 해본다는 건 불가능에 가깝다. 베니고어 2.0 패치가 방금 끝났다고 가정해 보면 더욱더.

일이 터질 당시에 로렌을 부르짖던 많은 신도가 눈물을 훔치며 삶의 터전을 떠났다는 걸 생각해 보면 그 어떤 연방민이 그녀를 미워하지 않을 수 있을까.

말 몇 마디에 뒷공작 하나면 그녀를 벨리알과 놀아난 탕녀로 만드는 것은 일도 아니다. 헛소문을 만들기는 쉽지만, 그 헛소문을 해명하긴 위해서는 수십 장의 증거와 문서가 필요한 법 아니겠는가.

심지어 애는 증거와 문서를 내밀 수도 없는 상황이다. 할 수 있는 거라고 해봐야 빛이나 조금 뿜어대거나 몇몇 이에게 퀘스트를 내리는 게 전부다. 애초에 시작할 수 있는 게임이 아니라는 거다.

그런 의미에서 보면 베니고어는 사회생활을 제대로 배운 티가 났다.

'내가 진짜 여신 하나는 잘 키웠다, 진짜.'

이쪽과 오랫동안 함께한 짬밥이 있어서 그런지는 모르겠지만, 나름대로 상황 파악을 잘하고 있다. 혹시 큰일이라도 터질까 봐 그녀를 말린 것을 보면 대충 봐도 답이 나온다. 아무것도 몰랐던 순진한 신입 사원이 점점 회사에 적응하는 걸 바라보는 기분이 이러할까.

잠시 후에 들려오는 목소리에 베니고어가 혹독한 야생에 적응하는 법을 깨달았다는 걸 확신할 수 있었다.

[언니, *끄으으윽.*]

[뭘 잘했다고 *끄*윽거려. 나, 너 같은 동생 둔 적 없어. 지금 당장 사랑스러운 이기영 신도한테 사과해.]

[*끄으으윽……*.]

'그렇지.'

[빨리 안 해?!]

[언니이…….]

[이기영 신도, 미안해……. 깜짝 놀랐지? 얘가 아직 뭘 몰라서……. 이기영 신도가 그 넓은 마음으로 사과를 받아줬으면 좋겠어. 이기영 신도가 원하는 건 최대한 들어줄 테니까. 자, 어서.]

[미, 미안하구나. 내가 그만 커다란 실수를 저질렀어. *끄*

윽…… 부디 나를 용서해 줬으면 좋겠구나.]

[기분 좀 풀렸어? 이기영 신도?]

'…….'

[나를 봐서라도 한 번쯤 눈감아주면 안 될까? 우리 지금까지 잘해왔잖아. 여기서 흐트러지는 건 사랑스러운 이기영 신도로 원하지 않을 거고, 나중에는 얼굴 마주치면서 일할지도 모르는데 서로 얼굴 붉히는 건 조금 그렇지.]

'네, 뭐…… 그렇기는 합니다. 솔직히 내키지는 않지만, 베니고어 님의 얼굴을 봐서 그 사과 받아들이도록 하겠습니다. 대신 제 죄도 용서해 주셔야죠. 오는 게 있어야 가는 게 있는 거 아니겠습니까. 아까 말씀드린 대로 로렌 님께서도 직접 죄를 사하여주셨으면 합니다.'

[아직 로렌은 신성이 많이 부족해서…… 나도 현신하는 건 여유가 없어. 직접은 아니지만, 빛으로 모양 정도는 만들 수 있을 것 같은데. 이것도 괜찮을까?]

'베니고어 님이나 로렌 님의 모습을 대충 확인할 수 있을 정도면 됩니다. 준비되면 빨리 해주세요. 다른 사람들 기다리니까.'

[물론, 지금 당장 해줘야지! 누구 부탁인데! 다른 사람은 몰라도 이기영 신도의 죄를 용서하는 건 반드시 하는 게 맞지. 으응! 그, 그렇지. 근데…….]

'이후는 안심하셔도 됩니다. 사용하신 만큼 확실히 벌어드릴 수 있도록 하겠습니다.'

[역시 이기영 신도라니까. 항상 고마워서 어떡하지…….]

'괜찮습니다. 저 혼자만을 위해서 하는 일도 아니고, 모두 대륙을 위해서가 아닙니까. 베니고어 님께서도 대륙을 위해 벨리알…….'

[자! 그, 그럼 빨리 시작하자!]

베니고어의 입장에서 벨리알과의 계약은 다시 언급하기도 싫은 모양이다. 황급히 말을 돌리는 것을 마지막으로 장내를 가득 메우고 있었던 빛이 사그라지기 시작했다.

당황한 성기사들과 표정이 어두워지는 바젤 교황의 얼굴이 시야에 들어온다. 김현성을 포함한 파란 길드원 역시 입술을 꽉 깨물기는 마찬가지.

안 좋은 상상을 하는 것 같지만, 다시금 환하게 장내를 비추는 빛을 목도한 이후에는 한결 표정이 풀어지기 시작했다. 빛이 뿜어져 나오는 것으로 모자라 빛의 형상을 한 베니고어의 모습이 시야에 비치는데 어떻게 표정을 풀지 않을 수 있겠는가.

형형색색 화려한 빛의 베니고어는 벨리알과의 격전을 치렀던 때의 완벽한 모습보다는 생동감이 떨어지지만, 조금 더 신비롭게 느껴진다. 얼마나 감격스러웠는지 여기저기서 환희에 찬 목소리들이 들려온다.

"베니고어시여……."

감격의 눈물을 흘리는 바젤 교황.

"로렌 님까지……."

연방의 수호신 로렌의 등장에 깜짝 놀라는 성기사들까지.

화아아아아악! 하는 소리가 들려오는 것 같은 기분을 느끼게 할 정도였다.

툭 하면 터질 것처럼 연약한 표정을 그대로 유지하자, 베니고어와 로렌이 그 자리에 서서 휘황찬란한 빛을 뿌리며 모두가 들을 수 있도록 입을 열었다.

-그대의 죄를 사하노라.
-그…… 끄윽…… 너의 죄를 사하노라.

방 안을 가득 메우고 있는 빛이 몸을 감싸 안는 모습에 천천히 직업 전환을 선택하자 다시금 겉모습이 변하는 것이 느껴진다.

'누가 나를 비난할 수 있겠어, 진짜.'

죄를 저지르기는 했지만 확실하게 공증을 받으니 그동안 저질렀던 작은 죄들이 씻은 듯이 사라지는 기분이다. 어째서 많은 종교가 회개를 강조하는지 확실하게 깨달은 순간이기도 했다. 죄를 포기함으로써 거룩한 신과 함께하는 축복받은 단어, 이것보다 더 완벽한 면죄부가 어디 있겠는가.

-이기영 신도의 죄를 사하노라.

몸은 물론 마음까지 충만해졌다는 것은 굳이 언급할 필요도 없으리라.

156장
거울 호수

-그대들의 도움이 필요합니다.

-베니고어시여……

-저와 로렌이 잠깐 그 안에 있는 어둠을 집어넣기는 했지만, 이는 단기적인 대책에 불과합니다. 아직도 그의 가슴속 깊은 곳에는 어둠이 남아 있습니다. 대륙의 빛이 가장 신뢰하고 있는 그대들이 그를 잘 돌봐주셨으면 합니다. 작은 부탁이지만, 이는 장차 이 대륙의 존망을 가를지도 모르는 커다란 일입니다. 항상 그를 지지해 주고 그의 등 뒤와 앞에서, 그를 떠밀어 주고 끌어주세요.

-명심, 또 명심하겠습니다.

-바젤 교황, 이렇게 부족한 여신을 의심하지 않고 항상 믿어주셔서 감사합니다.

-제가…… 어찌 베니고어 님을 의심할 수 있겠습니까…….

-그에 대한 믿음은 곧 저에 대한 믿음이기도 합니다. 어둠 속에 가려져 있는 빛을 확인한 그대야말로 저와 가장 가까운 자리에 앉을 자격이 있습니다. 앞으로도 계속 수고해 주셨으면 합니다.

-허으으으윽…….

-빛의 검사여, 그대에게 거는 기대 또한 큽니다.

-…….

-무거운 짐을 내려놓으셨군요. 부탁드리옵건대, 그가 잘못된 길로 빠지지 않게 방향을 잘 잡아주셨으면 좋겠습니다.

-길잡이 역할을 할 생각은 없습니다. 그저…….

-무슨 말씀을 하시려고 하는지는 이해합니다만…….

-함께 걷는 것만으로도 충분합니다.

-……그대의 뜻이 그렇다면.

베니고어는 환한 빛을 마지막으로 모습을 감추고, 빛의 가루가 조금씩 조금씩 떨어져 내리며 상황은 마무리.

무척이나 만족스러웠다. 마지막까지 빛에 휩싸인 채로 모든 죄가 씻겨 내려간 내 모습을 보니 더욱더 미소가 지어진다.

오류나 눈에 거슬리는 장면이 있을까 싶어, 이지혜가 찍어 놓은 마력 홀로그램을 돌려봤지만, 두세 번 점검해도 눈에 밟히는 장면은 없다. 오히려 기적 그 자체라고 부를 수 있는 상황은 박수를 보내기에 충분했다.

전 교국과 대륙에 이 영상이 뻗어 나가고 있다고 생각하니 입꼬리가 올라가는 것은 당연한 일이다. 감금 상황을 해결한 것으로 모자라 둠기화에 개연성까지 부여했으니, 어떻게 봐도 남는 장사라고 할 수 있으리라.

이미 사흘 전부터 교국은 밤낮 가리지 않으며 기도 체제에 들어갔다. 베니고어에게 따뜻한 말 한마디를 건네받은 바젤 교황을 필두로 한 교황청은 기적에 대해 떠들어대느라 정신이 없다. 이쪽을 잘 부탁한다는 말을 듣고 며칠 동안 교황청에 머물러 달라고 청했다는 건 굳이 언급할 필요도 없는 이야기.

당장 린델로 돌아가 복구 작업을 계속하는 게 좋지 않을까 싶었지만, 아무래도 곧바로 돌아가기엔 신경 쓰이는 게 많다.

'분위기는 대충 읽어봐야지.'

아무것도 없는 황폐한 도시에 돌아간다 한들 뭐가 달라지겠는가. 정보에 목말랐던 만큼 악마들이 떠나간 이후에 도시의 여론이 어떤 식으로 변화했는지, 또 지금은 어떻게 자리 잡히고 있는지, 실제 교국민과 모험가들은 어떻게 느끼고 있는지 파악하는 것이 중요했다.

그동안 읽을 수 없었던 반가운 기사들과 뉴스들은 그중에서도 가장 내 마음을 설레게 하는 요소들. 나름 정보화 시대에서 살아왔던 만큼 세상이 어떻게 돌아가는지 아는 것은 그 자체만으로도 재미있다.

'전투가 끝난 직후에 나온 기사부터……'

[베니고어 님께서 일으키신 기적, 악몽이 걷히고 대륙은 노을빛에 물들다. -린델일보 김성경 기자.]

"음…… 음……."

[기적에 가까운 대승, 일부를 제외하고는 사망자가 거의 없는 것으로 확인돼……. -교국신문 마이클 특파원.]

'기적에 가까운 대승이기는 했지.'

[연방에 있는 포로들, 기적적 구출. 나라는 사라졌지만, 사람은 남았다. -린델일보 김성경 기자.]

[교국의 수호룡, 디아루기아. 임시 거처인 실리아로 거취를 옮겨 회복 중. -실리아일보 쿄스케 기자.]

[깨어나지 않는 명예추기경, 벌써 20일째. 교국의 수도에서 매일 같이 열리는 기도회에 모습을 드러낸 바젤 교황. "이럴 때일수록 모든 신도가 힘을 모아야 할 때." -교국신문 마이클 특파원.]

[린델 복구 작업에 난항. 약 3개월이 지난 후에야 본격적인 복구 작업에 착수할 것이라고 예상. 임시 거처 확보와 모험가 복지 문제로 오늘 저녁 붉은 용병의 길드마스터 차희라의 입장 발표가 예정되어 있어……. -교국칼럼 김성경 칼럼니스트.]

[34일째 들려오지 않는 명예추기경의 소식에 뿔난 교국민. "혹시나 교국에서 무언가 숨기고 있는 것이 아닌지 우려돼……." -교국신문 콤

파니 특파원.]

[파란 길드 대변인 김미영 팀장의 입장 발표에도 불구하고 별다른 소득이 없어. 혹시나 이기영 명예추기경의 죽음을 숨기고 있는 것이 아니냐는 음모론까지 대두. -린델일보 김성경 기자.]

[교국민들의 촛불 시위. 진실을 밝히는 외침 통할까. -린델일보 김성경 기자.]

[금일 새벽 이기영 명예추기경이 눈을 떴다는 소식에 교국 전체가 축제 분위기. 하지만 일부에서는 우려의 목소리도 높아지고 있어……. -린델일보 김성경 기자.]

확실히 내가 누워 있던 동안 사건이 어떻게 진행되었는지 알 것 같았다. 디아루기아는 휴식 중이고, 린델의 복구를 제외하면 뒷수습 역시 제법 훌륭하게 마무리했다.

한 가지 마음에 걸렸던 것은 파란에서 내가 깨어났다는 사실을 대중에게 발표하지 않았다는 것.

'그냥 계속 누워 있다고만 발표한 거네. 키야…… 얘네 좀 봐…….'

무슨 생각이었는지는 모르겠지만, 날짜상으로는 분명히 일어나 있던 시간임에도 불구하고 아직 정신을 차리지 못하고 있다고 적혀 있다. 아마 촛불 시위니, 뭐니 이런 사건이 일어나지 않았다면 끝까지 숨겼을 가능성이 크다고 생각할 수밖에 없었다.

여러 가지 정치적인 이유가 있었겠지만, 한편으로는 조금 소름이 돋기도 한다. 멀쩡하게 깨어 있는 사람을 천연덕스럽게 감금해 놓고 기절해 있다고 발표한 꼴이었으니까.

'이제는 다 끝난 일이지, 뭐.'

슬그머니 시선을 돌리자 뭉쳐 있는 기사들이 다시금 시야에 들어온다. 기본적인 내용 말고도 재미있는 기사들이 꽤 많다.

[빛의 검사는 무의식 속에서 무엇을 봤던 것일까. 언론에 최초로 모습을 드러낸 파란의 길드마스터가 직접 전한 생생한 이야기. 노을빛 검은 명예추기경의 선물. 눈물 없이는 들을 수 없는 스토리에 교국 전역이 화제. -린델일보 박성경 기자.]

'우리 현성이, 자랑하고 싶었구나. 이런 미담 좋지, 좋아. 미담은 마음껏 퍼뜨려도 돼.'

[천재 검사와 연금술사가 사랑하는 법 신간 출간. 아직도 공개되지 않은 신원 미상의 작가 인터뷰 수록. "제 글이 많은 분에게 힘이 되었으면 좋겠습니다." -린델 문화부 정유미 기자.]

"이런 것도 좋지. 무조건 도움된다니까."

고개를 끄덕일 수밖에 없었다.

지치고 힘든 상황에 문화생활만큼 힘을 주는 게 또 어디 있겠는가. 전투에서 승리했다고 해서, 여신이 악마들을 물리쳤다고 해서 상처가 치유되는 것은 아니다. 정신적으로 코너에

몰린 모험가들이 많을 거라는 건 너무나 당연한 이야기. 별거 아닌 것 같아도 저런 건 충분히 도움이 된다. 길드 차원이나 나라 차원에서 지원해 주는 게 마땅하다.

[천재 검사와 연금술사가 사랑하는 법, 영화화 확정. 많은 투자자가 앞다투어 경쟁할 것으로 추측. 환호성을 내지르는 팬들도 많지만, 한편으로는 원작을 훼손하지 않을까 하는 팬들의 입장도……]

이런 내용을 보니 이번 기회에 파란에서 정식으로 투자해도 나쁘지 않을 것 같은 생각도 든다. 창작자가 아니라 서비스를 제공하는 플랫폼의 입장인 만큼 굳이 앞으로 나서서 뭘 제작하려고 하지는 않겠지만, 투자 정도는 쉬운 일이니까. 앞으로 이쪽 사업 역시 커질 테니 미리 선점해 놓는다고 생각하면 될 것 같았다.

다른 사업에 비해 수입이 그리 크지 않을 것 같기는 하지만 없는 것보다는 낫지 않겠는가. 기왕 하는 김에 연극 같은 걸 만들어봐도 나쁘지 않을 것 같고…….

어떻게 조금 더 사업을 커다랗게 키울 수 있을지 생각하기만 해도 계속해서 입꼬리가 올라간다.

오랜만에 찾은 자유가 괜스레 소중하게 다가오는 듯한 느낌이다. 여기저기에 읽을거리, 볼 것 천지다.

여신의 거울에서는 이기영 명예추기경이 교황청에서 여신을 만나 몸을 회복하고 있다는 소리가 연일 보도되고 있었고,

오늘도 어김없이 모여서 기도를 드리는 교국민들의 모습 또한 이쪽을 즐겁게 해주고 있다.

정보의 바다에서 헤엄치는 것 역시 즐겁다. 게다가 어떻게 움직여야 할지 가이드라인을 제시해 주니, 이것보다 더 편한 게 어디 있겠는가.

현 배경도 그렇다. 슬슬 바깥으로 나가 선전 활동을 벌여도 나쁘지 않아 보이는 시점. 누가 봐도 지친 몸으로 복구 작업을 맨손으로 돕는다거나, 교국민들의 손을 한 명, 한 명 잡아주며 참회의 눈물을 흘린다거나. 할 수 있는 건 많다.

그렇게 아주 잠깐 생각에 빠져 있던 때였다. 바깥에서 국화차를 가지고 온 오스칼, 아니, 아리스 시녀가 시야에 비친 것.

"오스칼 님……."

"아리스 시녀라고 불러주세요. 명예추기경님. 아까도 그러시더니…… 자꾸 그렇게 부르시면 섭섭해요."

"아무래도 잘 적응이 되지 않습니다."

"몸은 괜찮은 거 맞으시죠?"

"네, 보시다시피 이제는 건강합니다. 무리 없이 돌아다닐 수도 있고요."

"그래도 너무 무리하시면 안 돼요. 다른 분들도 걱정이 많으시고……. 명예추기경님의 몸은 혼자만의 것이 아니니까요."

마지막 대사가 왠지 모르게 무섭게 들려오는 건 착각일 거다.

"지금 당장 린넬로 뛰어가고 싶으신 그 마음은 이해하지만, 조금만 더 참아주셨으면 좋겠어요. 이미 명예추기경님은 커다

란 짐을 짊어지기도 했고, 잠깐이기는 하지만 여유를 즐겨주
셨으면 해요."

"그렇기는 하지만……."

"일단 차 한 잔 드시겠어요?"

"감사히 받겠습니다."

"이렇게 오랜만에 같이 있으니 정말 좋네요. 아, 어제는 어떠
셨어요?"

"어제라면……."

"카트린 의원과 엘리제 의원, 마를린 의원이 들렀다고 들었
었는데."

"아, 물론 즐거운 시간이었습니다. 너무 많이 걱정해 주셔서
조금 부담스럽기는 했지만, 모두 뵌 지 오래된 분들이니까요."

"그래도 피곤하지는 않으셨나요."

"걱정해 주셔서 감사합니다만, 괜찮았습니다, 아리스 시녀님."

'이것도 중요한 일이고…….'

인맥 관리는 지속해서 해주는 것이 좋다. 아무리 높은 자리
에 올라왔다고 한들, 초심을 잃지 않는 건 그 무엇보다 더 중
요한 부분이 아니겠는가.

'안 그래도 한번 관리해 줄 때가 됐었으니까.'

캐슬락 의원이나 마를린 의원 같은 의회의 수뇌부들과 제이
나 대주교와 헬레나 이단 심문관 같은 알짜배기 인맥. 그 외에
유력 상인이나 시민 대표 그리고 다완과 실리아의 교국 8좌 등
등. 이미 대부분이 병문안하러 다녀간 지 오래다.

아주 약간 귀찮기는 했지만, 나름대로 재미있는 시기이기도 했다. 왕년의 귀족 부인들과 함께 수다 떠는 시간을 즐길 수 있어서 좋았고, 여러 가지 정보를 듣는 것도 나쁘지 않았다. 하나의 사건을 각기 다른 관점에서 바라보는 건 흔한 기회가 아니었으니까. 이놈의 생각 다르고, 저놈의 생각도 다르다는 걸 생각해 보면 한 번쯤은 정리해야 할 이야기였다.

끊임없이 몰려드는 병문안 때문에 정작 김현성을 비롯한 파란 길드원들과는 많은 시간을 보내지 못했다는 게 단점 아닌 단점이었지만, 얘네 얼굴은 감금당할 당시에 질리도록 봐왔다. 조금은 주변 사람들에게 시간을 할애해도 나쁘지 않을 거라는 건 반론의 여지가 없을 게 분명하다. 최근 조금 조용해진 건 아마 그 때문일 거로 생각했다.

그렇게 아리스와 이런 이야기, 저런 이야기, 사는 이야기 등등 별별 이야기를 다 꺼내고 있을 때였다.

문이 벌컥 열리며 익숙한 인형이 시야에 비쳤다.

발걸음 소리만으로도 누구인지 알 것 같은 느낌. 헐레벌떡 허겁지겁 뛰어오는 소리, 쿵쾅쿵쾅 땅이 울릴 것 같은 소리는 확실히 녀석이 맞다.

"형님! 어? 오스칼 님도 있었구만!"

"아, 안녕하세요."

"항상 수고가 많수다. 아니, 그럴 게 아니라 형님."

"어?"

"거울 호수로 보트 타러 갈 시간이요!"

"뭐?"

"형님이 맨날 맨날 가고 싶다고 노래를 불렀던 거울 호수로 다 같이 가기로 했다, 이 말이요!"

'내가 언제…… 가고 싶다고 했어, 이 돼지 새끼야.'

"갑자기 거긴 왜 가. 복구 작업은? 다른 할 일은 또 없고? 대륙 합동 훈련도 다시 진행해야지."

"복구 작업은 이미 진행되고 있는 도중이고, 대륙 합동 훈련도 시간이 조금 남았다니까. 아무래도 커다란 전투가 끝난 직후인데 다른 사람들도 여러 가지로 정리할 시간이 필요한 거 아니요. 짧은 휴가라고 생각하면 될 거요. 다시 시작한다면 분위기가 예전 같지 않을 텐데…… 조금 쉬는 것도 나쁘지 않지. 아암! 그렇고말고!"

"그래도 던전이나……."

"형님 자고 있었을 때 이미 한 번 다녀왔다니까! 회복된 지 얼마 안 된 그 몸으로 던전에 들어간다는 소리는 제발 하지 마쇼. 안 그래도 현성이 형씨가 형님이 정신을 차리면 곧바로 린델로 향할 거라고 걱정하던데."

"그건 그렇지만……."

"대륙인들이 원하는 건 형님이 몸과 정신을 혹사시키고 있다는 소식이 아니요. 좋은 곳에서 좋은 것 먹으면서 편하게 쉬고 있다는 소식이지. 안 그래도 그 부작용 때문에 근처 분위기가 뒤숭숭해지고 있는데, 탱자탱자 놀면서 안정을 취하고 있다고는 알려야지. 형님도 이제 형님이 대륙에서 어떤 의미인지…… 대충 알 필요가 있다니까."

"아니."

"나도 몇 번 가본 적 있었는데, 확실히 기대해도 된다니까. 아마 대륙 전체를 뒤져봐도 그곳보다 아름다운 곳은 찾기 힘들 거요."

"네가 거길 언제 가봤어?"

"거, 옛날에 몇 번…… 뭐, 사전 답사한다고 생각하고 들른 적이 있었는데, 그건 중요한 게 아니니까. 그나저나 어떻게, 오스칼 님도 같이 갈 거요? 아마 간다고 하면 다른 사람들도 다 좋아할 거요."

"아니요, 아무래도 저는…… 교국을 지킬 사람도 필요하니까요. 여러 가지로 바쁘기도 하고……."

"제가 뭔가 도와 드릴 수 있는 일이 있지 않을까 싶습니다."

"아뇨, 명예추기경님은 다녀오시는 게 좋을 것 같아요. 안 그래도 계속 달려오셨는데, 조금은 숨을 돌릴 시간도 필요하잖아요? 아주 예전에 길드원분들과 다 함께 피크닉을 간다고 하셨던 게 엊그제 같은데……. 모두 함께 가는 건 처음 아닌가요?"

"네, 아마도 그런 것 같습니다."

"다른 걱정은 하지 말고 다녀오세요. 부족하지만 명예추기경님의 몫까지 최선을 다해서 나라를 돌보고 있겠습니다."

"거, 그렇다면 문제는 없겠구만! 현성이 형씨도 많이 기뻐할 거요! 사실 현성이 형씨가 수줍음이 많아서 제대로 말을 못 꺼내고 있는 것 같더라고. 조금 고민하는 것 같은 찰나에 내가 딱 말하니까 엄청 기뻐한 것 아니요. 하얀이 누님은 말할 것도 없고! 슬슬 형님도 하얀이 누님이랑 더 높은 계단을 향해 몸을 옮겨야 할 시기인 만큼 이번 여행은 중요하다니까. 이 박덕구가 팍팍 밀어줄 테니까 걱정 따위는 날려 버리쇼."

"그런 게 아니라……."

"형님이 하얀이 누님을 아낀다는 건 알고 있지만, 이제 누님도 다 큰 성인이요. 지켜준다느니 뭐, 아껴주고 싶다느니 그런 건 너무 구시대적 발상이라니까. 좋으면 좋아한다고 마음으로도 표현하고, 몸으로도 표현하는 게 제일이지. 그게 연애 박사 박덕구의 솔루션이요."

'걔가 날 안 지켜줄 것 같은데…….'

"그, 그래도 너무 갑자기 가까워지면 조금 부담스러워하지 않을까요? 명예추기경님, 정하얀 님께서 당황스러워 하실 수도 있는 만큼 천천히 다가가시는 게 좋을 거예요. 그래도 여자 마음은 여자가 더 잘 안다고……."

"아니라니까. 연애 박사로서의 촉이 말해주고 있는데, 하얀이 누님도 형님이 다가와 주기를 바라고 있을 거요. 이미 머릿속으로는 이런 짓, 저런 짓, 다 했을지도 모른다니까. 분명하다니까. 음음!"

'이 새끼는 왜 이렇게 확신하고 있는 거야.'

문득 박덕구가 이번 전투로 얻은 특성, 사기의 외침이 그 사기의 외침이 아닐 것 같다는 생각이 들었다. 흔들림 없는 올곧은 표정은 자신의 말이 맞을 거라고 확신하는 모양새. 모든 걸 뚫어볼 것 같은 눈에 괜스레 시선을 돌리게 되는 것도 무리가 아니리라.

'이번에는 피크닉이야?'

김현성은 마음속으로 생각만 했을 확률이 높다. 아무리 무의식 세계에서 함께 거울 호수로 여행을 가자고 약속했다고 한들, 이 내가 기억하지 못하는 이야기였으니까. 상황도 상황이거니와 현재의 배경을 생각하면 한가롭게 여행을 간다는 건 불가능에 가깝다. 아마 녀석도 그 사실을 알고 있었고 그렇기에 고민했을 것이다.

그 시점에 갑작스럽게 들이닥친 건 아마 눈앞에 있는 돼지일 터. 분명히 평소처럼 이해는 안 되지만, 왠지 수긍이 가는 외침으로 파란 길드의 거울 호수행을 지지했을 것이 분명했다. 김현성도 거절할 만했겠지만, 아마…….

'내 기분을 생각해 주는 거겠지.'

여신에게 용서를 받았다고 한들 마음속에 있는 짐이 사라지는 건 아니었으니까.

그동안 여러 사람을 만나기는 했지만, 간혹 씁쓸한 표정을 짓거나 멍한 눈으로 바깥을 바라보기도 했다. 아직도 죄악감에서 벗어나지 못하고 있다는 떡밥을 던진 것뿐이었지만, 사랑스러운 회귀자의 입장에서는 이런 종류의 휴가가 도움을 줄 거로 생각한 것 같았다.

둠기화를 생각해 보면 더욱더 그런 결론에 도달할 수밖에 없다. 현 김현성에 입장에서는 어떻게 생각해도 이쪽의 멘탈을 케어하는 것이 최우선 사항이다.

확실히 현시점에서 잠깐이나마 숨을 돌리는 건 도움이 된다. 나뿐만이 아니라 길드원들에게도. 말은 안 했지만, 얘네도 심적으로 많이 지쳐 있었을 테니까.

이쪽을 감금하면서 본인들 나름대로 만족감을 채우고 있었다고는 해도, 다 함께 웃고 떠들며 하하 호호하는 것보다 효과가 좋지는 않을 거다.

'나쁘지 않을 것 같기는 한데…….'

박덕구 이 돼지의 목소리가 불길하게 느껴진다는 것만 아니면 당장 수락해도 이상하지 않은 상황.

여러 가지를 떠올려 봤지만, 역시 고개를 끄덕이는 게 정답처럼 느껴졌다.

'별일이야 있겠어.'

김현성과 둘만 있는 시간도 만들기는 해야 했으니까. 아마밖으로 나가면 그런 분위기가 좀 더 쉽게 만들어지지 않을까 싶다.

"그래서 가는 거요? 마는 거요? 아니, 솔직히 꼭 갔으면 좋겠다니까. 아니, 이건 형님이 안 간다고 해도 내가 꼭 끌고 갈 거요! 거절은 없으니까 그렇게 아쇼."

"아니, 그렇게까지 할 필요 없다, 덕구야. 확실히…… 매번 간다고 간다고만 말했지 실제로 간 적은 없었으니까. 이번에 한번 들르는 것도 나쁘지 않겠네."

"정말이요?"

"그래."

"예쓰! 예에쓰!"

'이 새끼 지나치게 좋아하는데.'

꼭 거기에 서프라이즈 파티라도 숨겨놓은 것 같은 반응이다. 우당탕탕 달려들어 와 이쪽을 번쩍 들어 올리기까지. 이제는 몸이 완전히 회복됐다는 걸 알고 있었는지 비행기 태워주기에 정신이 없다.

"정말로 가는 거요?!"

"그래, 간다니까."

"이번에도 안 간다고 하는 줄 알고 엄청 긴장했다는 거 아니요. 내가 이번에는 갈 줄 알았다니까."

"그렇게 가기 싫다고 했었나."

"한 일곱 번인가, 여덟 번인가 물어봤을 거요. 매번 물어볼 때마다 형님은 바쁘거나 다른 일에 정신이 팔린 상태였고……. 오스칼 님은 정말로 안 갈 거요?"

"네, 저는 괜찮아요. 정말로요."

"하긴…… 지금 상황에 가기는 역시 조금 그렇긴 하지. 이거 괜스레 미안해지는구만……."

"아니요, 그렇게 생각하지 않으셔도 돼요. 이후에도 시간은 얼마든지 있으니까요."

"거, 그렇게 생각해 주면 다행이고……."

"그럼 출발은 언제 하는데? 아무래도 준비하려면……."

"지금 당장!"

"어?"

"지금 당장 가도 된다니까. 이미 준비는 끝냈다니까."

'이 새끼, 추진력이 무슨……'

확실히 추진력 하나는 어마어마하다. 이번에도 가기 싫다고 했으면 어쩌려고 일을 벌였는지는 모르겠지만, 녀석이 환호성을 지른 이유만큼은 확실히 알 수 있을 것 같았다.

"거, 이미 옷도 입고 있는데 그대로 나가면 될 거요. 큼지막한 마차 한 대도 준비해 놨고, 거기에 있을 건 다 있으니까. 이번에는 마음 편하게 아무것도 하지 말고 나만 따라오라니까."

"……"

"거, 빨리 밖으로 갑시다."

"길드원들만 가는 거 맞지?"

"용병여왕님이랑 무녀님한테도 물어보기는 했는데 바빠서 못 올 것 같다고 합디다. 아무래도 길드원들끼리 움직이는 자리니까 조금 끼어들기 그랬을 수도 있을 것 같고……. 사실 용병여왕님까지 린델을 비우면 도시가 돌아가지 않으니까. 무녀님도 마찬가지고. 아마 그런 이유 때문일 거요. 아무튼, 여기에서 이럴 게 아니라 빨리 나갑시다. 돌아오는 길에 선물 사 올 테니까, 오스칼 님도 잘 지내쇼."

확실히 콘셉트 자체를 길드 소풍으로 잡은 것 같았다.

애초에 차희라와 카스가노 유노가 현시점에서 도시를 비울 수 있을 리 만무. 파란 길드가 린델을 비운 상태에서 붉은 용병까지 빠져 버린다면 아마 혼란이 더욱더 가속화되리라.

아리스 시녀에게 인사를 건네고 녀석과 함께 교황청의 안을 돌아다니는 와중에도 잘 다녀오라는 관계자들의 인사가 들려오기 시작했다.

적당히 응수해 주며 바깥으로 나간 순간 이쪽의 눈에 비치는 것은 정하얀과 함께 이야기를 나누는 차희라.

"어……."

다시 한번 눈을 비비고 바라봐도 정하얀과 차희라가 이야기를 나누는 것이 맞다. 물론 둘의 표정이 그리 좋아 보이지는 않았지만, 그래도 확실하게 말을 주고받고 있기는 하다. 어떻게 지냈는지 대충 안부를 물어보고 있는 모양.

괜스레 한 번 더 눈을 비벼봤지만, 여전히 두 명이 대화를 나누고 있는 모습이 시야에서 사라지지 않는다.

아무리 생각해도 이해가 안 되는 광경이었지만, 일단은 고개를 끄덕일 수밖에 없었다. 데면데면하기는 해도 사이가 나쁜 것보다는 좋은 게 좋지 않겠는가.

아마 이것도…….

'이번에 일어난 일 때문이라도 생각해도 되나?'

그렇게 생각하는 게 맞을 듯했다.

아주 잠깐이기는 했지만, 정하얀이 차희라에게 우호적이었던 시기도 분명히 있었다. 이제는 이름도 기억 안 나는 적폐 늙은이가 사람을 시켜 도시에 테러를 일으켰던 당시, 차희라가 나를 구해준 것을 보고 그녀의 존재를 용인하기로 한 것이다.

아마 이번에도 비슷한 심정이 작용했을 게 분명하다. 본인이 혼자 감당할 수 있을 거로 생각했지만, 모든 일을 망쳐 버리고 만 상황에서 차희라는 냉정하고 합리적인 판단을 내렸다.

김현성과 정하얀의 멘탈이 나간 시기에도 최전방에서 눈에 띄는 활약을 보였고 실제로 악마 군주 하나를 밀어붙이는 위용을 선보였다. 어시스트한 것은 정하얀, 마무리한 것은 김현성이었지만, 이번 전투의 승리를 가져갈 수 있었던 것은 어디까지나 차희라의 결단과 희생이 바탕이 됐기 때문이었다.

'팀의 주역은 아니었지만……'

충분히 박수를 받을 만하다.

사실상 마지막 화염구 빼고 한 게 없는 정하얀의 입장에서, 다시금 주변을 돌아보게 되는 것도 무리가 아니리라. 무슨 일이 일어날지도 모르는 대륙에서 소중한 걸 지키기 위해서는 이 여자가 필요하다는 계산이 선 것이 아닐까. 영악하게 다 보이는 잔머리를 굴리는 쪽이니 아마 내 추측이 맞을 것이다.

계속해서 발걸음을 옮기자 어느덧 정문을 지나 길드원들이 나를 볼 수 있는 지점까지 도착했다.

나를 발견한 박덕구는 고래고래 소리를 질러댔고, 차희라는 곧장 다가와 평소와 같이 입을 열었다.

'아마도 잘 다녀오라는 말이겠지, 뭐.'

"몸은 좀 괜찮지, 자기?"

"응, 거의 괜찮아지기는 했는데……. 정말로 안 가게, 누나?"

"마음 같아서는 자기랑 진하게 놀고 싶기는 한데……. 직장 동료와 함께 놀러 가는 데 붙잡을 수가 있나. 얼굴에 철판 깔고 합류할까…… 생각은 해봤었는데, 그쪽 길드마스터가 은근히 눈치 주더라니까. 내 참…… 어처구니가 없어서. 그 자리에서 더러워서 안 간다고 이야기했다지. 아무튼, 잘 다녀오라고 말이나 하려고 왔어."

"그거 아쉽게 됐네. 카스가노 유노도 그래?"

"그쪽은 정말로 바쁘고. 왜 이번에 연방 파이 다툼에 그쪽 입김이 조금 세거든. 안 그래도 저번에 만났을 때 편지 한 통 전해달라고 하길래. 그것도 가지고 왔어."

"아. 고마워, 누나."

'희라 누나, 파워 인싸네……'

카스가노 유노와도 친하게 지내고 있는 건 대충 알고 있었지만, 이렇게까지 긴밀한 사이일 거라고는 생각하지 못했다.

그러고 보니 엘레나나 이지혜와 함께 이야기를 나누는 모습도 종종 본 것 같은 기분도 들고……. 심지어 최근에 밖으로 나갔을 때는 선희영이랑 카페에서 있는 모습도 본 것 같다.

잘은 모르겠지만, 길드원들과 사이좋게 지내는 모습이 나쁘게 보일 리가 있겠는가. 서비스 삼아 살짝 팔을 벌리니 내 예상보다 꽈악 나를 껴안아 오는 게 느껴졌다.

그리고 귓가로 들려오는 작은 목소리.

"돌아올 때 선물 사 와. 그리고 이번 여행 끝나고 나면 삼 일 밤낮 동안 내 시간이야."

'희라 누나, 그건 좀……'

"두말하면 입 아픈 소리지만, 다치지 않게 잘 다녀오고. 그리고……."

'나도 그러고 싶어, 누나.'

"혹시나 해서 말하는 거지만, 뭔가 일이 터져도 가면은 쓰지마. 내 말 알아듣지? 최대한 정하얀 쪽에 붙어."

'이 말을 여기서 들어보네. 키야…….'

"그럴 일 없어. 다른 사람들 다 있는데 위험해질 리도 없고……."

"그냥 노파심에서 하는 소리야. 자기도 알고 있잖아. 자기랑 종류는 다르지만 나도 비슷한 거 하나 가지고 있는 거. 애초에 위험성 측면에서는 비교도 할 수 없지만, 그런 종류로 얻은 힘은 어떻게든 대가를 받아내게 마련이야. 컨트롤할 수 있다고 생각하지 말고……. 이런 장소에서 갑작스럽게 할 이야기는 아니지만……. 괜히 잔소리가 길어졌네. 아무튼, 이 이야기는 돌아온 뒤에 삼 일 밤낮으로 나눠보자고. 사랑해, 자기."

"어……."

"사랑한다고."

"나…… 도 사랑해, 누나."

조금은 반강제적으로 대답한 느낌이었지만, 나쁘지는 않았다. 둠기화 떡밥이 안정적으로 자리 잡았다는 걸 확인할 수 있었기 때문이다.

이쪽의 요청대로 베니고어가 어둠 어쩌고를 성소에서 내뱉은 것은 파티원들뿐만이 아니라 교국민들의 머릿속에도 확실히 자리 잡았다.

물론 교국민들은 빛기영이 본인의 의지로 둠기영으로 변할 수 있다는 사실을 모르고 있었지만, 파티원들을 비롯한 가까운 지인들은 대충 눈치를 챈 것 같았다. 정확히 말하면 이쪽에서 정보를 흘렸다는 게 올바른 표현이리라.

대놓고 '둠기화가 가능합니다. 지금부터 둠기화 갑니다'라고 밝히며 가면을 소환한 것은 아니다. 어디까지나 '어쩌면 제정신을 유지한 채 변화가 가능할지도 모릅니다'라고 어렵게 말을 떼며 가능성을 드러낸 것이 전부. 김현성을 포함한 길드원들의 얼굴이 구겨진 것은 당연한 수순이었다.

이후로는 딱히 내가 작업을 하지 않아도 착착 이야기가 진행되었다. 나조차도 확신하는 말을 건네지 못한 만큼 여러 가지 추측이 나돌았고 끝에 이르러서는 자신들끼리 의견을 모으고 결론을 내기 시작했다.

그 의견들을 대충 정리해 보자면 이렇다.

1. 이기영은 준신화 등급의 직업 '빛의 연금술사'에서 같은 준신화 등급의 직업 '어둠의 역병군주'로의 전직이 가능하다.

2. 변화의 조건은 정신에 무리가 갈 정도의 마이너스 감정을 느끼는 것이다.

3. '빛의 연금술사'에서 '어둠의 역병군주'로의 직업 전환은 가능하지만, 그 반대는 여신의 도움을 받아야 한다.

4. 힘을 사용하거나 오랫동안 역병군주로 지낼 경우, 이전처

럼 정신이 먹힐 가능성이 있을지도 모른다.

5. 지금으로서는 이 저주에 대한 마땅한 해주 방법이 없다. 지속해서 멘탈을 케어해 주는 것만이 유일한 방법이다.

딱 이 정도.

노린 그대로였고, 클리셰 그대로였다. 힘을 사용하면 사용할수록 정신이 좀먹힌다는 설정은 놀라울 정도로 캐릭터에 입체감을 부여하고 있었고, 정하얀을 비롯한 일부 사고뭉치들이 함부로 활동하지 못하게 하는 억제제 역할을 톡톡히 해주고 있었다.

마이너스 감정을 느끼면 점점 더 본신의 정신을 잃어간단다. 이쪽의 멘탈을 케어하기 위해 별의별 이벤트를 준비하는 것도 무리가 아니리라.

앞서 말한 대로 이 피크닉 이벤트 역시 어떻게든 플러스 감정을 느끼게 해주기 위한 이벤트일 터. 길드원들에게 휴식을 부여하고 싶다는 김현성의 의도까지 완벽하게 들어맞은 이벤트였지만, 왜인지 모르게 이쪽은 별다른 도움을 받지 못할 것처럼 느껴졌다.

슬그머니 뒤쪽을 바라보니 커다란 배가 시야에 비친다.

배다. 보트도 아니고 배다. 마차 뒤에 저런 걸 달아서 끌고 온다는 게 황당하게 느껴질 지경. 시간이 조금 지나면 적응되리라고 생각했지만, 몇 시간째 마차 여행을 했는데도 불구하고, 여전히 적응되지 않는 모습이었다.

그런 내 모습을 눈으로 직접 확인했는지 옆에 있던 박덕구가 자랑스럽게 입을 열었다. 벌써 수십 번은 더 귀에 담은 이야기였다.

"틈틈이 만든 거요. 거, 왜 튜토리얼 던전 근처에서 보트 만들었던 때, 기억 안 나는 거요?"

"기억은 나는데……. 그때는 작지 않았어? 저건 보트라고 부를 수도 없잖아."

"거, 취미 생활로 계속해서 만지다 보니까 여기까지 왔다니까. 린델에 있는 커다란 지하 작업장 하나 빌려서 만들고 있었는데, 어떻게 하다 보니까 자꾸만 손이 커진 거 아니요. 때마침 우리 아영이도 들어와서 큰 도움을 줬다니까."

"아무리 그래도……."

"내가 저 보트 한 척에 얼마나 많은 돈을 쏟아부었는지 형님은 모를 거요."

'당연히 모르지, 이 새끼야.'

"정연 씨가 여러 가지로 도움도 많이 주고 디테일한 부분까지 확실하게 가다듬었다니까. 아마 저기에 무슨 기능들이 숨어 있는지 알면 형님도 놀랄 거요."

'그래, 시바. 확실히 그럴 만하다.'

교국 최고의 대장장이 기술자 유아영과 마법 지식 부문에서는 그 누구도 따라잡을 수 없는 마도학자 황정연. 거기에 보트 장인 박덕구가 눈에 불을 켜고 만들었으니 회심의 역작이 만들어지는 것도 무리가 아니리라.

[전설 등급의 아이템 나이스 보트의 정보를 확인합니다.]

[나이스 보트-전설 등급]
[강철의 대장장이와 마도학자, 신념의 방패가 만들어낸 세기의 역작입니다.

용골과 마수의 뼈, 마수의 가죽과 빛의 마력으로 만들어진 이 커다란 배는 단순한 운송 수단으로 평가할 수 없을 정도로 귀하고 특별한 예술 작품입니다.

소재 하나하나가 마력을 머금고 있는 것은 물론, 그 강도는 어떠한 파도와 바람에도 부서지지 않습니다.

드래곤의 브레스를 견딜 수 있을 정도의 내구력을 겸비하고 있으며 승선한 승무원들에게 지속적인 버프와 활력을 유지해 줍니다.

일정 시간 동안 바다 안을 잠수할 수 있는 기능이 있으며, 그밖에도……]

끝까지 다 읽어볼 필요도 없다. 중요한 건 박덕구 이 새끼가 무시무시한 걸 만들어 버렸다는 사실 하나였으니까.

소재로 마수 살라트와 디아루기아, 그밖에도 여러 가지 고급 촉매와 아이템들이 들어간 게 눈에 보인다. 이쯤 되면 아이템 판정을 받는 것도 당연. 어처구니없는 상황에 입이 떡 하니 벌어질 정도였다. 어떻게 이걸 보고 놀라지 않을 수 있겠는가.

이런 결과가 퍽이나 만족스러웠는지 이 작품의 창작자들은 끊임없이 재잘거리는 중이다.

"린델이 부서지고 나서, 솔직히 이 작품도 망가졌을 거로 생각했는데, 무사해서 다행이었죠."

'아영아, 시바. 드래곤의 브레스까지 견딜 수 있도록 설계되어 있다고 하잖냐. 마수의 가죽으로 마감했고, 지하에 보관되고 있었는데, 당연히 무사했겠지.'

"그때는 아직 완성 전이어서 아이템 판정도 받기 전이었으니까요. 부길드마스터가 깨어난 이후에 덕구 씨가 틈틈이 마무리했어요. 거울 호수로 갈 때까지는 꼭 완성하고 싶다면서요."

"사실 나는 뭐 크게 한 것도 없다니까. 어떻게 봐도 정연 씨 때문에 이렇게 완성된 것 아니요. 애초에 마법으로 기틀을 잡아놓지 않았으면 저렇게 크게 만드는 것도 불가능했을 거라니까."

"그래도 마무리는 끝까지 덕구 씨가 했잖아요. 땀까지 뻘뻘 흘리면서 한 땀 한 땀. 망치질 한 번도 얼마나 공들여서 한지 몰라요. 부길드마스터."

'알겠으니까, 남친 자랑은 인제 그만.'

"그거…… 대단하군요."

"이놈만 있으면 이제 어떤 바다든 호수든 안심이요. 애초에……."

'애초에 저건 호수에 띄우는 물건이 아니지.'

"취미 생활치고는 너무 커진 것 같아서 나도 이건 아닌 것 같다는 생각을 조금 하기는 했는데, 다 완성된 걸 보니 그래도 마음에 들기는 합디다. 처음에는 형님이랑 누님만 태우려고 했는데. 어떻게 하다 보니까 이렇게 되어버렸다니까."

박덕구의 친구이자 파트너 안기모도 한마디 입을 열어온다.

"아마 교국 내에서 이런 배를 가지고 있는 길드는 저희밖에 없을 겁니다. 조선이 발달한 왕국 연합의 몇몇 국가들도 이 정도로 퀄리티 있는 배가 없다고 들었습니다. 실제로 몇몇 조선 관계자들과 잡지사에서 연락을 받은 거로 알고 있는데…… 그렇지 않습니까?"

"받기는 했지만, 파란 길드의 공공재를 함부로 바깥에 유출할 수가 있나. 디자인에 관해 이야기하고 싶다는 예술 잡지를 제외하고는 전부 돌려보냈다니까. 조선 관계자도 그렇고, 뭐 팔라고 하는 사람도 있기는 했었는데, 자식 같은 놈이라 팔기는 좀 그렇더이오."

"만약에…… 팔았으면 부자 됐을 텐데……."

"예리 씨 말이 맞습니다. 사실 값으로 가치를 매길 수가 없는 물건이라 팔기도 좀 뭣 하지만……."

"큼! 뭐 여러 가지 이유가 있지만, 그 무엇보다 내정된 주인이 있다는 게 그 이유요."

"……."

"처음부터 하얀 누님이랑 우리 형님 태워주려고 만든 것 아니오. 설계도 그렇게 했고 어떻게 생각해도 이건 선물로 주는 게 맞다니까."

나무에 달라붙은 매미처럼 이쪽에 꼭 달라붙은 정하얀이 반응한 것은 바로 그때. 토끼처럼 눈을 번쩍 뜨더니 입꼬리를 실실 올리는 꼴이 왠지 불길하게 느껴진다.

"사실 이렇게…… 큼…… 말을 꺼내려고 한 건 아니었는데. 다들 모인 자리니까 말하는 게 맞는 것 같소. 여기 마스터키 받으쇼, 형님."

"아, 으응…… 고맙다."

"첫 출정을 다 같이 타게 돼서 조금 그렇긴 하지만, 틈이 나면 누님이랑 같이 여기저기 다녀오고 그러쇼."

나보다는 정하얀이 고개를 더 격하게 끄덕이는 중, 심지어 작은 목소리로 귓속말을 해오기 시작했다.

"이, 이, 이걸로 신혼여행 가, 갈 수도 있겠네요, 멀리멀리."

'너 공간 이동할 수 있잖아…….'

"자! 다들 박수! 박수!"

"축하드립니다, 부길드마스터."

"추, 축하드려요, 정하얀 님."

"축하드립니다, 기영 씨."

순서대로 암살자 김창렬, 흑마법사 한소라. 심지어 김현성까지 박수를 보내왔다.

다른 이들도 별반 다르지는 않다. 그럴 것으로 예상한 것 같았지만, 박덕구의 통 큰 결단에 놀라워하는 눈치다. 김현성은 왜 저렇게 질 수 없다는 얼굴을 하고 있는지 모르겠지만, 녀석도 기쁘기는 매한가지인 모양이다.

솔직히 이런 분위기 자체가 너무 오랜만이라고 느껴진다. 길드원들끼리 오순도순 모여 웃고 떠든 게 얼마 만인지 기억도 잘 나지 않는다.

　그래도 예전에는 던전에 들어갔다 나온 이후에 항상 이런 시간을 보냈던 것으로 기억한다.

　커다란 캠프를 만들고 모닥불 주변에 앉아 이런저런 이야기를 나누는 등, 나름대로 캠핑 분위기를 내며 딱 기분 좋을 정도로 취하며 웃고 떠들었었다.

　길드가 커지고 본격적으로 바빠지면서 이런 여유가 없었던 것도 사실, 당연하지만 이 자리에서 얼굴을 구기고 있는 사람은 단 한 명도 없다.

　엘레나와 선희영은 마차 안에 있는 테이블 위에서 체스를 두고 있었고, 김창렬은 오늘도 어김없이 구석 쪽에서 책을 읽고 있다. 한소라 역시 정하얀과 최대한 멀리 떨어진 곳에서 안기모, 김예리와 함께 보드게임을 즐기는 중. 김현성과 조혜진도 간단하게 마련된 미니바에서 와인을 홀짝이며 웃고 떠들고 있다.

　오래간만에 찾은 여유라는 느낌이 드는 것도 무리가 아니다. 나 역시도 박덕구에게 받은 나이스 보트와는 별개로 실실 웃음 짓게 된다. 마치 동네 주점에서 친구끼리 모여 각자 할 일을 하면서 시간을 보내고 있는 것 같았기 때문이다.

　'평화롭네.'

　폭풍 전의 고요함이 아닐까 하는 쓸데없는 생각을 했지만, 즐거웠다는 건 부정할 수가 없었다. 창문 밖으로 보이는 아름다운 풍경도 그렇고 여유를 즐길 수 있는 사람들이 함께 있다는 것도 그렇다.

마차가 그리 빠르지는 않았지만 나보트 남작, 아니, 나보트 의원이 관리하는 도시까지는 그리 멀지 않다. 잠시 후면 도착할 거라는 생각에 모두의 얼굴이 들뜨는 게 눈에 보였다. 거울 호수, 거울 호수 노래를 불렀던 건 정하얀과 박덕구뿐만이 아니었으니까. 나름대로 소녀 감성을 유지하고 있는 조혜진도 평소답지 않게 들떠 있는 표정이다.

도착을 얼마 남기지 않은 시점에 쓸데없는 잡담을 나누고 있을 때였다.

옛날이야기나 여행 이야기 같은 여러 가지 주제를 돌고 돌아 다시금 돌아온 것은 뒤에 매달려 있는 커다란 나이스 보트. 누가 보기에도 오늘 가장 핫한 토픽감이었으니 다시금 이야기가 나온다고 하더라도 이상하지는 않았지만, 제작자 3인방 이외에도 꽂힌 사람이 있기는 있는 것 같았다.

천연덕스럽게 입을 연 것은 원래 말이 좀 많은 안기모다.

"으음, 기회가 된다면 바다로 한번 나가보고 싶군요."

"나도 조금 아쉽기는 하지만 거울 호수도 크게 다르지 않을 거요. 면적이 워낙 커서 얼핏 보면 바다로 착각하는 사람들도 있다고 합디다."

"그래도 바닷바람에 맞서 싸운다는 이미지 같은 게 있지 않습니까. 뱃멀미가 있지만 거친 바다와 싸우는 선원이나 정처 없이 떠돌아다니는 해적선 같은 게 어릴 때부터 로망이었습니다. 이곳은 아직 발견되지 않은 곳이나 섬나라도 드무니까 모험, 항해 같은 걸 할 수 있을 리 만무하지만……."

"음……."

"마음 같아서는 이 배를 사용할 수 있는 던전에라도 들어가고 싶은 심정입니다."

"거, 그게 가능한 거요?"

"보통 등급이 높은 일부 던전들은 맵이 완전히 뒤바뀌는 경우도 있으니까요. 파란 일지에 기록된 공포의 정원 역시 그런 던전이었고요. 실제로 몇 년 전에 발견됐던 한 던전은 시작 지점이 물 위였다고 합니다."

"환장할 상황이었겠구만."

"많은 희생을 치른 것은 물론 그 던전을 공략하는 데 반년 정도가 더 걸렸다고 들었지만, 아마 저 물건만 있다면 그런 종류의 던전을 공략하는 것도 꿈이 아니지 않겠습니까. 어쩌면 거울 호수에서 비슷한 던전을 발견할지도 모르고요."

"거, 그런 것도 좋지만, 이번은 원정이 아니라 여행이 목적 아니요. 그리고 거울 호수에는 매년 많은 관광객과 모험가들이 돌아다니는데 거기서 던전이 발견된다는 건 대관절 말도 안 되는 소리 아니요? 거, 그렇게 말하지 않아도 형님이 알아서 바다로 데리고 나가줄 거요, 기모 형씨."

"하하하, 제가 실없는 소리를 했군요. 그럼 꼭 부탁드리겠습니다, 부길드마스터."

'오랜만에 정신 똑바로 박힌 소리 했네, 저 돼지는.'

어쩜 저렇게 정상적인 발언을 할 수 있을지 궁금해질 수밖에 없었다. 평소답지 않게 정색 빤 진지한 표정이라 어울리지 도 않는다.

'안기모, 저 사람도 참……. 로망 같은 걸 너무 밝혀서 문제야.'

언제 적 해적이고 언제 적 항해 모험인지…….

김예리는 제법 기대하고 있는 것 같았지만, 다 큰 어른들은 대부분 안기모의 로망을 이해하지 못하는 것처럼 보였다.

거울 호수에 던전이라니, 생긴 것답지 않은 깜찍한 생각에 코웃음이 나온 것은 당연한 일이다.

하지만. 그 생각이 바뀌기까지는 몇 시간도 채 걸리지 않았다.

"형님, 아무래도 던전에 들어오게 된 것 같은데……."

"……."

이건 김현성조차 모르고 있었다는 표정이었다.

157장
히든 피스

　사건의 시작은 몇 시간을 더 거슬러 올라간다.

　거울 호수에 도착한 직후에는 여러 가지로 정신이 없었다. 오랜만의 단체 휴가에 길드원들의 텐션은 평소보다 더 올라갔고, 당연히 분위기 역시 조금 더 떠들썩해졌다.

　도시로 도착한 이후에는 곧바로 짐을 풀고, 마차 여행으로 지친 심신을 풀기 위해 제대로 된 식사를 하기로 했다. 그리고 도시의 특산물인 거울 연어를 먹으며 무척이나 만족스러운 시간을 보냈다.

　평소에 입이 짧았던 나 역시 두 접시를 해치웠을 정도니 무슨 말이 더 필요할까. 박덕구와 안기모는 아예 접시를 쌓아두고 식사를 했고, 엘레나 역시 음식을 입으로 가져가는 내내 놀라움을 감추지 못했다.

'뭐, 그만큼 맛있기는 했으니까.'

딱히 무슨 활동을 한 것은 아니었지만, 오히려 그렇기 때문에 더 휴가를 온 것 같다는 생각이 들었다.

그만큼 거울 호수에 대한 기대감이 커졌다는 것은 굳이 설명할 필요가 없으리라.

"정말로 기대되네요. 그, 그렇죠?"

"응, 도시에 도착하면 곧바로 호수가 보일 줄 알았는데. 그건 또 아니네."

"기대감을 조금 높이려고 일부러 조금 멀리 떨어진 곳에 식당을 잡았다는 거 아니요. 아마 만족스러울 거요, 그렇지 않나?"

"정말 마음에 드실 거예요. 부길드마스터. 제 입으로 이런 말 하는 게 조금 그렇긴 하지만 무척 로맨틱하거든요."

"……?"

"형님은 또 뭘 그렇게 의아하다는 표정하고 있는 거요. 여기 정연 씨랑 한 번 사전 답사하러 왔었다니까. 아무튼, 다 먹었으면 빨리 일어나는 게 좋을 것 같소. 지금 이 시간대가 가장 예쁠 시간이니까."

"원래는 따로 출입구가 있기는 한데 덕구 씨가 가지고 온 배가 너무 커서 그쪽 입구로는 못 들어갈 것 같아요. 아마 마차는 이미 그쪽에서 대기하고 있을 테니까, 천천히 걸어가시면 될 거예요. 얼른 일어나요. 길드마스터도 어서."

"아…… 네, 알겠습니다."

쭈뼛쭈뼛 몸을 일으키는 김현성의 모습이 시야에 비쳤다. 패키지여행을 다니는 청년 같은 모습에 괜스레 흐뭇한 미소가 지어진다. 이제야 뭔가 저 나이대의 사람이 하는 행동을 하는 것 같은 느낌. 옆에 있는 내 친구 조혜진도 무척 들뜬 것 같았다.

"즐거운가 봅니다."

"쓸데없는 소리 하지 마십시오. 부길드마스터."

아무튼, 김현성을 포함한 길드원들은 무척 즐거운 마음으로 발걸음을 옮기고 있었다. 현재까지는 박덕구 패키지가 무척이나 만족스럽다고 생각할 수밖에 없었으니까.

본래 여행이라는 게 배부르고 나면 모든 게 전부 예뻐 보이는 법 아니겠는가. 대표적인 관광지답게 트레킹 코스를 잘 꾸며놓은 것도 이런 기분을 느끼게 하는 요소 중 하나였지만, 아마 원초적인 만족감은 분위기 때문이라고 생각했다.

그렇게 발걸음을 옮기기를 몇 분째, 눈앞에 들어선 광경은 저도 모르게 탄성을 자아내게 하기에 충분했다.

'조금 실망스러운 모습이면 어떡하지'라는 내 생각을 부정하듯 거울 호수는 교국의 대표적 관광지다운 위용을 뽐내고 있었다.

마치 바다처럼 드넓게 펼쳐진 호수. 아니, 저건 호수라고 부르기에 미안한 풍경이다.

거울 호수라는 이름처럼 하늘을 비추고 있는 것은 물론, 커다란 빛이 여기저기에 흩뿌려지고 있다. 상투적인 표현이지만 보석을 박아놓은 것처럼 보이는 광경에 너도나도 입을 떡 벌리며 각자의 감상평을 내놓는다.

"예쁘다."

감정 표현이 서툰 김예리.

"정화되는 것 같아요……. 온몸, 뼛속 깊은 곳에 있었던 죄와 공포가 사라지는 것 같은 기분이에요."

눈물이 마를 날이 없었던 한소라.

'그래, 넌 여기서 힐링 좀 해야지.'

"이곳에 떨어진 뒤로 별별 광경을 다 봐왔다고 생각했지만, 지금 제가 본 풍경이 가장 판타지스러운 풍경이네요."

놀라움을 표현하는 유아영.

"어떻게 저렇게 반짝일 수 있는 겁니까?"

뭔가 이상한 쪽으로 질문하는 김창렬까지.

"그건 아직 밝혀지지 않았어요, 창렬 씨."

대답한 것은 박덕구의 그녀 황정연이었다.

"그건 무슨 말씀이신지."

"그 말 그대로예요. 어째서 저렇게 거울처럼 하늘을 비추고 있는 건지, 또 빛무리는 뭔지, 아직도 밝혀진 게 없다고 하네요. 관련 학자들도 계속해서 이유를 찾고는 있지만, 글쎄요. 솔직히 저는 원인 같은 걸 찾는 건 최대한 지양하고 싶어요. 모르고 보는 편이 조금 더 로맨틱하잖아요?"

"근처에는 연어 양식장도 없는 것 같은데, 어떻게 호수에 연어가 살 수 있는 지도 궁금합니다."

"뭐, 그런 걸 따지고 그러나. 거, 내 눈에 보이기에 예쁘기만 하면 된 거지. 그렇지 않소, 누님?"

"아…… 네, 네, 정말로 예쁘네요."

사정없이 고개를 끄덕이는 정하얀을 보니 확실히 애도 이런 감성을 아직 잃지는 않은 모양이다. 아니나 다를까 품에 쏙 안겨오는 모습은 가관.

엘레나는 괜스레 힐끔힐끔 이쪽을 바라본다. 뭔가 로맨틱한 상황을 기대했던 것 같지만, 아무래도 모두가 보고 있는 자리에서 이런저런 액션을 보여주는 건 부담스러웠다.

"아직 놀라기는 이르다니까. 안쪽에 들어가서 보면 더욱더 가관이요."

"장관이겠지."

"뭐, 그거나 이거나 비슷한 뜻이니까. 형님은 왜 이렇게 분위기 좋은데 초를 치고……. 아무튼 빠르게 올라탑시다. 거, 다들 빨리 오쇼. 어차피 앞으로 실컷 볼 테니까. 기왕이면 나이스 보트 위에서 보는 게 훨씬 더 낫지. 형씨도 빨리 올라오쇼."

"네, 알겠습니다."

힐끔힐끔 이쪽을 바라보는 김현성을 필두로 관광버스에 승차하는 관광객의 마음가짐이 되어 배 위에 올라탔다.

그제야 전체적인 내부의 모습이 시야에 들어오기 시작했는데, 다소 투박했지만 얼마나 신경을 썼는지 알 수 있었다. 단순히 겉모습뿐만이 아니라 안에서 보기에도 고급스러운 요소들이 곳곳에 눈에 띄었다.

곧 커다란 배가 천천히 호수를 향해 나아가기 시작했고 오랜만에 동심으로 돌아온 김예리가 소리를 내질렀다. 왠지 모르게 만족스러워하는 안기모의 표정은 덤이다.

확실히 멀리서 볼 때와 가까이서 볼 때의 차이가 확연히 다가오는 듯한 느낌이었다. 배를 타고 하늘을 날아다니는 기분이 이러할까. 신비감 같은 거로 따지자면 엘프 왕국에 있는 세계수와 맞먹을 것 같다는 생각이 들 정도였고, 실제로도 별반 차이가 나지 않았다.

아직도 끝이 보이지 않는 호수. 커다란 배가 천천히 움직인 파동으로 물결이 흔들리고 살랑살랑거리는 빛무리와 함께 하늘이 흔들린다.

어디서 본 게 있었는지 정하얀은 가장 앞에 서서 팔을 쫙 펴고 호수를 바라보는 중.

"오, 오빠…… 저, 저 좀 뒤에서 잡아주세요."

'그런 거 하지 마…… 하얀아.'

물론 이런 분위기에서 장단을 맞춰주지 않을 정도로 모질지는 않았기에 정하얀의 허리를 뒤에서 살짝 잡아주자, 앞쪽에서 실실거리는 웃음소리가 새어 나왔다. 순번을 기다리고 있는 선희영과 엘레나 그리고 왠지 모르게 만족스러운 표정을 짓고 있는 김현성까지.

조혜진의 얼굴을 보니 얘도 어지간히 이걸 하고 싶어 하는 것 같았다. 하지만 눈치 없는 내 님은 관심조차 가져주지 않으니 오늘도 1패를 적립할 것만 같다.

여기저기에서 환호성이 들려오고, 감탄 소리와 함께 이 풍경을 칭찬하는 목소리가 들려온다.

솔직히 그 정도는 아닌 것 같았지만, 그러면 그럴수록 박덕구는 더욱더 만족스러운 미소를 내보내고 있었다.

배가 천천히 가라앉고 있다고 느껴진 것은 바로 그때였다.

뭔가 문제가 생긴 것이 아니냐는 듯 박덕구를 바라보자, 걱정하지 말라는 듯 고개를 끄덕였다.

이윽고 배가 완전히 물속으로 들어간 이후에 보이는 모습은 또 새로웠다.

'잠수도 할 수 있다더니, 시바⋯⋯.'

길드원들의 반응을 보자면 하급 악마 정도는 이 풍경에 가볍게 정화당하지 않을까.

솔직히 호수의 안쪽도 휘황찬란할 거라고는 생각하지 못했다. 단순히 물의 표면에 빛이 반사되어 거울처럼 비치는 게 아니었던 듯하다. 지구의 상식을 기준으로는 절대로 설명할 수 없는 자연 현상이라고 하는 게 맞으리라.

반짝이는 빛이 바로 옆을 지나가는 것을 보고 조혜진이 무의식적으로 손을 뻗었다. 신성력인지 마력인지는 모르겠지만, 왠지 모르게 소재로 써먹을 수도 있겠다는 쓸데없는 생각을 하게 된다.

"이런 건 또 어떻게 만든 거야?"

"거, 마법사들 좀 불렀소. 시험해 보는 건 이번이 처음인데, 잘된 것 같아서 기분이 좋다니까."

"확실히⋯⋯ 여기서 보는 게 장관이긴 하네."

"조금 마음이 깨끗해지는 기분이 들기는 드오?"

'그 정도는 아니고…….'

"마음속에 있는 어둠 같은 게 파바바박 사라지거나 그러지는 않느냔 말이오."

"고맙다, 덕구야."

"큼, 그 말을 듣고 싶기는 했는데, 막상 이렇게 들어보니 조금 더 기쁘구만. 저기 연어 떼가 이동하는 것 좀 보쇼."

"예쁘네."

"역시나 오길 잘했다고 생각하는 게 눈이 보인다니까. 거, 누님도 마음에 들어 하는 것 같고."

"파란색, 하얀색 우주 속에 들어온 것 같아요."

"표현이 또 크으…… 시적이라니까. 거, 연어들이 어딜 그렇게 가는지 한번 쫓아가 봅시다."

"문제는 없는 거지?"

"문제가 생길 거였으면 진작에 생겼겠지. 뭐가 그렇게 걱정이오. 여기 하얀이 누님도 있는데. 거, 형님은 아무것도 생각하지 말고 여기서 관광이나 즐기면 되오! 내일도, 내일 모레도 기대해도 된다니까. 가즈아!"

'이 새끼, 너무 신났는데.'

약간이지만 불안함 마음이 생기는 것도 무리가 아니다. 박덕구가 이런 포지션을 취할 때는 사고를 쳤던 경우가 많았던만큼 괜스레 똥줄이 탈 수밖에 없었다.

하지만 이 풍경은 그런 사소한 걱정 같은 건 전부 잊게 한다. 오죽했으면 한소라가 눈물을 흘리고 있겠는가. 겨우 자연

경관을 본 것 가지고 눈물을 흘리는 감성은 이해할 수 없었지만, 마치 구원받은 것 같은 얼굴이 눈에 들어왔다.

'하긴, 쟤도 악마 소환하는 데 힘 좀 보탰지.'

정하얀과는 다르게 죄책감의 바닷속에서 헤엄치고 있었나 보다. 언제 한번 면죄부라도 사서 붙여줘야겠다는 생각을 하며 다시 한번 시선을 돌린다.

관객들의 반응이 좋으면 좋을수록 흥이 난다는 제스처를 취하는 박덕구가 더욱더 의기양양한 표정으로 나이스 보트를 모는 모양새에 웃음이 튀어나온다.

모두 각자의 방식으로 이 여유를 즐기고 있지만, 아마 현시점에서 가장 기분이 좋은 것은 김현성이 아닐까. 내가 즐거워하면 할수록 점점 더 표정이 풀어지고 있다.

사실 약 20분 정도가 지난 시점에서는 거기가 거기인 것 같은 풍경에 슬슬 질리기 시작했지만, 그동안 마음고생했을 김현성을 위해 이런저런 리액션을 선보이는 건 어쩔 수 없는 일이었다.

'립 서비스는 확실하게 갈겨줘야지.'

애초 목적이 이기영의 멘탈 회복과 즐거움이었던 만큼, 기왕이면 확실하게 목적을 달성했다고 느끼게 해주는 게 좋다는 거다.

거짓 탄성에 마치 자신이 이쪽을 만족시켜 준 것처럼 좋아하는 모습. 모든 일이 끝난 이후에 얼마나 좋았냐고, 확실하게 만족한 게 맞냐고 물어올 것만 같다.

"와아!"

'좋아 죽네, 이 새끼.'

"아앗!"

'이것도 진짜 피곤한 일이다, 현성아.'

"너무 대단하네."

'누가 보면 거울 호수 네가 만든 줄 알겠다, 야.'

"크고 넓어서…… 더 좋은 것 같아."

'그래. 네가 좋으면 됐다, 현성아.'

"자, 그럼 이만하고 올라갈 테니까, 어디 붙잡을 수 있는 곳 있으면 꽉 붙잡으쇼!"

드디어 끝났다는 생각과 함께 다시 호수 위에 올라갔을 때의 리액션은 어떻게 하는 게 좋을까 싶어 머릿속으로 고민을 하는데.

'뭐야…… 이거.'

배가 떠오른 장소는 거울 호수가 아닌 생전 처음 보는 장소.

"씨바…… 뭐야, 이거."

눈앞에 펼쳐진 거대한 파도의 웜홀을 목도한 순간 커다랗게 입을 벌릴 수밖에 없었다.

"돛 펴! 돛 펴! 돛 펴어어어!!!"

정확히 무슨 상황인지 이해하는 건 나중이었다. 마치 거울이 뒤집히듯 뒤바뀐 풍경에 의문을 제시할 만도 했지만, 일단은 현재 상황부터 어떻게 하는 게 먼저였으니까.

눈앞에 보이는 비상식적인 풍경을 목도한 순간, 어떻게든 살아 나가야겠다는 생각이 머릿속을 꽉 채우기 시작했다.

아니나 다를까, 순식간에 어느 한 곳으로 특정되지 않은 거대한 파도가 사방에서 덮쳐왔다.

"마법! 마법!"

내 목소리에 정하얀이 급하게 주문을 외웠지만, 이미 들이닥치고 있는 파도를 완전히 막을 수 있을 리 만무했다.

커다란 배가 충격으로 튕겨 나가는 순간 배 위에 서 있던 길드원들 역시 튕겨 나가려고 한다. 몇몇은 난간이나 커다란 기둥을 붙잡아 파도에 휩쓸리는 불상사를 피할 수 있었지만, 연약한 내 몸이 이 정도의 충격에 버틸 리 없지 않은가.

난간을 꽉 붙잡았던 손이 저절로 풀린 이후에는 시야가 빠르게 돌아간다. 눈 깜빡할 사이에 공중으로 붕 떠버린 몸이 원망스러울 수밖에 없었다.

'제기랄!'

서둘러 손가락을 튕겨 연금 소환 마법을 시전하고 싶지만, 냉정한 머리와는 다르게 몸은 공중에서 발버둥 치며 허우적거리기에 여념이 없다. 바로 옆을 스쳐 지나가는 파도가 팔을 때렸고, 그 결과 몸의 중심을 제대로 유지하기 힘들었다.

"오빠!"

정하얀의 비명과 함께 내 손을 붙잡는 감각이 느껴진 것은 바로 그때. 힘들게 시선을 돌리니 김현성이 이쪽의 손을 꽉 붙잡고 있는 게 시야에 비쳤다.

"괜찮으십니까?"

"현성 씨?"

회귀자의 따뜻한 품속에 있으니 이제 난 여기 있는 그 누구보다 안전하다. 아주 약간이었지만, 그나마 위안이 되는 순간이기도 했다.

하지만……

'다른 사람들은?'

상상했던 것처럼 나쁜 상황은 아니었다. 한소라와 엘레나는 운이 좋게 벽에 튕겨 나간 이후 김창렬에게 잡혀 있었고, 황정연은 박덕구가 붙들고 있다. 유아영, 김예리나 조혜진 같은 전위로 분류할 수 있는 이들은 무사한 것을 보니 능력치가 높은 이들은 버텨낼 수 있는 충격이었던 모양.

하지만 신체 능력치가 낮은 후위들은 그렇지 않았다. 길드에 마지막으로 남은 후위 한 명을 찾아보자 아니나 다를까 선희영이 공중으로 치솟고 있었다. 떨어지기 전까지 시간이 얼마 남아서 구해낼 수 있을 거로 생각했지만, 옆쪽에서 거대한 파도가 다시금 들이닥치며 그녀를 집어삼킨다.

여기저기에서 비명이 들려온 것은 당연한 일. 황급히 마음의 눈을 발동시켜 안쪽을 바라보자 파도에 휩쓸려 허우적거리는 선희영의 모습이 시야에 비친다.

김현성에게 반쯤 안긴 채로 손가락을 튕기자 거대한 용의 꼬리가 마법진과 함께 연성되었다. 혹여나 파도에 흐트러질까 걱정했는지 황정연과 엘레나가 연성된 꼬리에 강화 주문을 불어넣는다.

그 순간에도 선희영은 계속해서 보트에서 멀어지는 중.

'닿아라. 시바, 닿아!'

점점 더 멀어지고 있는 모습에 김예리가 이를 질끈 문 채로 소환된 꼬리를 타고 달려 나가고 있지만, 길드의 꼬맹이가 달리는 것보다 선희영이 멀어지는 게 더 빠르다.

심지어 들이닥친 파도로 인해 꼬리에 단검을 박은 채 버틸 수밖에 없는 상황에 김예리까지 위태로워 보였다.

최악의 전개를 머릿속에 그리고 있었을 때 그녀의 목숨을 구한 것은 뜻밖의 천운이었다. 반대쪽에서 덮쳐온 파도가 선희영을 이쪽으로 밀어낸 것이다.

'나이스! 나이스!'

작게 주먹을 꽉 쥔 순간 용의 꼬리가 선희영을 붙잡은 것이 눈에 보인다.

하지만, 모든 게 끝났다고 생각했을 때 또다시 거대한 파도가 배를 덮쳐왔다.

"막아! 막아!"

"이이이이익!"

주문을 완성한 것은 우리 정하얀. 시연한 것은 라이오스에서 한 번 쓴 적이 있었던 압축 마법.

콰아아아아!

폭발하는 소리와 함께 죽일 듯이 이쪽을 덮쳐왔던 파도가 한순간에 압축되어 사라져 버렸다.

"나이스 정하얀! 나이스으!"

놀라움을 표현한 것도 잠시, 한소라가 주문을 외우는 소리와 함께 이쪽의 몸들을 감싸는 검은색 사슬이 보이기 시작했다. 당연하지만 포박하기 위해 주문을 외운 것이 아니다. 더 이상 튕겨 나가지 않게 조치한 거겠지.

아니나 다를까 몸이 무거워지는 게 느껴진다. 자석처럼 배에 딱 달라붙은 신체를 보니 역시 마법의 위대함에는 엄지를 치켜세울 수밖에 없었다.

그사이 정신을 잃은 선희영이 배 안쪽으로 무사히 도착. 물을 먹었는지 몸이 점점 차가워지는 게 느껴졌다.

조치해야겠다고 생각했는지 엘레나가 달려오고 있었지만, 아무래도 몸을 움직이기가 쉽지 않은 상황이다. 심지어 이건 신성력으로 해결할 수 있는 종류도 아니다.

"예리야, 희영 씨 좀 꽉 붙잡아. 현성 씨는 덮쳐올 파도에 대비해 주는 게 좋을 것 같습니다. 이 정도면 괜찮을 것 같습니다."

"하지만……."

"빨리요."

"……."

"네, 알겠습니다."

사랑스러운 회귀자라면 뭐가 됐든 알아서 조치해 주겠지.

아마 예상하건대 이 배로 저 웜홀을 통과하는 것밖에 방법이 없을 것 같았다. 계속해서 이곳에 머무르거나 배를 뒤로 돌리는 건 암만 생각해도 난파 엔딩밖에 떠오르지 않는다.

'그나마 시바, 이 배가 있어서 다행이지.'

단언컨대 초기에 만들어져 있던 박덕구 마크1이었다면 지금쯤 길드원들은 뿔뿔이 흩어져 뒈질 시간만 기다리고 있지 않았을까.

머릿속으로 쓸데없는 생각을 하면서도 몸은 자연스럽게 움직였다. 상대방의 동의가 없어 미안하기는 하지만 앞섶을 풀어 헤치고 가슴 정중앙 부분을 계속해서 짓눌렀다.

제대로 하고 있는 게 맞는지 의문이 들기는 했지만 내 기억대로라면 분명 맞을 거다. 간헐적으로 몸이 흔들리기는 했지만 튕겨 나갈 정도는 아니다.

나는 기도를 확보한 이후 입을 가져다 대고 계속해서 숨을 불어 넣기 시작했다. 초조한 눈으로 바라보던 김예리가 선희영의 손을 꽉 붙들고 있는 게 보인다.

얼마나 지났을까? 조금씩 꿈틀꿈틀 움직이는 듯한 느낌이 든다 싶더니, 곧 울컥 하는 소리와 함께 선희영의 입에서 물이 쏟아져 나왔다.

하지만, 아직도 정신을 차리지는 못하고 있다.

입술을 가져다 대고 수십 번 정도 같은 행위를 반복하자, 다시금 울컥 물이 역류하는 것이 보였다.

이다음은 미약한 신성력을 쏟는 것으로 마무리. 정신이 깨어나면 선희영 본인이 자신의 몸을 치료할 수 있을 테니, 이 정도 응급 처치가 딱 적당할 거로 생각했다.

이 광경을 본 정하얀이 파도로 몸을 내던지지는 않을까 걱정되었지만, 다행히 그런 일은 일어나지 않았다.

애초에 보지도 못한 듯했다. 신이 도운 건지, 조금 전까지는 파도가 덮쳐오지 않았으나 다시 한번 본격적으로 배가 흔들리는 탓에 여기에 한눈을 팔 수가 없었다.

'자연이 씨바…… 위대하기는 위대하다.'

괜히 마법이 자연의 형태를 띠고 있는 것이 아니다.

파란 길드가 처한 현 상황을 생각하니 어처구니없기는 마찬가지. 신화급 마법의 안에 갇혀 있다고 표현해도 전혀 이상하게 느껴지지가 않는다.

막말로 현재 이 공간을 메우고 있는 파도가 대륙에 들이닥친다면 멸망이라는 말이 부족할 정도로 처참한 모습을 연출하게 되리라. 온 도시가 파도에 휩쓸리고 사람 동물 할 것 없이 쓸려 나가는 것은 물론 복구할 수조차 없을 게 분명했다.

전지전능한 신이 대륙에 심판을 내리는 모습이 이러할까. 방주를 타고 세계를 표류했던 노아의 심정이 어땠는지는 알 수 없었지만, 적어도 불안감만큼은 내가 가지고 있는 그것과 일맥상통하리라.

여기를 봐도 파도, 저기를 봐도 파도. 배를 완전히 삼킬 것처럼 덮쳐오는 파도는 후위들이 어떻게든 막아내고 있었지만, 대충 보기에도 역부족이었다.

파도가 갈라지는 진풍경을 김현성이 보여주고 있지만, 녀석 개인의 힘으로는 계속해서 밀려들어 오는 파도를 감당할 수가 없다.

"박덕구, 핸들 잡아!"

"어? 어?!"

"조타 핸들 잡으라고! 핸들!"

"아…… 아! 알겠다니까!"

그제야 박덕구가 허겁지겁 뛰어가 핸들을 잡았다.

앞쪽에서 오는 거대한 파도는 피하고, 뒤쪽에서 불어오는 바람을 타는 게 맞다. 어찌 됐든, 이 웜홀을 통과하는 게 먼저다.

"안기모 씨, 돛! 돛 펴요! 돛!"

"우웨에에엑!"

'시바…… 해적은 무슨.'

"돛! 돛!"

"우웨에엑! 네…… 알겠! 웨에에에엑! 잠시만…… 웨엑!"

'바다 모험은 개뿔!'

"제가 마무리하겠습니다."

'그래, 창렬아. 시바, 네가 해라.'

답답하면 니들이 직접 뛰어보든지를 실현하듯 김창렬이 돛을 활짝 펴자, 커다란 배는 본격적으로 거친 파도를 헤쳐 나갈 준비를 마친다.

도대체 뭐에 영향을 받은 건지는 모르겠지만, 커다란 배가 순식간에 앞으로 뻗어 나가기 시작한다.

허겁지겁 배를 움직인 박덕구가 덮쳐오는 거대한 파도를 피하려고 이리저리 핸들을 움직인다.

사실 지금 배가 어떻게 가고 있는지도 모르겠다. 몸이 반쯤 기울어져 있는 것을 보면 거의 직각으로 파도를 타고 있는 모양이다.

'여기가 도대체 어디야.'

한시름을 놓으니 조금 더 정확하게 주변을 살펴볼 수 있었다. 앞, 뒤, 옆, 심지어는 위까지 파도로 꽉 차 있는 공간은 어떻게 생각해도 비현실적이었다.

어째서 천장에 있는 파도가 아래로 떨어지지 않는지 모르겠다. 배는 파도를 피해 옆으로 위로, 움직이고 있었지만, 우습게도 전혀 위화감이 없다. 현실 세계의 법칙이 완전히 무시되고 있는 공간이 바로 이곳이다.

옛날에 봤던 인뭐섭이라는 영화를 저도 모르게 떠올렸을 정도로 현재 상황이 이해가 가지 않는다. 혹여나 차원의 미아나 균열 같은 곳을 떠돌아다니고 있는지 걱정된 것이 당연하리라.

"꽉 잡으쇼! 꽉 잡으쇼!!"

쾅!

무언가와 부딪히는 소리와 함께 몸이 흔들렸다.

사실 그럴 수밖에 없다. 박덕구, 저 돼지도 지금 자신이 어떻게 배를 움직이고 있는지 모를 게 분명하다.

어떻게든 커다란 파도에 휩쓸리지 않고 이 웜홀을 돌파하는 것에만 집중하고 있는 게 보인다. 어디선가 연습이라도 해왔는지 제법 훌륭한 컨트롤을 보여주고 있지만, 아주 조금 여유를 되찾은 것에 불과하다. 안정적인 궤도에 올라왔다고 한들 방심할 수 있는 상황은 아니다.

정하얀과 김현성, 조혜진은 옆쪽에서 오는 파도를 최대한 마크하고 있었고, 마법사들은 계속해서 마법을, 엘레나는 계속해서 신성력을 뿜어대고 있다.

조금 더 비현실적인 광경이 눈에 들어온 것은 바로 그때.

-구어어어어어어어어어어어……

쏴아아아아아아아아!!!

엄청난 소리와 함께 거대한 고래 같은 자식이 파도를 뚫고 튀어나온 것.

"저건 또 뭐야……"

"미친……."

마음의 눈으로도 확인이 되지 않는다. 너무 순식간이라 제대로 확인할 수조차 없다.

적어도 디아루기아의 몸보다 열 배는 더 커다란 것 같은 이 형의 생명체는 이쪽은 관심도 없다는 듯이 작은 배를 지나치고 있었다. 마치 폭포수 같이 물과 함께 튀어 오른 생명체가 바로 위쪽에 있는 파도 속으로 몸을 내던진다.

콰아아아아아아아아앙!!

그 여파로 엄청난 양의 물이 배 위로 떨어져 내리는 중이다. 거대한 보호막이 배를 감싸 안았지만, 무게 때문에 배가 아래로 가라앉는 것은 막을 수가 없었다.

순간적으로 물속으로 들어간 배는 다행히 곧바로 위로 올라왔지만, 모두 할 말을 잃고 서로를 바라봤다.

배가 물속에 들어간 순간, 내가 본 것과 똑같은 걸 봤을 테니 저런 반응을 보이는 것도 무리가 아니리라.

"아저씨, 봤어?"

"어…… 봤어."

뭔가 이상한 곳으로 온 것 같다는 생각을 하며 김예리의 얼굴을 바라본 순간, 박덕구가 준비한 회심의 나이스 보트는 파도의 웜홀을 뚫고 나갔고 그와 동시에 귓가로 시스템의 목소리가 들려왔다.

[신화 등급의 던전에 입장하셨습니다.]

최악이라고 불러도 부족하지 않은 상황이었다.

'씨이바……'

파도의 웜홀을 빠져나온 직후, 배 안에는 무거운 침묵이 감돌기 시작했다. 이제는 잠잠한 파도만큼이나 조용한 장내가 영 적응이 되지 않는다.

방금 있었던 일이 꿈인 것 같은 느낌이 드는 것도 무리가 아니리라. 도시도 집어삼킬 수 있을 것처럼 보였던 거대한 파도의 길을 빠져나온 이후 시야에 비친 것은 구름 한 점 없는 망망대해. 어디서부터 시작해야 할지 뭘 해야 할지도 감이 잡히지 않는다.

조심스레 박덕구가 입을 연 것은 바로 그때였다.

"형님, 아무래도 던전에 들어오게 된 것 같은데……."

'그건 나도 알고 있어, 이 새끼야.'

문제는 여기가 정확히 어디냐는 거지.

김현성조차 제대로 모르고 있다는 표정이었다.

회귀자가 모든 걸 알고 있다는 건 애초 성립되지 않는 이야기지만, 무려 신화 등급의 던전이다. 떡밥이 워낙 커다란 만큼 알고 있을 가능성도 충분히 있을 수도 있다고 생각했다. 모든 걸 알고 있지는 않아도 굵직굵직한 사건은 기억하고 있을 테니까.

하지만 전혀 모르겠다는 표정을 짓고 있는 김현성의 얼굴을 확인한 순간 표정을 구길 수밖에 없었다.

김현성이 있었던 1회차에서 이 던전은 발견된 적이 없다. 아마 김현성뿐만이 아니라 그 누구에게도 발견된 적이 없을 것이다. 아무리 숨기려고 노력한다고 한들 이런 던전을 숨길 수 있을 리가 없을 테니까.

'아니, 만약 발견됐다고 해도……'

죽었을 확률이 90%가 넘을 거라 장담할 수 있다. 박덕구가 만들어온 나이스 보트가 아니었다면 애초에 우리는 여기까지 오지도 못했을 것이다.

'기가 막히게 잘 때려 맞추네. 이 새끼는……'

던전에 들어온 것은 박덕구 때문이었지만, 이곳까지 무사히 도착한 것도 녀석 때문이라고 볼 수 있다.

너무나도 딱 들어맞는 상황에 어처구니가 없어 녀석을 흘겨봤지만, 박덕구는 죄책감에 가득 찬 눈으로 나를 바라볼 뿐이었다. 진심으로 미안해하는 얼굴은 자신이 바라던 건 이런 게 아니었다고 말하고 있는 것 같았다.

심지어 눈물도 훌쩍이고 있다. 덩치에 맞지 않게 턱을 덜덜 떨며 쏟아지는 눈물을 꽉 참고 있는 것 같은 모습이었지만, 닭 똥 같은 눈물이 뚝뚝 떨어지는 건 막을 수 없는 모양이다.

당연히 여러 가지로 미안할 것이다. 즐거운 휴가가 갑작스럽게 생존 게임으로 바뀐 셈이었으니까.

사실 녀석의 탓은 아니었지만, 저 돼지 성격상 제 탓이라고 생각하고 있을 확률도 높고⋯⋯.

괜스레 상태창을 확인하자 눈에 띄는 것은 일반 이하로 랭크된 낮은 박덕구의 행운 능력치.

'시바, 운이 없어도 이렇게 없을 수가 있나.'

어떻게 보면 아주 우연히 던전 하나를 찾은 거라고 볼 수도 있었겠지만, 이 정도면 필연이라고 생각해도 무리가 없을 정도다. 베니고어나 엘룬이나 로렌은 알지 못하는 뭔가의 간섭으로 인해 여기에 들어왔다고 생각하는 게 오히려 더 편하게 느껴진다.

당장 이 무능력한 신들에게 다른 연락도 되지 않는 상황. 폭거를 더 이상 견딜 수 없어 나를 날려 버린 것은 아닌가 싶었지만, 그렇다면 김현성까지 이쪽으로 보낼 리는 없지 않은가.

다시 한번 박덕구가 입을 열어온 것은 바로 그때였다.

"미, 미⋯⋯."

"됐다, 덕구야. 네 잘못 아니니까."

괜히 더 기죽기 전에 이쯤에서 말문을 트는 게 맞다.

"하지만."

"두 번 말하게 하지 마. 네 잘못 아니니까. 애초에 지금 잘잘 못 가린다고 달라질 상황도 아니고, 지금은 상황 파악부터 하는 게 먼저야."

"그래도……."

"식량 있어?"

"배 안에 있을 거요."

"물은."

"그것도…… 배 안에 있을 거고……. 기본적인 건 다 들어 있다고 생각하면 될 거요."

'준비 하나는 철저하게 해왔네, 이 새끼. 무슨 거울 호수에서 몇 개월을 놀려고 작정을 하고 왔나.'

"뭐라도 알아낸 게 있거나 의심이 가는 길드원이 있으면 일 단 말부터 꺼내봅시다."

한마디 내뱉자 더 조용해진다.

슬그머니 황정연을 바라보는 것도 무리가 아니리라. 그래도 이런 상황에서는 얘가 가진 지식이랑 초기억력이 도움되니까.

"확실하지는 않지만."

"네."

"아마 지금 저희가 거울의 뒷면에 와 있는 건 아닌가 싶어요."

"……."

"단순한 가설일 뿐이니까 그렇게 귀담아듣지는 마세요. 애 초에 거울 호수가 비추고 있는 세계의 뒷면이라고 생각하니 어 느 정도 맞아떨어지는 면이 있는 것 같더라고요. 아마 게임에서 자주 등장하는 히든 피스 같은 개념일 거로 생각해요."

"히든 피스?"

"말 그대로 숨겨진 조각이라고 생각하면 될 거예요. 누군가 이 대륙을 설계할 때, 의도적으로 이런 장소를 만들어냈다는 거죠. 지금까지 발견되지 않은 게 우연인지 아닌지는 모르겠지만, 감히 생각건대 누군가 저희를 이끌었다는 게 타당하다고 봐요. 단순히 우연으로 생각하기에는 저희가 지금 처한 상황과 타이밍이 너무 맞아떨어지니까요."

"누가?"

"그건 저도 모르죠. 어쩌면 베니고어 님일지도 모르고 이 대륙을 관리하는 신일 수도 혹은 악마일 수도 있고, 그것보다 더 위에 있는 상위의 존재일 가능성도 있어요. 우스갯소리로 하는 이야기지만 연어가 호수에 살고 있었던 것도 이해가 가네요. 어쩌면 거울 호수는 호수가 아니라 강일 수도 있겠어요. 지금 저희가 있는 곳과 저희가 왔던 세계를 잇는 강이요. 흐르는 강물을 거꾸로 거슬러 오르는 도중일 수도 있겠구나, 싶었어요. 저희 눈에는 고여 있는 호수로 보였지만…… 걔들 눈에는 그렇게 안 보일 수도 있으니까요. 그래서 맛있었구나…… 싶었다니까요."

"우스갯소리라기보다는 제법 그럴듯한 이야기네요. 세계를 잇는 강이라니……."

"그 파도의 웜홀도 그렇고요. 모두 보셨죠?"

다들 고개를 끄덕이는 게 시야에 비친다.

뭔가 복잡하다는 표정들이다. 믿기지 않는다는 반응은 충분히 나올 수 있는 리액션이라고 생각했다.

그나마 이 대륙이 어떻게 돌아가고 있는지, 이 세계가 어떻게 돌아가고 있는지 대충 파악하고 있는 나와는 다르게 여기 있는 대부분은 일반인의 입장에 있는 사람들이었으니까.

세계의 진실이야 아무 상관하지 않는 것 같은 정하얀은 이쪽의 얼굴만 보고 헤실헤실대고 있었지만, 서민 오브 서민에 빛나는 한소라나 안기모의 표정은 아직도 멘탈이 나가 있는 것처럼 보였다.

파도의 웜홀을 통해 우리가 목격한 것은.

"우주."

말 그대로 커다란 우주였다.

아름답게 빛나고 있는 행성들과 그 안에 사는 이들, 떠다니는 빛무리와 말로 표현할 수 없을 정도로 거대한 생명체.

어떻게 그걸 다 내려다볼 수 있었는지는 설명이 되지는 않았지만, 파란 길드원들은 이 모든 것을 내려다보고 있었다.

아마 그 많은 행성과 차원 중에 지구도 있지 않을까? 아니, 있을 게 확실하다.

황정연도 나랑 비슷한 생각을 하는 모양인지 계속해서 개인적인 사건을 덧붙이며 이야기를 풀어나갔는데 꽤 공감되는 이야기라 고개를 끄덕일 수밖에 없었다.

학자의 관점에서 해석한 이야기는 여기까지. 이후로 입을 연 것은 김현성이다. 녀석다웠고, 녀석이 궁금해할 만한 이야기였다.

"그 안에서 살아가고 있는 사람들까지 보셨을 겁니다. 혹은 우주를 표류하는 생명체들, 아마 서 있는 위치가 달랐던 만큼 다들 눈으로 본 게 다를 겁니다. 괜찮으시다면 한 명씩 말씀해 주셨으면 합니다."

가장 처음에 입을 뗀 것은 김예리.

"하얀이 언니랑 닮은 사람."

"뭐?"

"하얀이 언니랑 닮은 사람 봤어. 자세히는 기억 안 나는데. 그냥 그런 이미지가 떠올랐어. 머리는 조금 더 길었던 것 같았고, 나이도…… 기억하려고 하니까 머리 아파."

그다음은 박덕구였다.

"나, 나는 그…… 균열 박물관에서 봤던 검을 들고 있는 몬스터를 본 것 같다니까."

"고대 신?"

"아니, 고대 신 말고 그거랑 같이 있던 괴물 말이요. 머리에 뿔 달리고 무기를 많이 가지고 있었던 그 녹색 괴물. 그때처럼 죽은 것 같이 보이는 더미 모습이 아니라 살아 있는 모습이었고…… 조금 소름이 돋는 건……."

"뭔데."

"착각이었으면 좋겠는데, 눈이 마주친 것 같았다니까."

'이 새끼, 또 말도 안 되는 소리 하네.'

"정말이요. 나랑 눈이 마주친 것 같았는데…… 아주 잠깐이었지만, 현성이 형씨랑 형님 쪽으로 시선을 돌렸었던 것 같고, 재미있을 것 같다는 듯이 웃고 있어서 온몸에 소름이 끼쳤다는 거 아니요, 내가 진짜."

그다음이 안기모다.

"그냥 평범합니다. 평범하게 살아가는 가족들을 봤습니다."

이어서 계속해서 말을 내뱉는 이들이 보였지만, 특별한 걸 본 사람은 많지 않은 것 같았다.

"저는…… 지구처럼 보이는 장소에 있는…… 부길드마스터랑 닮은 사람을 본 것 같습니다. 어려 보였고 여자였는데…… 조금 이상한 여자 같아서……."

"동생이 한 명 있기는 있습니다. 만약 혜진 씨가 봤던 게 제 동생이 맞으면 재미있겠네요. 뭘 하고 있던가요."

"……."

'왜 시바…… 뭐 하고 있길래.'

"아니, 그냥 말해주지 않으셔도…… 됩니다. 어차피."

"뺨을 때리고 있었습니다."

"네?"

"그…… 뭐라고 말해야 할지 모르겠지만, 돈뭉치 같은 거로 조금 나이 들어 보이는 남자의 뺨을…… 때리고 있었습니다. 그 이후에는 구두로 머리를 질끈질끈 밟기도 했고요. 남자는 바닥에 엎드려 빌 듯이 구걸하고 있는 것 같았습니다. 그 여자는 미친 것처럼 웃으면서……."

"그만 말해주셔도 될 것 같습니다. 아마…… 모르는 사람인가 봅니다."

이율하가 맞다.

'또라이 같은 년, 이거……'

확실하지는 않지만 아마 거의 맞을 것 같은 느낌.

지금은 일단 최대한 조용히 있는 게 좋을 것 같았다. 지금 중요한 건 걔가 어떻게 지내고 있는지가 아니었으니까. 나 없이도 잘 지내고 있는 걸 알았으니 그것만으로 충분하다는 생각이 든다.

다행히 길드원들은 이율하에 대한 관심을 떨쳐낸 모양이다. 조혜진은 실제 여동생일 거라고 확신하고 있는 것 같았지만, 다른 이들은 나와는 너무 다른 모습에 실제 가족일 거라고는 생각하지 못하는 것 같았다. 이기영의 가족보다는 다른 곳에 더 집중하고 있는 느낌.

아니나 다를까 우물쭈물 눈치를 보고 있던 한소라가 입을 열었다.

"지구…… 요?"

"확실하지는 않습니다. 그냥 그런 느낌이 들었을 뿐이라…… 지구와 닮은 행성은 많이 있었으니까요. 하지만."

"만약에…… 만약 정말로 조혜진 님이 보신 게 지구가 맞다면……. 저희…… 그…… 지구로 돌아갈 수 있는 건가요? 정연 언니가 말했던 것처럼 아까 봤던 파도의 웜홀이 정말로 차원을 잇는 강이라면 저희가 지구에 돌아갈 방법이 있는 것 아닐까요?"

아니, 베니고어는 분명히 불가능하다고 말했다. 여기로 소환된 이들은 지구에서 버림받은 이들이니까. 아마 평범한 방법으로는 말도 안 되는 이야기가 아닐지 싶다.

한소라의 필사적인 질문에 대답한 것은 김현성이었다.

"불가능할 겁니다."

"네?"

"저희가 믿을 수 없는 걸 눈으로 직접 확인한 것은 맞지만 그게 거기까지 갈 수 있다는 뜻은 아닐 겁니다. 애초에 차원의 바다를 뚫고 갈 수 있다는 건 어떻게 생각해도 어불성설이고요. 배는 물론이거니와 저희의 몸이 버틸 수 없을 겁니다. 거리가 어느 정도인지, 실제로 닿을 수는 있는지, 만약 실제로 닿는다고 하더라도 들어갈 수는 있는지, 모든 게 불확실합니다. 완전히 아니라고는 말할 수는 없지만, 아마도⋯⋯."

'돌아갈 수 있을 거라는 생각은 접으라는 이야기지.'

희망을 너무 무참히 박살 낸 게 아닌가 싶었지만 쓸데없는 꿈은 버려두는 게 맞다. 괜히 헛물켜다가 개고생하는 것보다는 확실히 끊는 게 정답이라는 거다.

그렇게 한 사람씩 모두 이야기를 끝내고 있었던 시점에서 정신을 차린 선희영이 입을 열어온 것은 바로 그때.

순식간에 모두의 시선이 집중된 것은 당연했다.

그녀가 뭘 보고 왔는지 궁금한 것도 무리가 아니리라. 다른 사람들과는 다르게 그녀는 직접 파도의 웜홀에 들어갔다 나온 사람이었으니까.

"신."

"네?"

"대륙의 신과는 조금 다른 신을 본 것 같습…… 니다. 네, 조금 다른……."

불안한 표정으로 중얼거리고 있는 김현성의 얼굴이 시야에 들어왔다.

"아우터 갓."

"네?"

"아마도 바깥의 신들일 겁니다. 선희영 씨가 본 신들 말입니다."

"그걸 어떻게……."

"아주 오래된 고서에서 읽은 적이 있습니다. 물론 저도 정확히 어떤 건지는 알 수 없지만…… 자연스럽게 그 단어가 떠오르더군요. 모습은 확인해 보셨습니까?"

"아니요. 그렇게 자세히는…… 형태도 인간이라고 하기에는 무리가 있었습니다. 제가 뭘 본 건지도 제대로 알 수가 없고요. 확신할 수 있는 것 하나는 제가 본 그것이 감히 가늠도 할수 없을 정도로 거대한 존재라는 것 하나뿐이었습니다."

'바깥의 신은 또 뭔데, 시바.'

괜스레 허벅지를 툭툭 두드릴 수밖에 없었다. 아우터 갓이고 바깥 신이고 뭐고, 너무 허무맹랑한 정보가 한꺼번에 들어왔기 때문이다. '뭐야? 그래서 그게 뭔데?'라는 생각을 연발할 수밖에 없는 상황.

파도의 웜홀에 들어온 것만으로도 이미 놀라운 이야기다.

한데 그것도 모자라 아우터 갓이 튀어나왔단다. 나를 포함한 모두가 어안이 벙벙한 표정을 보이는 것도 무리는 아니리라.

가장 말 많은 길드의 돼지도, 궁금한 게 많았는지 곧바로 입을 열어오는 게 시야에 비쳤다.

"신이라는 건 대륙을 관장하는 뭐, 그런 거 아니요? 대관절 바깥의 신은 무슨 소리인지……. 베니고어 여신님이나 엘룬 여신 같은 신들과 다른 신이면 도대체 희영 누님이 본 건 뭐란 말이요."

"말씀드렸다시피 저도 자세하게는 알지 못합니다."

"너무 한꺼번에 정신없이 몰아치는 것 같아서 전혀 이해할 수가 없다니까. 그럼 아우터 갓이라는 건 우리가 생각하는 신의 범주에 있는 신이 아니라는 거요?"

"아마 그럴 가능성이 클 겁니다. 제가 읽어본 고서에서는 바깥의 신을 어디에도 포함되지 못한 신이라고 표현하고 있었습니다."

"어디에도 포함되어 있지 않단 말이요?"

"한 가지 확실한 것은…… 그들이 결코 우리에게 호의적이지는 않을 거라는 겁니다."

"네, 길드마스터. 자세히는 모르겠지만, 호의적인 것 같지는 않았습니다. 정확히 말하면 관심이 없는 쪽인 것 같았지만…… 사실 그것마저도 제대로 느낄 수 없다고 표현하는 게 맞을 것 같습니다."

'어디에도 포함되어 있지 않다…….'

아마 김현성도 정말로 모르고 있을 확률이 높다. 알타누스와 베니고어가 김현성한테 주는 정보를 최대한 제한해 왔으니 정확히 위가 어떻게 돌아가는지 알 수 있을 턱이 없다.

만약 바깥 신이 뭔지 알고 있다고 해도…….

'이런 분위기에서 지 입으로 설명하지는 않을 거고.'

하지만 대충 이 대륙이 어떻게 돌아가는지 아는 내 입장에서는 몇 가지 의심 가는 정황이 있기는 하다.

김현성이 표현한 것처럼 아마 외부 신들이 어디에도 포함되어 있지 않은 신들이라면 가장 단순하게 생각할 수 있는 건 아마…….

'이쪽 세계관으로 차원이나 행성을 배정받지 못한 신이라고 보면 되는 건가?'

할 만한 추측이기는 하다. 애초 차원과 대륙을 관리해야 할 신이 파도의 웜홀을 돌아다니고 있었다는 게 설명이 되지 않았으니까.

이 차원은 절대 허투루 만들어지지 않았다. 어떻게 이게 생겨났는지는 나도 알 수 없지만, 위쪽이나 아래쪽이나 명백하게 거대한 시스템에 의해 돌아가고 있다. 신이라고 불리는 것들은 마치 회사에 다니는 회사원처럼 한 부서를 만들어 대륙을 감당하고 그 차원을 발전시키거나 부흥시키는 것으로 실적을 얻는다.

눈에 보이지 않는 규칙 역시 존재한다.

1. 대륙에 어떤 식으로든 영향력을 행사할 경우 신성을 소비한다. 기적이나 퀘스트, 신탁 역시 대량의 신성을 소비하게 된다.

2. 대륙의 신들이 인간의 일에 관여하면 막대한 페널티를 얻는다. 혹은 관여할 수 없다. 직접 해를 끼치는 것은 불가능에 가깝다.

3. 신성은 특별한 경우가 아닐 경우 사람을 통해서 얻을 수 있다.

정도의 이야기.

대륙의 신들이 인간들을 관리하는 신성한 존재이기는 하나, 그들 역시 우리와 더불어 사는 처지라는 것은 부정할 수 없는 사실이다. 인간이 없으면 그들도 존재할 수 없고, 대륙과 차원이 없으면 그들도 살아갈 수 없다.

아마 바깥의 신이 그 단어 그대로 차원과 대륙 밖에 있는 신이라면 김현성이 괜스레 심각한 얼굴을 하는 것도 무리가 아니리라. 그들은 이 몇 가지 제약에서 벗어나 있다는 뜻이 되는 거니까.

그들은 인간에게 직접 영향력을 행사할 수 있을지도 모른다. 아니, 아마 확실하게 가능할 것이다. 시스템에 포함되어 있지 않다는 건 그 안에서 영향력을 행사할 수 있다는 소리와 다름없다.

"그럼 악마 같은 거라 이 말이요?"

'악마랑도 다르겠지.'

신들과는 경우가 조금 다르기는 하지만 악마 역시 거대한 시스템 안에서 자리해 있기는 마찬가지였으니까.

악마조차 현세로 내려오면 시스템에 의해 페널티를 받게 되고, 시스템이 허락하지 않은 일들을 하려면 커다란 페널티를 감수해야 한다. 인간에게 직접 해를 끼치는 것이 가능하지만, 계약이 아니라면 그것마저도 제한적이다.

예상하건대 김현성이 말한 이 바깥쪽의 신은 그렇지 않을 확률이 더 높다.

시스템의 제약에서 완전히 벗어난 신, 여기에서 의문점이 하나 더 생긴다.

'신성은 어떤 식으로 긁어모으는 거지? 애초에 신성이 없는데 신이라고 표현할 수 있는 건가?'

생각할 수 있는 가정은 두 개 정도.

굳이 신성을 신경 쓰지 않아도 될 정도로 많은 포인트를 쌓아놓고 있던가.

'다른 신들이 관리하고 있는 대륙에 직접 나타나 개판을 친다던가.'

대충 흘러가는 정황을 본다면, 후자일 확률이 압도적으로 높을 것이다.

'이 새끼들이였구나.'

김현성이 회귀한 이유.

'이 새끼들이 맞는 것 같은데.'

베니고어가 자신들도 완벽하지 않다고 말한 이유.

'맞아, 완벽하지 않지. 그걸 잘 기억해, 나의 자랑스러운 이기영 명예추기경. 우리도 완벽하지 않아. 불안전하지. 대륙 위에 있는 이들과 서 있는 위치가 다를 뿐, 우리도 별반 다르지 않아. 너는 그걸 잘 기억해야 해. 우리도 완벽하지 않다는 걸.'

그녀가 파산 이후에 내게 내뱉은 말이 자꾸만 머릿속에 맴돈다. 어째서 자신들도 완벽하지 않다, 이렇게까지 강조해 말한 건지, 왠지 모르게 알 수 있을 것 같다.

당시에는 자기 자신이 저지른 트롤 짓을 합리화하기 위해서 내뱉은 변명처럼 들렸지만, 다시 생각해 보니 꼭 그렇지도 않다. 김현성과 인류가 마주쳐야 할 적이 신화적 존재라는 사실을 에둘러 표현한 걸지도 모른다.

단순한 망상에 불과하기는 했지만, 뭔가 하나씩 하나씩 들어맞는 것 같은 느낌. 초조해 보이는 김현성의 얼굴은 이쪽의 쓸데없는 가설에 더욱더 힘을 실어주고 있었다.

'그럼 가면 쓰레기는?'

만약 정말로 1회차가 이처럼 진행됐었다면 가면 쓰레기의 행보 역시 궁금해질 수밖에 없다.

'바깥 신 밑에서도 일했던 거였나?'

여단에 들어간 이후, 악마와 계약하고 대륙을 분탕 친 것까지나 내가 알고 있는 가면 쓰레기의 행보다. 이 이후부터 바깥의 신과 함께 일했다고 가정한다면 많은 게 맞아떨어지지만, 마음에 걸리는 게 없는 것은 아니다.

일단 1회차 가면 쓰레기, 그러니까 악마 소환사 진청과 계약한 악마가 벨리알일 가능성이 크다는 데 있다.

타 악마들은 몰라도 벨리알은 온건파로 분류할 수 있는 대표적인 악마 중 하나다. 그런 벨리알과 바깥의 신이 손을 잡았다는 건 아무리 생각해도 이해하기가 힘들다.

물론 둘이 손잡고 또이또이 하자고 계약을 맺었을 가능성도 있지만……

'아냐, 꼭 없다고만 생각할 수는 없지. 바깥쪽의 신과 합의하에 일을 저질렀다고 해도 이상할 건 없어.'

본래 이런 관계는 서로의 이해득실을 따라 움직이는 법이니까. 벨리알이라면 이 이해득실에 대해 가장 잘 이해하고 있을 것이다.

'어쩌면 계약한 악마가 벨리알이 아닐 수도 있고.'

머릿속 한편에 남은 찝찝함은 건재했지만, 일단 몇 가지 마음에 걸리는 일은 해결을 본 것 같았다. 아직 확인 작업이 남아 있기는 했지만, 몇 가지 오류를 제외하고는 확정을 지어도 나쁘지 않을 것 같다는 생각이 든다.

조금 놀라웠던 건 나 말고 현 상황을 눈치챈 새끼가 있었다는 것.

"이건 혹시나 해서 하는 소린데 말이요. 조금 터무니없는 이야기이기는 한데…… 왠지 감이 그렇다니까."

"뭔데?"

"웃지 않을 거라고 약속하면 이야기해 본다니까."

"안 웃을 거니까. 한번 이야기해봐."

"거, 혹시…… 공화국과의 전쟁이 끝나고 베니고어 여신님이 말했던 위협이라는 게 어쩌면 이걸 말하는 게 아닐까 하는 생각이 든다니까."

'감 한번 더럽게 좋네, 이 새끼.'

박덕구의 얼굴이 조금 당황스러워지는 것도 무리가 아니리라. 모두가 웃음을 터뜨릴 줄 알았을 테지만, 장내의 분위기는 무척 진지하다고 봐도 무방했으니까.

특히 김현성이 깜짝 놀랐다는 얼굴로 녀석을 바라보고 있었는데 왠지 속으로는 킹리적 갓심을 하고 있는 것 같다는 느낌이 들었다. '이 새끼는 도대체 뭘까?'라고 말하는 듯한 얼굴이었기에.

"그건……."

"그냥 단순한 감이요. 뭐가 어떻게 된 건지는 모르겠는데…… 거, 우리 형님도 말하지 않았나, 모든 일에는 이유가 있다고 말이요. 어쩌면 우리가 여기 온 것도 그럴듯한 이유가 있는 게 아닐지 한번 생각해 봤다니까."

'너 때문이잖아, 이 새끼야.'

"이상하다고 생각하는 게 당연한 거 아니요? 어떻게 우리 길드가 딱 배까지 끌고 도착한 이 타이밍에 우리가 이런 던전에 들어오게 된 건지 아직도 이해가 안 간다니까. 정연 씨가 아까 그런 말도 하지 않았소. 어떤 초월적인 존재가 우리를 이곳으로 인도한 걸지도 모른다고."

"······."

"어쩌면 우리가 앞으로 싸워야 할 적을 보여주기 위해서일지도 모른다는 생각이 들었다니까. 이 던전에 들어온 것도 그거요. 지금 너희들이 가지고 있는 힘만으로는 부족하다. 이 시련을 극복하고 보상을 받아 한 계단 더 올라서라! 뭐, 이런 것 아니겠냐니까······."

"······."

"누군가 우리를 지켜보고 있을지도 모른다고 생각하니 온몸에 소름이 돋는 것 같소. 진짜."

실제로 소름이 돋는다. 어느 순간 눈을 뜨고 일어났을 때 녀석이 자신을 박덕십이라고 소개하는 것은 아닌가 하는 종류의 소름이었다.

쥐가 뒷걸음질을 치다 때려 맞춘 것과 진배없는 상황이었지만, 녀석의 추측은 들어맞는 면이 있다.

베니고어와 엘룬이 연락이 안 된다는 걸 생각해 보면 더욱더 그렇다. 베니고어가 말한 '윗분'이 어쩌면 영향력을 행사한 걸지도 모른다.

박덕구의 말처럼 1회차부터 지금까지 모든 걸 기억하고 있는 초월적인 존재가 개입했을 수도 있다는 거다.

"터무니없는 추측처럼 들리지는 않습니다. 물론 확실하다고 말하기에는 무리가 있지만, 덕구 씨의 말을 염두에 두는 편이 좋을 것 같습니다."

"그렇다면 뭘 어떻게 해야 되는 거요?"

"뭐가 됐든 이 던전을 공략하는 게 가장 좋을 것 같습니다. 딱히 다른 방법이 보이는 것도 아니니까요. 순간 이동도……."

"네, 네…… 불, 불가능해요."

"네, 불가능한 상황일 겁니다. 저 역시 많은 던전을 조사했었지만, 신화 등급의 던전이 있다는 건…… 듣지도 보지도 못했습니다. 분명히 지금까지 클리어해 왔던 던전의 난이도와는 레벨 자체가 다르다는 것을 꼭 인지하시고 공략에 임해주셨으면 합니다."

'상상하기도 싫다, 시바…….'

"기영 씨는 최악의 상황이 오더라도 꼭……."

"아…… 네. 알겠습니다."

"던전 공략은 항상 위험을 동반합니다만, 다른 길드원분들도 이번에는 정말 죽을 수도 있다는 생각을……."

"네. 각오하고 있습니다. 길드마스터."

"항상 어려웠지만, 그 험한 일들을 헤쳐서 여기까지 온 게 파란 길드 아니요. 이번에도 분명히 아무렇지도 않게 공략에 성공할 거요. 우리는 너무 걱정하지 말고 형씨 몸이나 잘 챙기쇼."

"덕구 아저씨 말이 맞아. 우리는 걱정하지 않아도 돼……. 다들 각오하고 있으니까."

"……."

'당연히 쉽지는 않겠지.'

무려 신화 등급의 난이도다. 대륙에 있지도 않고 앞으로도 없을 난이도라고 해도 부족함이 없다.

지금까지의 던전행은 김현성이 그나마 컨트롤할 수 있는 종류였지만 이번에는 아니다. 어쩌면 정말로 몇 명이 크게 다치거나 죽어 나갈 수도 있다.

길드원 전체가 괜찮다고 생각하고 있지만 아마 가장 불안한 것은 김현성이 아닐까. 모두가 고개를 끄덕일수록 녀석의 눈이 조금 흔들리는 게 보인다.

알 수 없는 긴장감에 모두가 침묵을 유지하고 있었던 그때였다.

[신화 등급의 던전 버려진 차원의 바다에 오신 것을 환영합니다. 차원의 바다에서 랜덤의 아이템을 마음껏 낚아주세요. 가지고 돌아갈 수 있는 아이템은 단 한 정으로 등급은 상관하지 않겠습니다. 낚시 후 귀환하기 (0/1)]

"어?"
나에게만 들려온 것이 아니었다.
모두가 서로의 얼굴을 바라본 것은 당연지사.
'이거…….'
"대박……."
"허……."
"말도 안 돼……."

시련은 개뿔, 거저먹기나 다름없는 상황이었다.

'이게 뭐야.'

너무 어이없어, 할 말을 잃어버렸다는 표현이 어울리는 상황. 감히 상상도 할 수 없는 존재와의 전투나 해결 불가능한 퍼즐을 푸는 것 따위의 퀘스트를 예상했건만, 너무나 쉬운 미션에 김이 빠지는 것도 무리가 아니리라.

하지만 길드원들의 표정은 대체로 기뻐 보인다. 특히나 위험에 민감한 한소라는 다행이라는 듯 커다란 한숨을 내쉬며 소소한 웃음을 내보이고 있었다.

세상에 공짜를 싫어하는 사람이 어디 있을까. 보상에 걸맞은 노동을 한 뒤에 원하는 것을 쟁취하는 쾌감이 있다고들 하지만, 본래 가장 꿀 떨어지는 상황은 아무 노력도 하지 않은 채로 원하는 걸 쟁취하는 상황이다.

'달달합니다.'

그 누구보다 내가 가장 좋아하는 상황이다.

"다…… 다행이로군요."

사랑스러운 회귀자도 전혀 예상하지 못한 듯, 김현성의 얼굴은 당혹감 반, 의심 반으로 물들어 있다.

물론 이해야 간다. 아무런 조건 없이 아이템을 하나 가지고 나갈 수 있다고 말하고 있다고 한들 누가 믿을 수 있겠는가. 어딘가에 함정이 있을 수도 있다고 생각하는 것이 당연하다.

하지만 시스템은 거짓말을 하지 않는다. 이 던전에 입장한 순간 시스템이 보상을 가지고 나가라고 했다면 가지고 나가면 그만, 더 이상 사족을 붙일 필요도, 이유도 없다.

'정말로 히든 피스라고 봐도 되는 거네.'

어떤 초월적인 존재가 이 대륙을 위해 몇 가지 안배해 놨고 파란 길드가 그 안배에 다다랐다는 표현이 딱 들어맞는다.

1회차 회귀자조차 찾지 못했던 거울 호수의 히든 피스, 따위의 생각을 하자 머릿속에 있는 한 줌의 의심조차 사라지는 게 느껴졌다.

"그럼, 지, 지금 바로 낚시를 시작하면 되는 거요? 정말 그걸로 끝인 거요?"

"네, 일단 다른 변화가 생길 때까지는 퀘스트를 계속해서 진행하면 될 것 같습니다. 교대로 보초를 서거나 혹시 모를 상황에 대비는 전부 해둔 채로……. 네, 그렇게 하면……."

"시스템은 거짓말을 하지 않는다는 거 아니요."

"아무리 그렇다고 하더라도 뭔가……."

"정말로 이곳에서 한가하게 낚시나 하고 있기에는 불안한 점도 많으니까. 현성 씨 말도 일리가 있지. 아무튼, 움직입시다. 제한 시간이 얼마나 남아 있는지는 모르겠지만, 최대한 많은 아이템을 보는 게 유리할 겁니다."

"네, 부길드마스터."

"덕구 말처럼 희영 씨가 방금 봤던 바깥의 신이 대륙의 위협이 맞다면 더욱더 그렇습니다. 물론 확실한 건 아무것도 없습니다만, 미리 대비한다고 해서 손해 볼 건 없습니다."

"왠지 모르게 감이 파바박 하고 왔다니까. 아무리 생각해도 그냥 이곳에 들어왔다고 하기에는 마음에 걸리는 게 많으니까."

'니가 제일 수상해, 이 새끼야.'

어쩌다 여기까지 오게 된 건지 확실한 것은 없지만, 해야 할 일은 알고 있다.

'가장 값어치 나가는 물건으로 챙겨야 맞지.'

그 말 그대로, 기왕 온 이상 가장 효율적인 물건으로 가져가는 게 옳다.

준신화 등급이나 전설 등급의 아이템들은 애초에 아웃이라는 느낌으로, 신화 등급의 아이템을 최대한 많이 낚은 이후에 그 아이템 중 가장 실용성이 있다고 판단되는 물건을 가져가면 된다. 성장형 아이템도 제외, 쓰기 애매한 아이템들도 모조리 제외, 애초에 사용자를 정하는 것도 나쁘지 않다.

조금 가슴 아픈 말이기는 하지만 박덕구를 위해 신화 등급 갑옷이나 방패를 선택하는 것은 선택할 수 있는 선택지 중 가장 멍청한 선택지. 돼지 목에 진주 목걸이가 되지 않게 아이템 효율을 최대한 살릴 수 있는 인원을 위한 아이템으로 선정하는 것이 맞다.

그나마 준신화 정도의 출력을 갖춘 이들은 정하얀과 김현성 정도. 지금 이 자리에 없는 차희라도 고려해 볼 만하다. 그녀가 가지고 있는 페널티를 무효화해 주는 것으로 모자라 강화할 수 있는 종류의 갑옷이라도 있다면 당장에라도 가지고 가는 것이 옳다.

아, 다방면으로 활용도가 높은 엘레나를 위한 아이템도 나쁘지는 않으리라. 전투가 지속되는 내내 병력 전체에 가장 큰 영향력을 가지는 사람으로는 그녀만 한 사람이 없을 테니까.

'버프형 아이템도 괜찮으려나……'

조금 아쉬웠던 것은 이곳에 내가 끼어들 자리는 없어 보였다는 것. 어둠의 역병군주나 빛의 연금술사 같은 직업이 사용할 수 있는 아이템은 무척 제한되어 있다.

만약 현자의 돌이 낚인다고 해도 맘 편하게 그것을 가져갈 수는 없을 것이다. 전투가 발생했을 때 내가 할 수 있는 일은 딱 정해져 있었으니까.

머릿속으로 여러 가지 행복 회로를 돌리며 주변을 둘러보자 이미 할 마음 만만한 이들의 모습을 확인할 수 있었다. 배에 낚싯대가 구비되어 있었는지 한 사람당 하나의 낚싯대를 가지고 있는 모습은 가관.

"거, 연어 낚시나 하려고 가져온 낚싯대였는데…… 이렇게 또 도움이 되는구만! 내가 이래 봬도 강원도 낚시왕 강덕구라고 불렸다는 거 아니요. 도대체 뭐가 나올지는 모르겠지만 나만 믿으라니까. 지금까지 본 적도 없는 아이템을 낚을 거라니까."

'저 새끼는 이제 미안해하지도 않네.'

오히려 의기양양하다.

"이런 건 처음인데 잘할 수 있을지 모르겠습니다. 그런데…… 아이템이 바늘을 물기라도 하는 겁니까?"

'알아서 잘해주겠지. 조혜진, 쟤는 뭐 저런 걸 궁금해하고 그래.'

"저, 저는 식사 준비라도 할까요? 그러고 보니 아까 먹었던 거울 연어 이후로는 아무것도 안 먹은 것 같은데……."

엘레나와 한소라는 심지어 식사 준비를 하고 있고.

"저는 보초를 설 수 있도록 하겠습니다, 부길드마스터."

역시 믿을 놈은 창렬이밖에 없다.

조금은 우울하고 조용했던 분위기가 뒤바뀌는 것은 순식간, 이쯤 되면 휴가의 일환이라고 봐도 문제가 없었다.

박덕구 녀석이 이쪽에게도 커다란 낚싯대들을 내밀었고, 나 역시 건네받은 낚싯대를 다시금 김현성에게 내밀었다.

어색한 표정으로 떨떠름하게 장비를 받아드는 김현성의 표정은 적응이 되지 않는다는 얼굴 그 자체. 한마디 건네지 않고서는 견디지 못할 정도의 얼굴이었다.

"낚시는 해보셨습니까?"

"아니요, 처음입니다. 사실 어떻게 하는지도 잘……. 차라리 저도 보초를 서는 게 좋을 것 같습니다."

"아니요, 굳이 그러실 필요 없습니다. 위에서 보고 있는 건 창렬 씨 하나면 충분하니까요. 뭐, 이런 낚시에 경험이 필요하겠습니까. 그냥 던지면 낚이는 거지."

"그런 겁니까?"

"아마 이 버려진 차원의 바다라는 곳 밑에서는 여러 종류의 아이템들이 떠돌아다니고 있을 겁니다. 우연히 바늘에 걸리길 기도하면 되는 상황이니 미끼를 갈거나 챔질할 필요도 없고요. 그렇게 부담스러워 하지 않으셔도 됩니다. 그냥 놀러 나왔다고 생각하시고 즐겨보세요."

"그럼……."

휘익 하는 소리가 들리고, 이어서 풍당 소리가 들렸다.

진지한 표정으로 낚싯대를 휘두르는 김현성의 모습이 그렇게 어색해 보일 수가 없다. 검을 들고 있는 모습과는 천지 차이. 낚시왕 강덕구를 힐끔힐끔 바라보는 것을 보니 녀석의 자세를 참고해야겠다고 생각하는 것 같았지만 도움이 될 리가 없다.

그 와중에도 안기모는 계속해서 뱃멀미가 나는지 우욱거리는 중이다. 정하얀은 옆에 찰싹 달라붙어 행복해하고 있었고.

전체적으로 즐겁다고 할 수 있는 분위기에 슬그머니 입꼬리를 올렸을 때였다.

"왔드아!"

뒤쪽에서 커다란 소리가 들려온 것은.

"왔다니까! 이거 만만치 않은 놈 같은데! 대물이요! 대물! 대물이 확실하다니까!"

온갖 오바 생쇼를 하며 아이템과 힘겨루기를 하는 박덕구의 모습이 시야에 들어왔다.

동네 떠나가듯이 소리를 지르고 있는 녀석의 모습은 정말로 이 상황을 즐기는 것처럼 보여서, 아직도 상기된 분위기를 풀어주고 있었다. 단순히 아이템을 낚을 뿐인데도 불구하고 마치 정말로 물고기와 싸우는 것처럼 힘겨루기하는 모습을 보니 어처구니가 없어 헛웃음이 나왔다.

"이게 일부러 그러는 게 아니라. 정말로 저쪽에서 힘을 쓰고 있는 것 같은데! 거, 만만치 않은 놈인 것 같소."

"아, 아, 아이템이 올라오기 싫은가 봐요."

정하얀의 재미없는 농담에 가볍게 입꼬리를 올린 순간 갑작스레 몸이 앞으로 꺾이기 시작했다. 얼마나 극적으로 꺾였는지 물에 빠질 뻔한 걸 김현성이 막아줬을 정도였다.

'이거 뭐야, 시바.'

박덕구의 오바가 쇼가 아니라는 사실을 깨닫는 것은 순식간이었다.

낚싯대를 꼿꼿이 든 채로 허리를 최대한 꺾자 진동이라도 온 것처럼 부르르 떨리는 손맛이 느껴지기 시작했다.

'뭐야, 뭐야, 이거 뭐야.'

"형님도 왔나 보구만! 크으……."

'말 걸지 마, 이 새끼야. 말할 여유 없어.'

몸에 있는 마력까지 집어넣어 가며 계속해서 녀석을 당기고 있었지만 정말로 저항이라도 하는 것처럼 올라올 생각을 하지 않는다. 심지어 발버둥 치는 것처럼 느껴져 황당할 수밖에 없었다.

뭐가 어찌 됐건 재미있었다는 것만은 부정할 수 없는 사실. 뭐가 올라올지 기대되지 않는 것이 이상하다. 손에 느껴지는 감각은 적어도 자신이 준신화 등급 이상이라고 말하고 있는 것 같았으니까.

'사람들이 왜 낚시하는지 알겠다, 야.'

그 말 그대로였다. 손잡이를 계속해서 돌리고 있음에도 불구하고 도무지 올라올 생각을 하지 않는 녀석.

박덕구는 그사이에 묵직한 녀석을 끌어올렸는지 연신 소리를 질러대고 있다.

"준신화 등급이요! 형님! 이거 준신화 등급이라니까아!!!"

보고 싶지만 갈 수가 없다. 지금 녀석과 싸우는 것만으로도 벅찼으니까.

시간이 얼마나 지났는지도 모르겠다. 약 15분이 지날 동안 사방에서 간헐적으로 '왔다!' 따위의 목소리가 들려왔지만, 집중할 여력이 없다. 엘레나와 선희영이 번갈아 버프를 걸어주고 정하얀도 가벼운 근력 강화 마법을 걸어줬을 정도였다.

그만 포기하고 낚싯대를 놓아버리고 싶다는 생각이 들었던 바로 그때였다. 미친 듯이 진동하던 손잡이가 잠잠해진 것은 물론, 녀석의 저항이 완전히 사라진 것이 느껴졌다.

서둘러 허리를 뒤로 눕힌 후, 계속해서 손잡이를 돌리자 모습을 드러낸 것은 불길한 붉은색으로 빛나고 있는 거대한 창.

[롱기누스의 창-신화 등급]

[신의 옆구리를 찌른 창이라 불리 우는 신화 등급의 무구입니다.

정확히 어디에서부터 흘러들어 왔는지는 파악되지 않고 있지만, 이 무구 속에 저장된 흐릿한 흔적만이 이 창이 어떠한 무기였는지를 말해주고 있습니다.

이 창은 막을 수 없습니다. 그 외 다른 기능은 없습니다.]

'시이바……'

"오빠아! 오빠아!! 오빠아!!!! 신화! 신화!!"

"기영 씨! 기영 씨!"

양옆에 있던 김현성과 정하얀이 흥분한 듯 방방 뛰는 것이 시야에 들어왔다.

"뭐야! 이거 뭐요! 형님. 뭐, 이런 걸!!"

'이게 나야.'

뿌듯해지는 것도 무리가 아니다. 괜스레 더 콧대가 높아진다.

고생 끝에 나온 녀석이 창이라는 게 가장 마음에 든다. 어떻게 봐도 거대해 보이는 모습은 내가 이걸 정말로 낚은 게 맞는지 믿기지 않을 정도, 인증 샷이라도 찍고 싶은 기분이었다.

"거, 이럴 게 아니라. 인증 샷 같은 거 한번 찍읍시다. 크으…… 나는 겨우 준신화 등급의 방패가 끝이었는데, 이거 형님이 한번 딱 던지니까 신화 등급이 팡팡하고 튀어나오는 거 아니요. 크으! 역시 형님은 형님이요!"

얼떨떨했지만 아이템의 설명을 읽고서는 더욱더 미소를 크게 지을 수밖에 없었다.

담백하다. 다른 기능과 설명이 필요 없을 정도로 압도적인 설명이다. 방패는 물론, 특수한 방어막이나 마법적인 무언가도 저 창을 막을 수가 없단다. 만약 바깥 신에게 이쪽의 공격을 자체 방어할 수 있는 수단이 있다고 가정한다면 그 수단을 억제할 수 있는 한 방이 될 수도 있다.

'그래, 시바! 이래야지!'

이런 종류의 무구에 어떤 기능이 더 필요하겠는가.

"와…… 무슨 아이템이……. 그냥 이걸로 가져가도 되는 거 아니요? 어떤 공격으로도 막을 수 없다고 설명되어 있는데. 이거 진짜 미친 거 아니요? 그냥 이걸로 해도……."

"그래도 이제 시작인데. 조금 더 힘써봐야지."

'그리고 이걸 어떻게 가져가. 여기에서 창 쓰는 사람은 조혜진 하나밖에 없는데.'

물론 조혜진이 신화 등급의 창을 쓰는 것도 나쁘지 않아 보였지만, 아무래도 메인을 맡기기에는 무리가 있는 스펙이다. 한 가지 아이템을 더 가져갈 수 있다면 선택할 수 있는 옵션이기는 했지만, 딱 하나밖에 선택할 수 없는 현시점에서는 필수적인 옵션은 아니다.

'정 안 나오면 이거라도 가져가야겠지만…….'

시작이 좋으니 끝이 좋을 거라고 생각할 수밖에 없었다.

아나나 다를까 여기저기서 환호성이 들려오기 시작. 눈에 띄는 신화 등급 아이템의 출현은 이것 외에 하나뿐이었지만, 준신화나 전설 등급의 아이템은 기계적으로 낚아 올리고 있었다. 오죽했으면 전설 등급의 아이템은 다시 바다에 던져 버렸을 정도. 마치 피라미를 놓아주듯이 전설 아이템을 휙휙 던지고 있는 풍경은 아무리 생각해도 적응이 되지 않았다.

"또 전설. 나도 대물. 낚고 싶어."

첫 입질에 홍분해 소리를 질렀던 김예리도 익숙한 듯 아이템을 회수해 바다로 집어 던지고 있다.

전체적으로 고조된 분위기가 펼쳐지는 것도 무리가 아니다.

"키야…… 손맛 진짜 죽였다니까! 막 부들부들 떨리는데!"

"재미있는 것 같아요. 오히려 물고기 낚시보다 더 낫네요."

"왔어요! 저! 저! 왔어요! 오빠!"

모두가 시끌벅적했다. 아직 단 한 번의 입질도 받지 못해 침울해져 있는 김현성을 제외하면 모두가 행복한 한때였다.

본격적인 퀘스트가 시작된 지 약 6시간이 지난 시점, 사랑스러운 회귀자의 낚싯대는 여전히 흔들리지 않고 있었다.

'아이고야…….'

평온해 보였던 김현성의 눈빛이 조금씩 흔들리기 시작했다.

'현성아…….'

158장
김현성 대 박덕구

얼핏 보면 조금 억울해 보이는 표정이기도 했다. 마치 '왜 나만……'이라고 말하고 있는 것 같은 느낌.

그야 그렇게 생각할 만도 하다. 밥을 먹고 뒤처리까지 끝낸 엘레나와 한소라도 이미 몇 차례 손맛을 본 상황이다. 잠깐 휴식을 취할 겸 돛 위에서 내려온 김창렬마저 10분 만에 손맛을 느끼고 다시금 위로 올라갔다.

'재미있는 것 같습니다.'

라는 한마디를 남기고 홀연히 모습을 감춘 김창렬의 목소리를 들었을 때 김현성의 동공이 흔들리는 걸 분명히 봤다.

어째서 자신에게만 아무런 입질이 오지 않는지 의아해하고 있는 거겠지. 박덕구를 포함한 주변 분위기 역시 녀석의 씁쓸함에 일조했을 거다.

"크으, 손맛 한번 죽인다니까! 나도 낚시 꽤나 해봤지만, 이렇게 손맛 좋은 낚시는 이번이 처음이요. 진짜로 물고기가 걸린 것도 아닌데, 거, 무는 맛이 짭쪼름하다니까!"

특히나 박덕구의 설레발이 녀석에게 커다란 상처를 주고 있음이 틀림없으리라.

"다들 느껴봐서 알겠지만, 거짓말이 아니라니까!"

가슴 아프게도 김현성은 아직 느껴보지 못했다.

"어이쿠! 이거 한 번 더 온 것 같은데! 왔드아! 히트다! 히트!"

그 와중에도 한 놈 더 미끼를 물으셨단다.

"이 맛에 낚시하는 거 아니겠냐니까!"

"생각보다 재미있네요."

"희영 누님도 온 것 같은데! 한번 들어보쇼!"

"앗!"

"저도 왔어요!"

"달달하구만, 이번에도 대물인 것 같다니까!"

'그만해, 이 새끼야……'

즐거운 건 이해할 수 있었지만, 분위기를 파악하지 못하고 있다.

매번 완벽한 모습을 보여줬던 김현성이 침묵하고 있는 모습은 어떻게 보면 귀엽게 비치기도 했다. 하지만 모두가 행복 회로를 돌리는 와중에 녀석만 조용한 게 역시나 마음에 걸린다.

그나마 김현성의 심정을 이해하는 사람이 있기는 한지, 조혜진이 다가가 이것저것 챙겨주기는 했지만, 여전히 성과는 없는 상태다. 몇 시간째 지속된 침묵은 김현성의 정신력마저 갉아먹고 있는 것처럼 보였다.

결국에는 슬그머니 포인트를 이동시키는 모습, 본인에게만 아직 입질이 없는 게 자리 때문이라고 생각하는 것 같았다.

다시금 경건한 마음으로 낚싯대를 던져봤지만, 상황은 달라지는 게 없다.

"현성이 형씨만 아직 못 낚아본 거구만."

"……."

"거, 너무 조급해하지 마쇼. 원래 선천적으로 어 복이 없는 사람들도 있답디다. 아마도 그런 경우일 거요."

"알겠습니다."

"혹시 모르지. 엄청난 대어를 낚을 수도 있을지도……. 그래도 오늘의 우승자는 낚시왕 강덕구가 될 거라니까. 신화 등급의 아이템 한 정 더 낚을 수 있을 것 같은데……. 옳지! 또 왔다!"

"……."

이제는 억울하다 못해 분하다는 얼굴, 김현성에게 저런 면이 있었나 싶었다. 투어 가이드 박덕구의 지시에 따라 얌전하게 여행을 다니던 녀석도 의외이기는 했지만, 지금 보여주는 모습 역시 의외였다.

계속해서 아이템들을 낚아 올리는 사람들을 바라보기도 하고, 도대체 뭐가 문제인지 고민하기도 한다. 고집과 자존심은 있는지 강덕구에게 다가가 팁을 요구하지도 않는다.

'아직도 무슨 성격인지 잘 모르겠다.'

승부욕이 강하다고 생각하지는 않았는데, 이런 걸 보니 꼭 그런 것도 아닌 모양인 것 같았다.

김현성의 눈이 커다랗게 변한 것은 그로부터 약 1시간이 지난 시점, 긴가민가하던 녀석이 다급하게 사방을 둘러보는 것이 시야에 비쳤다.

"기영 씨!"

왜 나를 부르는지는 모르겠지만, 다급한 목소리로 어떻게든 해달라는 듯한 필사적인 목소리가 들려온다.

"일단 들어 올려요!"

무척이나 기뻐 보이는 모습은 가관. 낚싯대는 부러질 것처럼 휘었건만, 녀석은 미동도 하지 않은 채로 붙들고 있다. '하하' 하고 어린애처럼 웃는 것을 보면 박덕구가 이전에 말한 손맛을 느끼고 있는 게 틀림없으리라.

다른 사람들의 실적에 관심 없는 척하기는 했지만, 그래도 힐끔힐끔 쳐다본 짬밥이 있었는지 몇 분도 채 지나지 않아 익숙하게 낚싯대를 요리조리 놀린다.

애초 몸을 사용하는 데 천부적인 재능을 가지고 있는 만큼 그다지 힘들어하지도 않는 것 같다. 무척 오랜 시간을 아이템과 씨름했던 나와는 다르게 단기간 안에 녀석을 들어 올릴 것 같았다.

'아무리 그래도 너무 쉽게 올리는 것 같은데……'

혹여나 전설 등급이나 영웅 등급 같은 피라미가 나오지는 않을까 걱정된 것은 당연했다. 때마침 할 일이 없어진 길드원들의 시선도 집중된 만큼 기왕이면 괜찮은 걸 건져 올려줬으면 좋겠다.

마침내 사냥감을 들어 올린 김현성의 얼굴은 다소 구겨진 표정.

"힘쓴 것치고는 너무 작은 거 아니요?"

박덕구의 이죽거리는 목소리가 들려왔지만, 능력치를 확인한 이후에는 입이 찢어지라 귀에 걸리는 게 눈에 보였다.

낚싯바늘에 걸려 있었던 것은 작은 반지. 거대했던 롱기누스의 창이나 다른 이들이 끌어 올린 무구와 비교해 너무 볼품없는 것이 아닌지 걱정했겠지만, 신화 등급의 반지라는 사실을 확인한 이후에는 세상이라도 다 가진 것처럼 기뻐하는 얼굴이다. 심지어 주먹을 꽉 쥐는 것을 보니 본인 나름대로 만족할 만한 아이템을 뽑은 모양.

나 역시 괜스레 설레기 시작했다.

'쓸 만한 아이템인가 보네.'

1회차를 겪은 김현성이 쓸 만하다고 생각하는 아이템이라면 공략에 확실하게 도움이 되는 종류의 기능을 갖추고 있을 확률이 높다.

"결정된 것 같군요. 이걸로 가져가면 될 겁니다. 주인도 정해진 것 같고요."

심지어 확언을 해오기까지. 사실상 이번 이벤트는 끝난 거나 다름없다고 생각하며 반지를 바라보자 자세한 기능이 눈에 들어왔다.

[브리이취의 정화 반지-신화 등급]

[오래된 여신 브리이취가 자신의 연인을 위해 자신의 심장을 꺼내 만든 반지입니다.

신화 등급 디버프와 신화 등급 저주를 착용 즉시 해제합니다. 반지를 착용하고 있는 도중에는 신화 등급 디버프와 신화 등급 저주에 면역 상태가 됩니다. 처음 착용하는 상대에게 귀속됩니다.]

"아……."

'좋기는 좋은데…….'

뭐라 말하기 어려운 부분이 있었다. 아무래도 저런 종류의 아이템보다는 크고 아름다운 롱기누스의 창이 더 끌리는 법 아니겠는가.

하지만 김현성의 판단이 그렇다면 겸허히 받아들일 수도 있다.

'바깥 신인가 뭔가 하는 놈이 저주나 디버프 같은 거라도 뿌리나 본데…….'

만약 그렇다면 확실히 엄지를 추켜올릴 만한 픽, 공격력은 보장되어 있으니 이런 종류의 아이템이 중요하지 않겠는가.

하지만 반지를 들고 천천히 다가오는 녀석을 보자 이 새끼가 무슨 생각을 하는 건지 곧바로 눈치챌 수 있었다.

'와⋯⋯. 이 미친 새끼⋯⋯.'

"아마 기영 씨 몸에 있는 저주 역시 곧바로 해주할 수 있을 겁니다."

'김현성, 이 새끼 아직도 정신 못 차렸다. 진짜, 시바⋯⋯ 이 새끼 진짜 제정신 아니다.'

녀석이 아무리 신화 등급의 무구 듀렌달의 소유자라고는 하지만, 신화 등급 아이템을 한 정 더 얻는 건 두 번 다시 없을 이벤트요, 커다란 메리트다.

혹시나 바깥 신이 디버퍼가 아닐까 하는 생각도 해봤지만, 그딴 게 아니다. 심지어 귀속 아이템.

애초 후위로 분류되는 내가 이런 아이템이 필요할 리 만무하다. 정말로 순수하게, 이거라면 벨리알의 저주를 해주할 수 있다고 생각하는 게 틀림없으리라.

'김현성, 너 이 새끼⋯⋯.'

베니고어 여신의 등장으로 이미 한물간 떡밥이 되어버린 벨리알의 저주에 아직도 집착하는 모습에 뭐라고 반응해야 할지 민망하다.

'이걸 진짜 뭐라고 해야 하냐, 진짜.'

나를 걱정하고 있다는 건 확실히 기뻤지만, 1회차를 개판으로 만든 새끼를 막아내지 못하면 대륙에 있는 모든 애새끼가 뒈질 거라는 건 부정할 수 없는 사실.

'그렇게 자신 있어?'라고 물어보고 싶었지만 그렇게 물어볼 수도 없다. 김현성이 강한 것도 사실이었고, 아직 성장의 여지가 남아 있는 것도 부정할 순 없었지만, 위협이 최소 현신 벨리알이라고 가정하면 아무래도 부족하다. 지금은 특수 상황에서나 사용할 수 있는 저딴 반지보다는 즉시 전력이 될 수 있는 아이템을 픽하는 것이 맞다.

하지만 이미 녀석의 발언으로 분위기가 뒤숭숭해진 상황, 주치나 다름없는 선희영이나 엘레나는 당연히 크게 기뻐했고, 정하얀조차 방방 뛰고 있다. 주박이나 다름없었던 벨리알의 저주를 해주할 수 있다는 것만으로도 충분히 이점이 있는 아이템이라고 생각하는 것이다.

'아냐, 시바. 그거 개쓰레기 아이템이야. 착용한 사람만 쓸수 있는 아이템이래. 나 역병군주로 전직하면 애초에 디버프랑 저주 같은 건 잘 안 들어와, 애들아. 앞에서 싸울 일도 없고.'

라거나.

'김현성, 너 이 새끼. 진짜로 자신 있어서 이러는 거 맞지? 확실한 거지? 너 지금 이길 자신이랑 플랜은 있고, 생각해서 이러고 있는 거지? 이 새끼야?'

라고 말하고 싶다.

"거, 걱, 걱정거리가 하나 사라지겠네요."

"확실히…… 물론 지금은 잠잠해졌다고는 하지만 언제 다시 그런 일이 벌어질지 모르는 만큼 해결하는 것도 나쁘지 않아 보이는군요."

'응, 그거 아니야.'

당연하지만, 입을 열 수밖에 없는 상황이었다.

"아니요, 괜찮습니다. 딱 한 가지 아이템을 가져가야 한다면 차라리 다른 아이템이 더 나을 겁니다. 애초에 저주는 이제 거의 없다고 해도 과언이 아니고요."

"하지만."

"베니고어 님이 계신 만큼 여러모로 괜찮을 겁니다. 전에도 말씀드렸지만 어쩌면 컨트롤할 수 있는 힘일 수도……."

"아니요. 그 힘을 컨트롤하려고 하시면 안 됩니다, 기영 씨. 당장은 도움이 될 거라고 생각하실지 모르겠지만 그런 종류의 힘은 스스로를 갉아먹을 뿐입니다. 오히려 몸을 더 위험하게 할 뿐이에요. 그러니 아이템을 받으세요."

'지랄하지 마, 이 새끼야…….'

여기서 어떤 아이템을 가져가느냐에 따라 공략 난이도가 달라질 수도 있다.

하지만 도저히 빠져나갈 방법이 보이지 않는다. 마치 독 안에 든 쥐가 된 느낌에 필사적으로 주변을 둘러봤지만, 모두가 저 아이템을 받기를 원하는 분위기였다.

오히려 박덕구와 눈이 마주쳐 황급히 눈을 피할 수밖에 없었다. 이 새끼가 미쳐서 선동이라도 한다면 이 자리에서, 저 아이템을 착용한 이후 귀환해야 할지도 모른다.

아니나 다를까 슬금슬금 입을 움직이려 턱을 푸는 녀석을 보니 불안감이 목 끝까지 차고 올라왔다.

녀석의 입이 열린 것은 바로 그때였다.

"거, 형님 말이 맞을 수도 있다니까."

'뭐야.'

"물론 모두가 형님을 걱정하는 건 알고 있다니까. 나 역시 형님이 걱정되는 건 마찬가지요. 기왕이면 반지를 받아줬으면 좋겠고, 현성이 형씨나 누님처럼 안심하고 싶은 건 같은 마음이지만, 조금 더 생각해 볼 여지가 있는 것 같소. 형님 말처럼 지금 당장은 베니고어 님이 있어서 괜찮을 것 같기도 하고…… 그리고 무엇보다 형님이 괜찮다고 말하고 있으니까……."

'이 새끼…….'

"형님이 할 수 있다고 하면 할 수 있는 거요. 버틸 수 있다면 버틸 수 있는 거고. 그 누구보다 그 상태로 변환했을 때의 위험성을 제일 잘 아는 게 바로 형님이요. 만약 정말로 자신이 위험하다고 판단했다면 형님, 본인이 먼저 정화의 반지를 요구했겠지."

'덕구야, 씨바…… 덕구야아…….'

서당개 3년이면 풍월을 읊는다고. 잠깐 마주친 그 순간 내 눈을 보고 시그널을 받은 것이 분명하리라.

'이야아아아!!! 덕구야…….'

오늘만큼 이 새끼가 믿음직스러웠던 적이 없었다. 이 정도면 됐냐는 듯이 슬쩍 윙크를 해오는 모습에는 박수라도 보내고 싶은 심정이었다.

"개인적인 생각이지만, 반지보다는 형님이 낚은 저 둠기노스인지, 뭔지 하는 창을 가지고 가는 게 좋을 것 같다니까!"

'아냐, 시바. 그것도 아니야.'

"창이요! 무조건 창이요!!!"

미간이 구겨질 수밖에 없었다.

'제발 닥쳐, 이 새끼야…….'

옛날 버릇 못 버린 돼지가 슬슬 시동을 거는 모습이 시야에 비친다.

생각하면 생각할수록 헛웃음이 나온다. 간혹 저렇게 뭐에 꽂히면 자기주장을 확실히 한다는 걸 알고 있었지만, 최근에는 자주 등장하지 않아 방심하고 있었다. 은밀하게 치고 들어오는 모습은 암살자 직군을 방불케 할 정도.

'이 새끼…….'

물론 내가 저 정체불명의 선동에 낚여 창을 선택할 리는 만무하다.

공격력은 충분하다. 애초 김현성이 가지고 있는 듀렌달은 그 자체만으로도 롱기누스를 상회할 만한 아이템이다. 즉시 전력감이 될 수 있는 보물 중의 보물. 김현성, 본인피셜로도 이 검의 힘을 전부 끌어낼 수 없다고 이야기한 것을 보면 성장의 여지도 남아 있다. 굳이 사용할 사람도 없는 저 창을 가져갈 필요는 없다는 거다.

'저걸 누가 쓸 건데?'

대륙 전체를 뒤지면 이 창의 주인이 나오기야 하겠지만, 적어도 이쪽과 가까운 관계에 있는 사람은 아닐 것이다.

조혜진을 믿고 픽하기에는 조혜진의 스펙이 아쉬운 것도 사실이다. 그녀를 무시하는 것은 아니지만, 신화 등급의 아이템을 자유자재로 사용할 수 있을 거라는 생각은 들지 않는다. 김현성이 창을 다룰 수 있다면 또 나쁘지 않은 선택지가 되겠지만, 애초에 듀렌달을 가진 녀석이 뭐가 아쉬워서 저 창을 선택하겠는가.

"아닙니다. 일단은 정화의 반지가 더……."

"아니요! 무조건 저 창이라니까! 왠지 모르게 필이 딱 꽂혔다니까."

"무슨 말씀을 하시는지 알지만, 지금은 한시라도 빨리 기영 씨에게 가해지는 부담을 줄이는 게 맞습니다. 이 브리이취의 정화의 반지는!"

"그렇게 형님을 못 믿는 거요! 무조건 창이요! 애초에 방어가 불가능한 공격을 가능하게 하는 창을 여기에 버려두고 가는 게 대관절 말이나 되는 소리요?"

"조건만 맞으면 비슷한 효과를 내는 것 정도는 가능합니다. 물론 저 창이 나쁘다는 건 아니지만, 합리적으로 생각하면 역시 정화의 반지가 더 낫습니다."

"나는 형님을 믿는다니까. 두 번 다시 그런 일은 벌어지지 않을 거요. 창이요!"

"저라고 기영 씨를 믿지 않는 것은 아닙니다만, 이런 문제는 조금 더 확실하게 마무리하는 게 좋을 거라고 생각합니다. 반지입니다."

"창이요!"

"반지입니다!"

"창!"

"반지!!"

"차으아아아아아아아아앙!!!"

"반!"

"차으아아아아아아아아아앙!!!"

'박덕구 이 새끼.'

튜토리얼 던전에서 본 것만 같은 실랑이가 계속되고 있다.

그때 당시 흑마법사를 해야 한다며 소리를 지르던 녀석의 모습을 떠올리자 점점 더 창 쪽에서 마음이 멀어진다.

흑마법사를 선택했어도 나름 좋은 결과를 얻었겠지만, 지금은 그것보다 더 좋은 최상의 결과를 얻지 않았던가. 김현성의 추천에 따라 연금술사를 선택한 것은 말 그대로 신의 한 수라고 부를 수 있을 정도의 베스트 초이스였다.

'초반이 조금 힘들기는 했지만……'

대륙 전체 병력의 질을 높이는 데는 확실하게 성공했으니까. 물론 빛기영 개인의 성공 역시 말이다.

'아니, 김현성 이 새끼는 초반에 궁수하라고 했었잖아.'

하지만 조금 더 생각해 보니 나 역시 조금 헷갈린다. 감이 좋은 건지, 안 좋은 건지 도통 알 수가 없다.

아무튼, 이 시점에서 최선의 선택은 저 둘의 싸움을 무시하고, 조금 더 이 이벤트에 집중하는 것. 시간이 얼마나 남았는지는 알 수 없지만, 비교적 여유가 있을 것으로 예상하는 만큼 천천히 여유를 두고 생각하는 것이 옳으리라.

[1시간 후에 던전의 퀘스트가 종료됩니다. 원하시는 아이템을 선택해 주세요.]

'시바.'

방금 생각은 취소, 최대한 빠르게 가져가야 할 아이템을 결정할 수밖에 없었다.

나만 이 메시지를 본 것이 아닌지, 이 정체를 알 수 없는 토론에 참여한 이들은 서로 반반씩 편을 갈라 자기주장을 하기 시작했다.

그나마 창을 선택하는 게 나은 선택이 될 수도 있겠지만, 최악을 피하고자 차악을 선택하는 행동이나 다름이 없다.

바닥에 깔린 아이템들을 빠르게 훑어봤지만, 여전히 마음에 드는 게 없다. 신화 등급의 이름을 붙이고 있기는 했지만 활용하기 힘들어 보이는 것이 전부, 즉시 전력으로 사용될 수 있는 신화 등급의 아이템은 아직 등장하지 않았다.

기왕이면 정하얀이 사용할 지팡이나 김현성이 자신의 몸을 보호할 수단이 됐으면 좋겠다. 이를테면 갑옷이라든가, 혹은 회피 기능이 붙어 있거나 속도가 빨라지는 장화라든가, 항마력이 높은 멋들어진 망토라든가. 뭐, 그런 거 있지 않은가.

차라리 준신화를 가져가는 게 속 편할까 같은 생각을 했을 정도였다. 조금 모자라기는 하지만, 준신화 등급의 아이템들도 제법 쓸 만하기는 하니까.

'제길.'

그래도 너무 아깝다.

일단은 급하게 말을 이을 수밖에 없었다. 조금 단호하게 쳐내는 느낌이었지만, 이런 거에 괜히 실랑이할 시간은 없다. 우리 현성이가 상처받을 게 미안하기는 하지만, 지금 김현성은 우리 현성이 아니라 느그 현성으로 변태하려고 하고 있다. 무조건 단호해지는 게 옳다.

굳은 표정으로 입을 열자 역시나 당황스러워하는 놈의 얼굴이 보였다.

"브리이취의 반지는 받지 않을 겁니다."

"아니요, 무조건 받으셔야 합니다."

'김현성, 시바.'

"지금 저에게는 필요가 없는 아이템입니다. 당장 저 아이템을 받는다고 길드와 대륙에 도움이 되는 것도 아니고요."

"하지만!"

진짜 이것저것 따질 상황이 아니구나 싶다. 결국에는 최후의 무기를 소환할 수밖에 없지 않은가.

경멸을 가득 담은 눈빛을 일발 장전했다. 이런 눈빛을 쏘아 보내기는 싫지만, 말했다시피 지금은 단호한 판단을 내려야 할 때다.

뭔가 분위기가 심상치 않았다는 걸 인지했는지 슬그머니 눈치를 보는 표정을 본 순간, 도박에 가까운 방법이 확실히 먹혀들었다고 생각할 수밖에 없었다.

"섭섭합니다."

"네?"

"그렇게 저에 대한 신뢰가 없을 거라고는 예상하지 못했었는데, 하……."

실망했다는, 처연한 표정으로 다시는 보지 않을 것처럼 쇼를 시작.

"제가 분명히 제 입으로 괜찮을 것 같다고 말씀드리지 않았습니까. 덕구 말이 맞아요. 정말로 제가 위험하다고 판단했다면 브리이취의 반지를 받아들였겠지만, 그렇지 않다고 분명 몇 번이나 말씀드린 거로 기억합니다, 현성 씨."

"어……."

"저를 어떻게 생각하고 계시는지 이해했습니다. 하지만 아무리 그렇게 말한다고 해도 절대로 반지는 받지 않을 겁니다, 김현성 씨."

"어어……."

"어째서 가둬놓은 건지 알겠네……."

들릴 듯 말 듯 작은 목소리로 혼잣말하는 것도 빼놓지 않는다.

'키야, 먹혔네. 확실히 들어갔네.'

성까지 붙이며 차가운 목소리를 내뱉은 게 마음에 걸렸지만, 빠르게 상황을 정리하려면 이 정도 액션은 보여줘야 했다.

그래도 살짝 비틀거리는 건 너무 오바스러운 반응이 아닌가 싶었지만 케어해 줄 시간이 없다.

"역시 형님이라면 나랑 마음이 맞을 거로 생각했다니까. 그럼 이 창을!"

"아니, 그것도 아니야. 지금은 최대한 빠르게 다시 한번 다른 아이템을 건져 올리는 게 가장 좋을 것 같습니다. 사실 이 롱기누스의 창 빼고는 좋다고 할 수 있는 아이템이 없으니까요. 다들 메시지를 들으셔서 알고 있겠지만, 시간이 1시간밖에 남지 않았으니 빨리 자기 위치로 돌아가서 최대한 많은 선택지 중에 고를 수 있도록 합시다. 최소한 신화 등급 아이템을 3종 정도는 더 뽑고 보는 게 좋을 것 같습니다."

"알겠습니다. 부길드마스터."

"그, 그렇지만! 형님! 조금만 더 생각해 보면……."

"덕구야. 말 들어."

'X나 카리스마 있었어, 시바.'

차가운 목소리를 내뱉자 확실히 기가 죽은 게 보였다. 눈치 빠른 다른 길드원들이 순식간에 각자의 자리로 뿔뿔이 흩어진 건 당연한 거고.

그래도 미련이 남는지 선희영과 엘레나는 자꾸만 반지 쪽을 바라보고 있었지만, 축 처진 어깨로 조혜진과 발걸음을 옮기는 김현성을 보고서는 재빠르게 다른 이들과 같은 행동을 취하기 시작했다.

심지어 슬쩍 다가온 정하얀은 은근슬쩍 말을 건네기까지 한다.

"저, 저, 저는 오빠 믿어요. 응……."

'거짓말하지 마. 너도 반지 받으라 그랬잖아.'

확실히 애가 참 영악한 면이 있다. 대놓고 여우처럼 행동하는 느낌이라 오히려 귀여워 보이기도 했지만, 현 상황에서 정하얀이 얼마나 귀여운지 생각할 시간은 없다. 최대 3개의 신화 등급 아이템은 더 건져 올려야 한다. 박덕구의 말에 낚여 창을 선택하는 건 지양하고 싶다.

시간이 점점 흐르면 흐를수록 괜스레 침이 바짝 말라오는 상황, 잘 오던 입질이 왜 이리 안 오는지 이해할 수가 없을 지경이다. 최소한 퀘스트 종료 전 5분 정도는 시간을 남겨둬야 하건만, 그것마저 쉽지가 않다고 느껴졌다.

미동도 없는 낚싯대가 원망스러워지는 것은 또 처음. 그나마 간헐적으로 다른 길드원들이 아이템을 건져 올리고 있었지만 전설 등급의 피라미들이 대부분 이었다. 아니, 정확히 말하자면 신화 등급의 아이템이 나오지 않은 것은 아니었다. 썩은 복어같이 하나같이 쓸모없다는 게 문제였지.

"오, 오빠 이것 봐요. 괜찮은 아이템 같아요. 한 쌍의 귀걸이인데 두 사람이 귀걸이를 양쪽에 하나씩 끼면 합, 합체할 수 있게 된대요. 능력치도 상승하고요. 대, 대단한 아이템 같아요. 등급도 신화 등급이고…… 근데 한번 합체하면 다시는 두 사람의 몸으로 못 돌아가는 모양이네요……."

'현기트 만들 일 있나……. 뭐, 하나가 되자, 이거야? 이상한 생각하지 마라, 하얀아. 트윈 헤드 하얀기영 될 생각은 진짜 없다.'

부터.

"부길드마스터. 사랑의 묘약입니다. 무려 신화 등급이요. 일회성이지만 절대적인 효과를 받을 수 있다고 합니다. 효과 역시 반영구적입니다."

별 쓸모도 없어 보이는 신화 등급의 물약 등. 이곳 기준으로 하위에 불과한 아이템들밖에 보이는 것이 없다.

[30분 뒤에 던전의 퀘스트가 종료됩니다. 원하시는 아이템을 선택해 주세요.]

'안 돼…….'
씨바, 이대로 끝낼 수는 없어.
'제길…….'
다른 아이템이 등장하지 않으면 롱기누스의 창을 가져갈 거라고 확신하고 있는지 박덕구는 초조해하지 않는다. 오히려 다른 아이템이 올라오는 것을 보고 크게 안도하는 모습. 객관적으로 생각해도 저 창보다는 가치가 떨어져 보이니 저런 모습을 보이는 게 틀림없으리라.

"시간도 슬슬 끝나가는데……. 결정해야 하는 타이밍인 것 같소."
'아직 아니야, 이 새끼야.'

[15분 뒤에 던전의 퀘스트가 종료됩니다. 원하시는 아이템을 선택해 주세요.]

"형님."

"5분 전까지 계속해라, 덕구야. 마지막 입질까지 마무리하고 생각해 봅시다."

"네."

"네, 부길드마스터."

'김현성, 너 이 새끼 너도 낚시해야지. 왜 이렇게 멍때려, 이 새끼야.'

입질이 오는지도 모르고 있는 모습.

[10분 뒤에 던전의 퀘스트가 종료됩니다. 원하시는 아이템을 선택해 주세요.]

이제는 정말로 시간이 없다. 초조한 마음에 사방을 둘러봤지만, 아이템과 힘을 겨루고 있는 길드원들은 소수. 이쯤 해도 나오는 게 없자 박덕구가 주장한 룽기누스의 창으로 거의 확정되는 분위기였다. 입술을 꽉 깨물어봤지만 역시나 달라지는 게 없다.

갑작스레 몸이 앞으로 끌려간 것은 바로 그때.

'마지막이야. 시바, 마지막이라고…….'

끄트머리에 찾아온 기적.

사실상 이번이 마지막 히트나 다름없다. 손에 힘을 꽉 쥐고 최대한 빨리 끌어 올리려 발버둥 치자 바닷속에 숨어 있던 녀석이 천천히 모습을 드러내기 시작했다.

[5분 뒤에 던전의 퀘스트가 종료됩니다. 원하시는 아이템을 선택해 주세요.]

재빠르게 올라온 아이템의 정보를 확인하고, 룽기누스의 창과 객관적인 비교를 하기 시작, 시간은 오래 걸리지 않았다. 서로 간의 특징이 명확했으니까.

[1분 뒤에 던전의 퀘스트가 종료됩니다. 원하시는 아이템을 선택해 주세요.]

재빠르게 널브러져 있는 아이템 하나를 붙잡은 순간, 이 장소에 도착했을 때처럼 거대한 배가 파도의 웜홀에 휩쓸리기 시작했다.

"돛 펴요! 돛!! 돛!"

애매한 미소를 지은 채로 거울 호수에 다시 돌아가기까지는 그리 오랜 시간이 걸리지 않았다.

"왔드아!!!"

159장
진심 어린 사과

쾅아아아아아아앙!!!

귀를 울리는 굉음과 함께 배가 수면 위로 떠오르는 게 느껴졌다. 마치 폭발 소리 같았지만, 기분이 나쁘지는 않다. 어느 쪽이냐고 묻냐면 당연히 안심되는 쪽.

배와 함께 위로 튀어 오른 물이 하늘에서 떨어지기 시작했고, 난간을 꽉 붙잡은 길드원들 역시 안도의 한숨을 내쉬었다. 일반적인 상식으로는 이해할 수 없는 공간에 몇 시간 동안이나 있었으니, 저런 반응을 보이는 것도 무리가 아니리라.

뭔가 상황을 정리하기도 전에 들려오는 것은 길드 유일의 해적 꿈나무, 안기모의 구역질 소리.

"우웨에에에에엑!"

'저 양반도 진짜 못 써먹겠네…….'

"우웨에에에에에엑!"

정말로 리얼한 사운드였다. 한 건 터뜨릴 것 같더니, 결국 이 깨끗한 호수에 분비물을 투척해 버린다.

무척 괴로워 보이는 모습이었지만, 그런 녀석조차 무사 귀환 한 것에 대한 기쁨은 숨길 수 없었나 보다.

'전혀 예상하지 못했으니까, 뭐.'

사실 선희영 사건을 제외하면 크게 위기라고 할 수 있는 사건은 일어나지 않았지만, 그래도 모두가 무사 귀환한 것을 나름대로 자축하고 싶다. 무려 신화 등급의 던전을 클리어한 거나 마찬가지였으니까.

'생각해 보면 거기까지 닿은 것 자체가 신화 등급의 퀘스트였지.'

박덕구가 우연히 가져온 배를 타고 있는 상황이 아니었다면 파도의 웜홀에 빨려 들어간 그 순간 전멸, 순식간에 차원의 바다 밑바닥에 처박혀 영영 떠돌아다니는 신세를 벗어나지 못했을지도 모른다. 그 공간을 헤치고 돌아온 것만으로도 신화 등급의 업적을 달성했다고 하기에 충분하다는 거다.

혹시나 하는 마음에 천천히 고개를 돌리자 몇 시간 전에 봤던 그 아름다운 광경이 시야에 비치기 시작했다.

"다행히 무사히 돌아온 것 같군요."

입을 열어온 것은 길드 내 권력 순위 삼인자로 분류할 수 있는 유니콘 조혜진. 그녀는 걱정스러운 표정을 유지한 채로 이쪽을 바라봤다.

"혹시 몸에 조금 이상은 없으십니까? 부길드마스터?"

"네, 뭐. 괜찮습니다. 다른 길드원들도 상태를 한 번씩 체크해 주셨으면 합니다. 혹여라도 이상이 있는 길드원 같은 경우에는 꼭 따로 이야기해 주시고요. 특히 희영 씨 같은 경우에는 꼭 따로 휴식을 취하라 말씀해 주시고 따로 사람을 붙여주시고…… 다른 이상이 없나 확인해 주셨으면 좋겠습니다."

"네. 아마도……."

"뭔가 부작용이 있을 가능성도 있으니까요. 그 이후로는 계속 멍한 상태이기도 했고……."

"조치할 수 있도록 하겠습니다. 부길드마스터."

'얘, 뭐 할 말이라도 있나 보네.'

사라지지 않고 우물쭈물하고 있는 걸 보면 딱 사이즈가 나온다.

둘이 한잔한 지도 시간이 제법 지난 것 같지만, 그래도 친구라고 제법 많은 시간을 보낸 만큼 이제는 얘가 무슨 말을 해올지 대충 예상이 간다.

"왜요, 술이라도 사려고?"

"아니, 그런 건 아니지만……."

"그럼 뭔데요?"

"길드마스터한테 이야기 좀 잘 해줬으면 좋겠어서…… 생각보다 많이 충격받으신 것 같습니다."

'응, 아니야. 걔는 조금 더 충격받아도 돼.'

슬쩍 눈알을 돌려 김현성을 바라보자 확실히 충격받은 듯한 모습이 눈에 띄기는 한다. 어깨가 축 내려간 모습, 이쪽을 제대로 바라보지도 못하고 길드원들에게 지시 사항을 전달하는 게 눈에 들어왔다.

버림받은 강아지 같은 느낌이 들기는 했지만, 뭐 어쩌겠는가. 본인이 뿌린 씨앗은 본인이 거둬야 하는 법이고, 자신의 실수는 자신이 수습해야 하는 법이다.

'신뢰가 깨진 상황으로 생각하고 있을 수도 있겠네.'

툭 하고 던진 말이었지만, 아마 가슴속에 비수가 꽂힌 것처럼 받아들이지 않을까. 사랑스러운 회귀자와 이쪽 사이는 뭐라 말로 설명할 수 없는 끈끈한 신뢰로 묶인 상태였으니까.

물론 우리가 서로 신뢰하는 사이라고 공인 증서를 받은 것은 아니었지만, 왜 서로 말하지 않아도 서로가 느끼는 게 있지 않은가.

김현성도 나를 신뢰하기 때문에 굳이 내 다른 행동에 터치하지 않았던 거였고. 나 역시 김현성을 믿는다는 모션을 취해 줬기 때문에 녀석의 행동에 대해 별말을 하지 않았던 거였다. 심지어 무의식 꿈 사건으로 인해 그 감정은 더욱더 배가 된 상황이었고⋯⋯. 왜 진작 이 카드를 써먹지 않았을까 싶다.

'너는 왜 나를 못 믿어?'

마법이라고 불러도 무방할 정도로 완벽한 카드. '너는 내가 왜 화났는지 모르겠어?'와 종류는 다르지만, 추구하는 것은 같다. 아마 모르긴 몰라도 녀석의 내면이 꽤 흔들리고 있지 않을까.

'정말로 내가 이기영을 신뢰하고 있지 못한 걸까'라거나, '왜 믿음을 보여주지 못했던 걸까. 기영 씨는 나를 이토록 믿어줬는데'라거나, '어떻게든 수습하고 사과해야 돼' 같은 생각을 하고 있을 게 뻔했다.

심지어 '어째서 가뒀는지 알겠네'라는 혼잣말에 크리티컬 대미지를 입은 만큼 이 모든 오해를 풀어야 한다고 생각할지도 모른다. 아마 오늘이나 내일 안에 말을 걸어오거나 따로 자리를 만들기 위해 빌드업을 해올 것이다.

하지만 조혜진의 말처럼 내가 녀석을 풀어줄 필요는 없다. 원래 이런 종류의 싸움에서는 먼저 다가가는 놈이 패배자가 되게 마련. 이미 김현성은 패배한 것 같은 냄새를 풍겼지만, 조금 더 확실하게 하기 위해서는 끝까지 삐진 척하는 게 맞다.

'가방 컬렉션 하나 더 늘어나겠네.'

김현성의 말처럼, 왠지 모르게 비어 있던 장식장 한 곳이 신경 쓰였는데, 드디어 채울 때가 온 것이다.

"무슨 생각을 하십니까, 사람이 말하는데."

"아뇨. 뭐, 그냥 여러 가지로…… 현성 씨와의 문제는 제가 알아서 해결할 테니 그렇게 심란해 하지 않으셔도 됩니다."

"그렇게까지 말씀하신다면 군이 제가 할 말은 없지만…… 큼, 아무튼 간에 가져오신 아이템은 마음에 드시는 겁니까."

"아 네. 나쁘지는 않은 것 같아요. 사실 그렇게 만족스러운 건 아니지만, 최악도 아니고 차악도 아닌 그 정도……. 그러고 보니까 너한테는 조금 미안하기는 하다."

"갑자기 왜 반말을 하십니까. 뭐, 저는 군이 신경 쓰지 않으서도 됩니다. 어차피 롱기누스의 창을 가져온다고 한들, 제가 제대로 다루지도 못했을 텐데요. 솔직히 말은 안 했지만, 저도 조금 섭섭하기는 했습니다. 대놓고 쓸 사람이 없을 것 같다는 표정으로 고민하던 걸 보니까 심사가 뒤틀리기도 했고……. 그래도 제법 높이 올라왔다고 생각했었는데…… 역시나 만족스럽지 못하신 것 같더군요."

"아니, 그 정도는 아니었는데."

"그 정도가 아니긴 무슨…… 어차피 제가 사용해 봤자 돼지 목에 진주 목걸이라고 생각하고 있는 게 빤히 보였단 이 말입니다. 물론 마음에 담아두지 않을 테니 걱정하지 않으셔도 됩니다. 다시 한번 말씀드리지만, 어차피 가져와 봤자 실망스러운 모습만 보여 드렸을 테니까요."

"혹시 삐졌어요?"

"삐지긴 누가 삐졌……."

"삐진 거 맞는데, 뭐."

"안 삐졌습니다. 그런 거로 삐질 사람도 아니고…… 길드의 이익을 먼저 생각하는 게 당연한 것 아닙니까. 기본 중의 기본입니다, 그 정도는."

"에이…… 삐진 것 같은데."

"안 삐졌다고 말씀드렸습니다."

"삐진 것 맞잖아요. 너 삐졌잖아."

"아니! 안 삐졌다니까! 이 사람이 지금!"

"삐졌……."

"아니, 진짜 안 삐졌다니까!"

억울했는지 조혜진이 정말로 커다란 소리로 외치는 바람에, 순식간에 시선이 집중됐다. 웃으면서 조혜진을 놀리는 나와 내게 말을 놓으며 서슴없이 대하는 그녀의 모습이 제법 의외였던 모양이다.

생각해 보니까…….

'다른 애들은 나랑 얘랑 친한 거 잘 모르나?'

길드 내에서 알고 있는 사람이라고 해봐야 그녀를 반쯤 경계하고 있는 정하얀 정도다.

그래도 제법 붙어 다녔는데, 업무적으로만 만났다고 생각했던 것 같다. 밥도 묵고! 마! 술도 묵고! 마! 게임도 하고! 마! 사우나도 가고! 하며 간혹 싸돌아다니기는 했지만…….

'확실히 안 어울리기는 하지.'

내가 파란 길드원이었어도 업무적인 일이 있어서 함께 나가는 거로 생각했을 것이다. 그녀나 나나 길드 바깥 일과 내부의 일을 겸행하는 케이스였으니까. 심지어 특별한 경우나 기분 날 때가 아니면 서로 존대를 하다 보니 더 눈치채기 힘들었던 것 같았다.

조혜진도 자기의 목소리가 살짝 컸다는 걸 인지했는지, 멀리 떨어져 있는 이들을 바라보는 중. 안기모나 유아영은 입까지 벌린 채로 눈을 커다랗게 치켜뜨고 있다. 다른 애들의 반응도 별반 다르지 않고, 김현성은…… 깜짝 놀란 표정 반, 심기가 불편하다는 표정 반이 섞인 표정을 보여주고 있었다.

'현성이가 시바…… 질투도 하네. 혜진아, 너 가능성 있겠다.'

본인이 본인 감정을 알고 있는지는 모르겠지만, 조혜진과 내가 가까워 보이니 잠깐이나마 불편한 감정을 느낀 것 같았다.

눈치 없는 조혜진은 괜스레 나를 바라보고 있다. 나도 모르게 작은 목소리로 혼잣말이 나왔다.

"혜진아. 내가 웬만하면 헛물 안 켜는데 너 가능성 있겠다."

"갑자기 무슨 소리를 하시는 겁니까."

"최근까지만 해도 정말로 가능성 없을 거로 생각했는데, 열 번 찍어서 안 넘어가는 나무 없다더니 넘어오고 있는 것 같은데……. 혹시 최근에 뭐 심경의 변화를 팍팍 줄 만한……."

"그런 거 없었습니다. 반쯤은 포기하고 있었고, 그때 이후로는 따로 말을 건 적도 없었어요."

"혹시 모르니까 버렸던 그 꿈. 잠깐이나마 다시 생각해 봅시다."

"됐어요."

"왠지 모르게 질투하고 있는 것 같단 말이야……."

"누가……."

"현성 씨요."

"정말입니까?"

"확실합니다."

"뭐…… 이제는 별로 상관없는 이야기입니다."

"말은 그렇게 하면서 은근히 설레고 있는 것 같은데."

"아닙니다."

"아니, 조금 솔직해져 봅시다, 우리. 솔직히 설레잖아요."

"아니라니까요."

"설레잖아요."

"아니, 진짜. 아니라니까!"

장난스럽게 어깨를 툭툭 치자 부들부들 떨어댄다. 분을 참는 모습이 확실히 재미있다.

"뭐 설레든, 안 설레든 간에 한 발자국 전진한 건 부정할 수 없는 사실이라니까요. 내가 또 사람 눈치 하나는 기가 막히게 본다는 거 아닙니까. 아, 그때 질투심 유발 작전 이런 것도 좀 해볼 걸 그랬네."

"그런 말 좀……."

"뭐 애초에 놓은 것 같지도 않았지만……. 지금 당장은 할 일에 집중하더라도 희망의 끈 하나 정도는 붙잡아놓는 게 좋지 않습니까."

아니나 다를까 은근슬쩍 희망을 품고 있는 모습이 시야에 비치기 시작, 이윽고 찾아온 김예리로 인해 조혜진의 얼굴이 환해진다.

"혜진 언니."

"응?"

"현성이 오빠가. 말할 게 좀 있다고 빨리 와보래."

"어…… 정말?"

'내가 뭐라고 말했니, 혜진아. 허겁지겁 뛰어가는 꼴 좀 봐라……. 키야, 관심이 없기는 개뿔.'

"그리고 아저씨."

"왜?"

"내일 오빠가 시간 좀 내줄 수 있냐고 물어보고 오라는데. 여러 가지로 할 이야기가 있다고."

"무슨 이야기?"

"중요한 이야기."

"무슨 중요한 이야기?"

"나도 잘 몰라. 업무 볼 게 있는 것 같아서…… 음, 그래서 부른 것 같아."

"음……."

"그럼 난 전했으니까 바로 뒷정리하러 갈게."

"어, 수고해라."

"응, 아저씨도."

관심 없다는 듯이 슬쩍 전방을 바라보자 김현성과 이야기를 나누고 있는 조혜진의 뒷모습이 눈에 들어왔다.

도대체 왜 갑자기 보자고 한 건지는 모르겠지만, 뭐 뻔하지 않은가. 던전에서 있었던 일도 사과하고 싶고, 본인이 회귀자라는 사실을 슬슬 알려야 할 테니 빌드업에 들어가는 중일 것이다.

사실은 조금 오래전부터 각을 재고 있다는 느낌은 있었지만, 내가 충격에서 어느 정도 벗어난 것 같은 모습을 보여준 게 유효했었나 보다. 던전에서 바깥 세계의 신을 봤으니 더 끌어서는 안 되겠다는 생각도 했을 거고…….

살짝 미소를 짓고 있는 조혜진만큼이나 입꼬리를 올릴 수밖에 없었다.

'혜진아, 시바. 드디어 둘 다 행복해질 수 있겠다.'

"오, 오, 오빠. 오늘 어디 나가세요?"

"아, 현성 씨랑 같이 볼 업무가 좀 있을 것 같아서……. 왜?"

"아니요. 그냥……."

"조금 급한 일인 것 같더라고……. 나도 웬만하면 하얀이랑 같이 시간 좀 보내고 싶었는데, 타이밍이 안 맞았네."

"정, 정말요?"

"그럼. 모처럼 거울 호수에 왔는데 덕구 말처럼 간만에 데이트 좀 하려고 했지. 이야기할 것도 많고…… 둘이 시간 보낸 지 오래됐으니까. 아쉽게 됐네. 미안해. 대신 돌아오면 꼭 같이 돌아다니자."

"아, 아니요. 오늘은 저도…… 시간이 없어서……. 현성이 오빠가 시킨 일이 조금 많거든요. 다른 길드원들이랑 같이 거울 호수에 대한 보고서 작성하고 근처 던전이 있는지 수색 나가게 됐어요. 오빠만 명단에 빠, 빠진 것 같아서…… 그냥 궁금해서 물어본 거예요."

"근처 던전?"

"네. 추가 던전이 있을지도 모른다고……. 혹시 유입된 몬스터가 있는지도 확인해 봐야 하고요. 저도 자세히는 모르겠지만, 생각보다 후처리할 일이 많은 것 같아서……."

'김현성 이 새끼. 마음을 먹어도 단단히 먹었네……'

굳이 다른 길드원에게 쓸데없는 업무를 맡긴 것을 보니 오늘만큼은 방해받고 싶지 않다고 생각하는 모양인 것 같았다. 길드 내에 있는 조사팀에게 일을 맡길 수 있음에도 불구하고 길드원 전원에게 이런 명령을 내린 건 어떻게 봐도 노골적이었다.

물론 던전의 등급이 등급이니만큼, 길드 직원들에게 맡기기 어려운 일이긴 했지만, 그렇다고 하더라도 길드원 전체를 임무에 투입하는 것은 여러모로 비효율적이지 않은가. 휴가 중이라는 특수한 상황을 생각하면 더욱더 그렇다.

덕분에 데이트가 예정되어 있다고 철석같이 믿고 있었던 정하얀은 뜻밖의 방해를 받아버린 상황. 극대노까지는 아니지만, 충분히 중노로 분류할 수 있을 만한 사건을 아무렇지도 않게 넘긴 것을 보자, 확실히 납치 사건이 효과가 있기는 있었던 것 같았다.

'얘가 기가 많이 죽기는 했어.'

원래도 조금 소심한 성향이었지만 조금 더 소심해졌다. 조금 더 조심스러워졌고…….

더 강해져야겠다고 생각하는 건 이전과 변함이 없는지 마법에 미친 듯이 몰두하고 있는 것 같았지만, 그때의 죄책감이 어디로 가겠는가. 어젯밤만 해도 악몽을 꿨다고 훌쩍거리며 방 안으로 들어온 걸 보면 아직도 죄책감에 시달리고 있는 게 분명하리라.

'덕분에 잠도 제대로 못 잤네, 시바.'

중간에 깨지는 않았지만, 확실히 일어났을 때 상쾌한 느낌이 없다. 덕분에 얼굴도 엉망이고…….

슬그머니 거울을 바라보자 적당히 수척해진 것 같은 얼굴이 시야에 들어왔다. 그다지 마음에 들지는 않았지만…….

'괜찮기는 하다.'

왠지 모르게 마음고생을 한 것 같은 효과를 불러오고 있었으니까.

'적당적당히 하고 가자.'

이쪽을 뚫어지게 바라보고 있는 정하얀을 애써 무시한 채로, 천천히 씻고 옷을 갈아입자 어느새 제법 시간이 지난 듯한 느낌. 길드원들은 나와 김현성이 이곳을 떠난 뒤에야 움직일 것 같았다.

다시 한번 거울을 본 이후에 항상 들고 다니던 무한의 가방을 바라봤지만, 오늘은 굳이 들고 가지 않아도 될 것 같았다. 녀석이 함께 있을 테니 안에 있는 포션을 사용할 일도 없을 거고, 무엇보다 네가 선물해 준 것 따위는 들고 가지 않을 거라는 액션을 선보이고 싶었기 때문이다.

"가방 안 들고 가세요?"

"응, 전투가 일어날 것 같지는 않아서……. 어차피 안에 들어 있는 건 전부 연금용품들이고."

"언, 언제쯤 돌아오세요?"

"아마 오늘 안에는 돌아오지 않을까 싶은데…… 나도 확실히는 모르겠어. 돌아오는 즉시 곧바로 데이트 나가면 되니까, 힘들더라도 조금 참아."

"나, 나도 같이 가고 싶은데……."

'안 돼, 하얀아. 오늘은 중요한 날이야.'

인류가 한 발자국 나아가느냐 마느냐가 달려 있거든.

"다음에 가면 되지. 하얀이는 언제 나가려고?"

"조, 조금만 더 누워 있다가 갈래요."

"그럼 그렇게 해."

마지막에는 꽈악 안기기까지. 인제 그만 떨어질 때가 됐다는 표현으로 살포시 밀어냈지만, 계속해서 힘을 주고 있는지 밀려나지 않는다. 오히려 거머리처럼 달라붙어 킁킁거리고 있는 모습은 이쪽을 당황스럽게 만들 뿐이었다.

결국, 몇 분이 더 지난 이후에야 해방될 수 있었다. 혹여나 조금만 더 있다가 가라는 말이 나올까 싶어 황급히 로비로 나가자, 어색한 몸짓으로 나를 바라보는 김현성의 얼굴이 가장 먼저 시야에 비쳤다. 평소와 다르게 무장을 하지 않은 상태, 허리춤에 검이 달려 있기는 했지만, 전체적으로 편한 복장이기는 했다.

그렇다고 후줄근한 복장은 또 아니었는데 왠지 모르게 살짝 신경 쓴 것 같은 느낌이 낭낭했다. 전체적으로 딱딱한 느낌이라고 하는 게 맞으리라.

'얘가 진짜 왜 이래…….'

이쪽에서 원인 제공을 하기야 했지만 아무리 그래도 이 정도로 굳어 있을 줄은 상상하지 못했다. 경직된 돌덩이마냥 꼿꼿이 서 있는 모습을 보니 조금 안쓰러운 느낌이 들었을 정도.

살살 풀어줄까 싶기도 했지만 양보할 생각은 없다. 후에 가서는 서서히 말할 수 있는 분위기를 만들어주는 게 중요하지만, 조금은 긴장감 있는 분위기 역시 중요하다고 생각했기 때문이다.

먼저 인사를 건네지 않는 것도 중요. 어색하게 손을 든 김현성의 얼굴이 보이기는 했지만, 살짝 허리를 굽힐 뿐 다른 리액션을 취하지는 않았다.

"기영 씨."

"제가 좀 늦었나 보군요."

"아닙니다. 딱 시간에 맞게 나오셨습니다."

"오늘 뭐 할 일이 있다고 들었는데……."

"사실 크게 중요한 일은 아니지만, 여러 가지로 상담하고 싶은 이야기도 있고 또…… 사과드리고 싶은 부분도 있어서……."

"아……."

"혹시 바쁘신 일이라도 있으십니까?"

"아니요, 그렇지는 않지만……."

'아…… 이 새끼 답답하고 불쌍해 보이네.'

이런 표현을 사용하고 싶지는 않지만, 우물쭈물하는 모습은 커뮤니케이션에 문제가 있는 사람처럼 보일 지경. 동공이 흔들리고 있는 얼굴은 누가 봐도 불안감으로 가득 찬 얼굴이었다. 계속해서 차가운 모습을 보이고 싶었지만 이쯤 되면 다른 선택지가 없다.

"그럼 일단 나가시죠."

"아…… 네. 그렇게 하는 게 좋을 것 같습니다. 그리폰을 데려왔는데……."

"어디로 가는데 그리폰까지……."

"그리 먼 곳은 아닙니다만, 아무래도 마차로 가는 것보다는 더 빠를 테니까요."

"잘됐군요."

'그래, 이 새끼야. 어디로 가는지 한번 보자.'

현재 육아를 하고 있는 화이트 폴 대신에 나와 있는 것은 이쪽이 선물로 준 검은색 그리폰이다. 앞뒤가 아니라 양옆에 탈 수 있는 안장을 올려놨었는데 마치 운전석과 조수석 같은 느낌이라 드라이브를 나가는 것 같다는 생각도 들었다.

천천히 발걸음을 옮기자 녀석이 김현성을 발견하고는 총총걸음으로 발을 옮기기 시작.

김현성이 녀석을 잠깐 쓰다듬은 이후에야 자리에 앉을 수 있었는데 확실히 그리폰을 좋아하는 게 느껴졌다.

확실히 녀석의 유일무이한 취미라고 할 만하다. 마치 질 좋은 소파에 앉은 것처럼 안장도 푹신하고 심지어는 벨트까지 달려 있지 않은가.

그리폰을 운전하는 모습 역시 수준급. 갈기를 툭툭 치자 곧바로 하늘 위로 날아오르는 녀석의 모습을 확인할 수 있었다.

커 보였던 나무와 건물과 호수가 순식간에 작아지기 시작했고, 그렇게 시간이 얼마 지나지 않아 우리는 목적지에 도착할 수 있었다.

린델과 교국이 있는 방향으로 움직이는 것 같아 둘 중 한 곳으로 가는 게 아닌가 싶었지만, 도착한 곳은 대도시가 아닌 작은 소도시, 린델과 교국의 사이를 잇는 작은 소도시다.

'소도시, 헤르엔?'

딱 린델과 교국의 중간에 위치한 도시.

김현성은 모르겠지만 나는 그리 자주 들린 적이 없다. 위치가 좋다 보니 수도와 린델을 잇는 중간 지점 역할을 하고 있었지만, 아니, 정확히 말하면…….

'딱 중간 지점이라고 볼 수도 없지.'

헤르엔을 들리기 위해서는 중간으로 살짝 빠져야 했으니까. 마차를 타도 귀찮아서 들리지 않는 마당에 그리폰을 가지고 있는 이쪽이 굳이 머무를 필요가 없지 않은가.

그나마 휴식이 필요한 중소 규모의 파티나, 수도로 대량의 보급품을 수출 수입하는 대형 길드들이 자주 애용하는 도시로 나름 작은 규모의 경매장을 가지고 있기는 했지만, 한 번 돌아가야 한다는 단점 때문인지 그마저도 잘 이용되지 않는 도시였다.

린델의 삼대 길드 중에서도 여성 길드원들의 비율이 압도적으로 높은 검은 백조 말고는 내팽개치듯이 방관만 하고 있는

지역이라는 거다.

'박연주한테 연락 좀 넣었나 보네.'

김현성과 긴밀한 커넥션을 유지하고 있는 그분.

아무래도 수도는 너무 사람들이 많아 부담스러울 테니 그나마 소도시라고 분류할 수 있는 곳에서 시간을 보내기로 결정한 모양이다.

'그래, 나도 수도는 조금 그렇다.'

"헤르엔이로군요."

"네."

"……."

"그…… 린델 복구 작업이 조금씩 늦어지기 시작하면서 헤르엔의 규모를 조금 더 늘리기로 했습니다. 기영 씨가 그…… 방에서 쉬고 계실 때 추진하고 있던 작업이었고요. 길드원들이 모두 바빠서…… 제가 조금 손을 보기는 했지만, 역시 도시 사업은 조금 불안한 감이 있어서 조언을 얻고자…… 그러니까……."

"아. 그런 일이라면 맡겨주셔도 됩니다. 김미영 팀장님에게 도움 좀 받으셨습니까?"

"아뇨, 그렇지 않습니다. 팀장님은 다른 쪽에서 일을 해주시고 계셔서 사실상……."

"무슨 말씀을 하시려는 건지 잘 알겠습니다. 괜찮겠네요. 빨리 보고 싶어요."

'좋은 핑계였어. 응.'

본인이 생각해도 좋은 핑계라고 여겨졌는지, 만족스럽게 고개를 끄덕이고 있었지만, 이건 말 그대로 빌드업의 일환이다.

애초에 도시 사업을 내팽개치고 휴가를 갈 리가 없지 않은가. 이미 준비된 것은 물론, 시행 직전에 있는 상황이라고 하는게 맞다. 딱 봐도 도시 자체가 어수선해 보였으니까······. 아마 도시 사업을 핑계 삼아 이곳저곳을 돌아다니려는 게 아닐까.

미리 가져온 서류를 살짝 이쪽으로 건네는 모습이 눈에 들어왔다. 헤르엔의 거리를 천천히 걸으며 한 장 한 장 문서를 읽어봤지만, 거슬리는 부분은 단 1㎜도 없다.

"일단은 주거지가 문제라는 거네요."

"네. 수도에서 린델의 인구를 수용하고는 있지만, 아무래도 포화 상태라고 할 수 있을 만큼 복잡한 상태니까요. 딱히 원성이 터져 나오고 있지는 않지만, 수도 인구가 불편함을 호소하고 있다고 들었습니다."

"선택하신 지역에 거주지를 두는 게 괜찮을 것 같기는 하네요. 광장을 지금보다 더 넓힌다는 아이디어도 마음에 들고요. 하지만 역시······."

"네, 아무래도 모험가들이 이용할 수 있는 사냥터까지는 제법 멀다는 의견이 나오고 있어서 길드 자체에서 마차를 운용하기로 했습니다. 안 그래도 휴식을 위해 마차들이 자주 드나드는 장소이니만큼 시설을 군이 새로 지을 필요도 없고요. 휴게소 같은 느낌으로 사용하기도 괜찮고······. 파란 길드에서는 따로 보급품 상점을 유치할 것 같습니다. 포션도······."

'그래, 형이 돈 좋아하는 거 아주 잘 아네. 속물이라 미안해. 그래도 기특하다, 이 새끼야.'

"포션 상점 역시 균열 랜드 이후에 최대 규모가 될 것 같습니다. 조건만 주어진다면 실리아까지 이어질 수도 있을 것 같고요. 이미 타 길드와 몇몇 투자자와도 이야기가 진행되고 있는 상태입니다."

"괜찮네요."

빈말로 하는 게 아니라 정말로 괜찮다. 슬그머니 입꼬리가 올라갈 정도로 말이다.

소도시 하나를 거대한 휴게소로 사용한다는 발상도 괜찮고…… 헤르엔 만의 아이덴티티를 살리는 것도 나쁘지 않다.

돌아가는 게 귀찮아서 오고 싶지 않은 곳이라면 와서 머무르고 싶은 장소로 만들면 되지 않은가. 이 도시 사업은 그 조건에 완벽하게 들어맞고 있었다.

내가 제법 괜찮은 반응을 보이니 김현성도 안도의 한숨을 내쉰다. 아주 약간은 점수를 땄다는 걸 본인도 인지하고 있는 모습, 심지어 자신감을 되찾았는지 곧바로 말을 잇는 모습이다.

"어떻습니까. 슬슬 시간인데 식사라도 하시면서……"

"아, 네. 그러는 게 좋겠군요."

"예약한 곳이 있습니다. 그쪽으로 가시죠."

"네."

시선을 계속 고정하고 있던 서류에서 천천히 눈을 뗀 것도 그즈음. 조금은 본격적으로 도시를 살펴보기 위해 주변을 둘러보고 있을 때였다.

'뭐야…… 왜들 이래.'

말 그대로 사방에서, 정말 사방에서 시선이 쏟아지고 있었다.

확실히 시선을 모을 상황이기는 했다. 파란의 길드마스터와 부길드마스터 둘이서 헤르엔을 방문한 건 처음이었으니까. 교국 내에서의 녀석과 나의 인지도를 생각해 본다면 더욱더 그렇다.

혼자 왔어도 여기저기서 시선이 쏟아졌을 텐데 둘이 함께 모습을 드러내니 어떻겠는가. 동물원 원숭이가 된 것 같은 느낌이었지만, 보고 싶지 않아도 자꾸만 힐끔거리게 되는 마음은 충분히 이해할 수 있다.

'이제는 익숙하기도 하고…….'

아니나 다를까 헤르엔에 머무르고 있는 이들도 조금은 배려를 해주는 듯한 기분이 든다.

파란 길드가 현재 휴가 중이라는 소식은 매스컴을 통해서 들었을 테니 이곳에 들린 것 역시 휴가의 일환이라고 생각하고 있을 것이다. 평소라면 악수 한번 해달라고 달라붙어 왔겠지만, 오늘만큼은 멀리서 바라볼 뿐 굳이 다가오려고 하지 않았다.

'이런 건 참 좋네. 이 동네 사람들도 마음에 들고…….'

"휴가 중이라고 하지 않았어? 헤르엔에는 갑자기 왜 들르셨지?"

"다른 길드원들은 어디 간 거지? 두 분이서 오신 건가 봐. 이런 건 처음 아닌가?"

"쉿."

그 와중에 들려오는 목소리들이 거슬리기는 했지만, 그마저도 금방 잠잠해진다.

김현성 이 새끼는 이걸 아는지, 모르는지, 자신감을 되찾은 모습으로 발걸음을 옮기는 중.

식당에 도착하기까지는 그리 오랜 시간이 걸리지 않았다.

"어? 어! 어…… 어? 어서 오세요."

"김현성으로 예약했습니다."

"아! 아! 네. 안으로 모시겠습니다. 두, 두 분 맞으시죠?"

"네."

"주문은 어떻게 하시겠어요?"

"여기 가장 괜찮은 게……."

"저희 레스토랑에서 추천드릴 수 있는 메뉴는……."

'아, 이 새끼. 이거 자리도 테라스로 잡았네.'

레스토랑 종업원은 예약한 김현성이 그 김현성이라는 걸 예상하지 못했는지 잔뜩 상기된 얼굴로 격정적인 반응을 보여주고 있다.

대충 알아서 시켜달라고 말하자, 김현성이 메뉴 초이스를 위해 종업원과 함께 대화를 주고받는 모습이 시야에 비쳤다. 뭐가 괜찮은지, 어떤 게 가장 맛있는 음식인지, 토론이라도 벌이는 것처럼 몇 분 동안 대화를 나누는 모습은 마치 중대한 계약을 앞둔 사업가의 표정이었다.

물론 이쪽은 바깥을 둘러보기에 여념이 없다.

"싸우신 걸까?"

"분위기가 조금 냉랭한 것 같지 않아? 아까부터 조금 그랬어. 분명히 뭔가 있는 거야."

'있긴 뭐가 있어, 이 여편네들아. 아, 이거 여기 앉으니까 컨셉질도 못하겠다.'

내일 매스컴에서 파란 길드마스터와 이기영 명예추기경의 불화설이 1면에 실리는 걸 보고 싶지는 않다.

김현성 이 새끼가 이걸 노린 것 같지는 않았지만, 아까보다 한층 더 표정을 풀 수밖에 없었다. 언론이야 차단할 수 있지만, 입소문도 조심해야 했으니까.

"저는 이걸로…… 기영 씨는……."

"저도 같은 거로 하겠습니다."

"아, 네. 그럼 그렇게 가져다 드릴 수 있도록 하겠습니다. 혹시 와인은……."

"미리 준비해 달라고 요청한 게 있었던 것 같은데, 혹시 전달되지 않은 겁니까?"

"아! 아뇨. 지금 확인…… 아, 네. 준비되어 있는 것 같습니다. 죄…… 죄송합니다. 확인한 이후에 가져다 드리도록 하겠습니다. 그럼 두 분 좋, 좋은 시간 보내세요."

"감사합니다."

"와인은 미리 준비하신 겁니까?"

"네. 혹시 그레이브 그레이프라고 들어보셨습니까?"

"처음 들어보는 거 같은데……."

"여기 헤르엔 지방에서 멀리 떨어지지 않은 곳에 작은 동굴이 있습니다. 신기하게도 그곳에서만 수확되는 포도가 있다고 들었는데, 이 레스토랑에서만 판매한다고 하더군요. 그 동굴이 발견된 게 딱 150년 전인데 그 당시 처음 발효시킨 와인을 구할 수 있다고 해서 미리 부탁드렸습니다."

"흥미롭네요. 혹시나 안에 던전이 있지는 않을까 하는 생각도 들고요."

"이미 몇 차례 조사팀을 보냈지만, 그런 정황은 발견할 수 없다고 들었습니다. 거울 호수와는 조금 다른 케이스겠죠."

"으음……."

"저…… 그보다 기영 씨."

"네?"

"일단은 감사의 인사를 먼저 드리고 싶습니다."

"네?"

"차원의 바다에서 구한 아이템……."

"아. 신경 쓰지 않으셔도 됩니다. 어차피 현성 씨가 아니면 쓸 사람도 없었으니까요. 정확히 말하면 제가 드린 것도 아니니……."

"그래도 넘겨주신 펜던트는 잘 보관할 수 있도록 하겠습니다."

"굳이 저한테 감사할 필요 없다니까요."

"그…… 리고 그…… 바다에서 있었던 일에 대해서는…… 정식으로 사과를…… 너무 불편하시고 갑작스러우셨겠지만, 제가 그 반지를 기영 씨에게 드리려고 한 건 어디까지나……."

'이 새끼는 시바, 뭐 갑자기 여기서 진지하게 분위기 잡고 난리야.'

사방에서 시선이 쏟아지고 있다.

무척 긴장했는지 마력으로 소리를 차단하는 것도 깜빡하신 것 같다. 서둘러 마력으로 덮기는 했지만…… 훔쳐 듣는 귀가 있었다면 아마 조금 전 말을 듣지 않았을까.

아나나 다를까 여기저기서 귓속말을 하는 이들의 모습이 눈에 보이기 시작했다.

'와, 진짜. 이기연 때도 느끼기는 했지만 애는 진짜……'

타이밍 잡을 줄 모르고 분위기 파악할 줄도 모른다. 1회차에 어떻게 대인 관계를 유지했을지 의심이 드는 것도 무리가 아니리라.

파란 길드원들이 우연히 발견한 던전에서 아이템 분배 문제 때문에 갈등이 있었다는 헛소문은 이미 퍼지기 일보 직전, 아니, 벌써 퍼지고 있을지도 모른다.

지금은 이쪽의 목소리가 바깥까지 들리지 않겠지만, 아마 갤러리들은 자신들끼리 이야기를 부풀리며 재생산하고 있을 게 분명했다.

'지금 이 분위기도 그래.'

소리를 차단한다고 해서 분위기까지 차단할 수 있는 건 아니다. 이곳 레스토랑에 있는 다른 이들이나 주변에서 힐끔힐끔 바라보고 있는 사람들이 이 거지 같은 분위기를 눈치채지 못할 리 만무.

나 역시 사과를 받고, 슬슬 좋은 분위로 향하는 걸 원하고 있었지만, 일단은 재빠르게 입을 열 수밖에 없었다.

　"그 이야기는 이 자리에서 하고 싶지 않네요."

　"아…… 네."

　김현성 1차 시도 실패.

　하지만 재빠르게 수습하는 게 먼저였다.

　"너무 신경 쓰지 않으셔도 됩니다. 당시에는 저도 조금 말이 심했던 것 같았고요. 굳이 이런 자리에서 언급하실 필요 없어요. 마침 주문한 것도 오고 있고요."

　"하지만…… 네, 그렇죠. 네, 제가 조금 성급했던 것 같습니다. 죄송합니다."

　'풀 죽은 표정 하지 마. 사람들 수군거려, 이 새끼야.'

　"일단 식사부터 하시죠. 확실히 와인 맛이 괜찮을 것 같아서 정말로 기대되네요. 좋습니다."

　"그렇습니까?"

　'그래, 그렇게 계속 밝은 표정 유지해라.'

　"네, 최근에 마신 것 중에서는 가장 괜찮은 것 같습니다. 사실 몸이 안 좋아서 그렇게 많이도 마시지도 못했지만, 그걸 감안해도 훌륭한 것 같네요. 맛있어요, 정말로."

　"다행이군요."

　"그나저나 식사한 뒤에는 조금 더 둘러보고 돌아가는 겁니까?"

　"아니요, 아닙니다. 아직 들러야 할 곳이 남아 있어서……

경매장도 들러야 하고……."

"뭐 들어온 거라도……? 제가 알기로 이곳 경매장은…… 아!"

"네. 현재 교국 사정 때문에 그나마 이곳에 있는 경매장이 가장 규모가 크고 물건도 가장 많이 들어올 겁니다. 제 입으로 먼저 이야기 드려도 되지만, 아이템의 답례를 드리고 싶어서…… 기대하셔도 될 겁니다."

'샤넬리아 에르메스 시리즈, 또 발견됐나 보네.'

잔뜩 기대하라는 표정이었지만, 그다지 기대가 되지는 않는다. 어차피 최근에 발견된 놈들은 별다른 기능이 없는, 그놈이 그놈인 녀석들이었고, 디자인 자체도 크게 변하지 않았으니까. 김현성이 가장 처음에 선물한 무한의 가방 같은 종류도 이미 전시장에 넘치고 넘친다. 그나마 의의가 있는 건 빈 장식장에 들어갈 수 있는 놈을 찾을 수 있다는 것 하나.

그래도 일단 기대된다는 표정 정도는 보여주기로 했다. 주변 갤러리들의 분위기도 조금 환기해야 했으니까.

계속 애매한 분위기를 잡고 있을 타이밍이 아니라고 생각해 최대한 밝은 모습을 유지하고는 있었지만, 굳이 내가 의식하지 않아도 자연스럽게 미소가 피어나기는 한다.

레스토랑 안에 있는 셰프가 혼을 갈아 넣은 건지는 모르겠지만, 메인도 완벽하고 와인도 완벽하다. 저 종업원도 서비스가 확실하고…….

마치 린델이나 교국에 있는 최고급 레스토랑에 온 것 같은 느낌이 들 정도였으니 무슨 설명이 더 필요하겠는가. 분위기가 자연스럽게 좋아지는 것도 무리는 아니리라.

어느새 평소와 같이 대화를 나누게 됐다. 뭐, 사업 이야기부터 길드 내 이야기. 평소 김현성과 하던 잡담으로 1시간 정도를 보내자, 식사가 끝난 이후 경매장 안으로 들어와 있었고, 별 기대 하지 않았던 것과 다르게 괜찮은 기능의 컬렉션을 발견할 수 있었다.

[샤넬리아 에르메스의 상승의 가방-전설 등급]

[전설적인 사냥꾼이자 가죽 세공의 장인, 샤넬리아 에르메스가 수 세기 전에 만들어놓은 가방 시리즈 중에서도 역작으로 불리는 작품입니다.

정체불명의 가죽을 장인이 직접 마감한 이 가방은 모험가를 위해 만들어진 만큼 편한 것은 물론, 방어구와도 같은 내구성을 가지고 있습니다. 기본적으로 보관 확장 기능을 갖추고 있습니다.

가방 안에 보관하고 있는 물품은 일정 시간이 지난 이후, 페널티 없이 등급이 상승합니다. 등급을 상승시킬 수 없는 경우 아이템 효과를 올려줍니다. 마력 스탯을 3 올려주는 부가 기능이 있습니다.]

'개 씨바⋯⋯.'

무한의 가방처럼 공간이 넓지는 않지만, 가방 안에 보관하고 있는 물품의 등급을 상승시켜 주는 가방이란다.

'씨바, 이거 못 봤으면 어쩔 뻔했어.'

물론 준신화 등급의 빛 폭탄 물약을 상승시켜 신화 등급으로 만들어주지는 않겠지만 그게 어딘가. 전설 등급의 용 숨결 물약의 효과를 아주 조금만 더 올릴 수 있다고 가정해도 그 가치가 차고 넘친다. 촉매나 다른 영웅 등급의 물약들 역시 마찬가지. 용도에 따라서 그 쓰임새가 무궁무진하다.

'전설 등급 중에서도…….'

최상위라고 분류할 수 있는 아이템. 어느 정도 아이템 욕심에 초탈해 있었지만, 저 정도라면 눈이 돌아갈 만하지 않은가.

'다른 직군도 충분히 쓸 만한 가방이야.'

이를테면 화살을 보관하는 궁수, 독을 보관하고 싶은 암살자, 나처럼 생산에 몸을 담고 있는 모든 직군. 굳이 김현성이 아니더라도 내가 내 돈을 털어서 구입할 기분이 들 만한 퀄리티였다.

'시바…… 가방, 괜히 안 들고 왔네.'

현금은 모조리 그쪽에 들어가 있었으니까. 제발 김현성이 저걸 구입할 만한 현금을 가지고 있었으면 좋겠다.

초조한 내 마음을 알아챘는지 곧바로 사회자는 본격적으로 경매를 진행하기 시작했다.

확실히 초장부터 붙는 모습들이 눈에 띈다. 지금 보니 같은 교국 8좌에 자리한 궁수도 눈에 보였고, 어디서 돈깨나 있다고 하는 놈들은 죄다 집결해 있는 상태.

김현성과 내가 있는 걸 보고는 제법 초조한 표정을 보내오고 있었는데, 열정적으로 팻말을 들어 올리며 가격 경쟁에 참여하고 있는 이들이 대부분이었다.

　점점 더 불어나는 가격에 김현성의 얼굴에도 초조함이 서린다. 아마 본인이 예상했던 금액을 훨씬 웃돌거나 가져온 현금이 아슬아슬하다고 생각하는 것 같다. 경매장에서는 가져온 금액으로만 경매에 참가할 수 있으니까.

　김현성도 계속해서 팻말을 들어 올렸고 미친 듯이 튀어나가기 시작하는 가방의 가격은 이미 한화 50억을 돌파하고 있었다.

　'바람잡이 새끼들, 시바.'

　작전 경매의 일환인지 일부로 가격을 계속 높이는 놈들도 눈에 보인다.

　"5만 골드입니다. 더 이상 없으십니까?"

　"……."

　"네. 23번 참가자분께서 6만 골드."

　'현성아, 너 시바 큰 거 몇십 장 정도는 들고 다니지?'

　"11번 참가자분께서 30만 골드……."

　'너무 올랐는데…… 하…….'

　점점 더 초조해지는 내 얼굴을 봤는지, 김현성은 단호하게 팻말을 들어 올렸고

　"아…… 네, 28번 참가자분께서 100만…… 골드…… 100만 골드로…… 더 이상 없으시면 낙찰 진행하도록 하겠습니다."

　장내는 조용해졌다. 아무리 괜찮은 아이템이라고는 하나 현실적이지는 않은 가격.

　'김현성…… 너 이 새끼…….'

마음속에 남아 있었던 작은 앙금이 사르르 녹는 듯한 기분, 역시나 진심을 담은 사과는 언제나 통하는 법이라는 걸 깨달을 수밖에 없었다.

160장
고백

'크으으으.'

"괜찮습니다. 이건 너무……."

"꼭 받아주셨으면 좋겠습니다. 사과의 의미도 있고 여러 가지로 기영 씨에게 필요한 물건일 테니까요."

'아니, 이 사람이 내가 이런 거로 흔들릴 사람인 줄 아는가! 다시 넣어두게. 허허, 거 참…….'

"하지만……."

"꼭 필요하실 겁니다. 펜던트의 답례이기도 하니 너무 마음에 두지 않으셨으면 좋겠습니다. 아마 많은 도움이 될 겁니다."

'그렇게까지 말하니 나도 어쩔 수가 없구만, 크흠.'

내가 돈이 없는 건 아니었지만, 선물이라는 건 언제 받아도 기분 좋은 법이다.

별 쓸모없는 물건을 받아도 그러할진대 가치 있는 물건을 받으니 절로 미소가 지어진다. 흥얼흥얼 콧노래라도 부르고 싶은 심정. 맨 처음 무한의 가방을 받았을 때와 마찬가지인 상태라고 봐도 무방했다.

조금 과장해서 이야기하면 차원의 바다에서 봤던 귀걸이나 묘약보다 훨씬 내게 적합한 아이템. 적어도 나에게는 현기트나 트윈 헤드 하얀기영이 되는 것보다는 이 상승의 가방이 가치가 더 높다.

'마이 프레셔스……'

마치 나를 위해서 만들어진 아이템이라고 봐도 무방했다.

김현성 역시 내 몸이 달아올라 있다는 걸 눈치채지 않았을까. 경매장에서 구입한 아이템을 그 자리에서 받은 것만 해도 녀석이 얼마나 저걸 주고 싶어 하는지 알 수 있었다.

'경매장 관리인들도 많이 당황했겠네.'

낙찰 이후에 배달해 주는 서비스를 받는 게 보통이었지만 기다릴 여유가 없다고 느낀 모양이다.

'이래서 오자고 했고만.'

제발 받아줬으면 좋겠다는 표정으로 나를 바라보는 녀석, 한국인의 미덕으로 삼 세 번 정도의 거절을 한 이후에는 결국 슬그머니 손을 뻗을 수밖에 없었다.

"그렇게까지 말씀하신다면……."

"감사합니다."

'네가 왜 감사하냐. 내가 더 감사하지……'

선물을 받은 놈보다 선물을 준 놈이 더 감사해하는 초유의 상황. 오늘 무한의 가방을 메고 오지 않아 조금은 어색했던 손과 허리가 비로소 완전해진 것 같은 기분이 들었다.

샤넬이아 에르메스, 이 양반이 무한의 가방을 내놓은 이후에 완성한 작품이라 추정되는 물건이었기 때문인지 심지어 디자인 자체도 더 고풍스럽다.

괜스레 툭툭 새로운 신상을 두드려 보자 그제야 마음이 충만해지는 것 같은 기분. 무한의 가방에 비해 수납 공간이 무척 좁을 거로 생각했지만, 간이 연금 키트 정도는 들어갈 정도로 넓다.

'연금 키트도 업그레이드할 수 있겠다.'

감정을 꾹꾹 눌러 담아 숨기고 싶었지만 숨길 수 있을 리 없지 않은가. 계속해서 튀어나오려는 웃음소리에 김현성 이 새끼는 성공했다는 표정을 하고 있다.

분명히 사람 마음을 돈과 선물로 살 수 있다고 생각하는 타입은 아니었던 거로 기억했는데…… 녀석도 거친 세상을 살아가다 보니 느낀 게 있는 것 같았다.

아무리 그래도 너무 탐욕스러운 모습은 빛기영과 어울리지 않은 것 같기는 했지만, 뭐 어쩌겠는가. 이후, 선물의 가격보다는 마음이 전해져서 기분이 좋았다는 말로 버무리면 고개를 사정없이 끄덕일 게 분명했다.

그럴 리는 없겠지만, 혹여라도 어떤 놈이 가방에 손을 댈까 품에 안은 채로 길을 걷는 중.

이미 날이 어두컴컴해졌지만, 김현성은 아직도 돌아갈 생각이 없다. 뭐가 어찌 됐든 간에 이번에는 반드시 끝장을 보고야 말겠다는 의지가 느껴져 나 역시 조금은 기대할 수밖에 없었다.

'확실해, 시바. 마음 단단히 먹은 거야.'

생각해 보면 그동안 얼마나 기다려 왔던가. 이쪽이 먼저 슬쩍 떠보는 게 좋지 않을까 하고 느낄 정도로 김현성의 고백 타이밍은 계속해서 늦어져만 왔다.

녀석이 가지고 있는 비밀을 들어야겠다고 생각한 이후, 뭐라도 깎는 노인처럼 조심스럽게 접근했었던 것은 물론, 여러 가지 우여곡절도 많았다.

일일 연속극 드라마처럼 서로가 엇갈리기를 수십 번. 박덕구의 등장과 계속해서 터지는 사건 그리고 PTSD를 앓고 있는 김현성 본인의 문제로 인해 예정보다 많이 늦어졌다는 건 굳이 설명할 필요도 없으리라.

'원래 이런 데서는 계속 참는 놈이 이기는 거야.'

먼저 애가 타서 섣부르게 달려들었다가는 나가리가 될 수도 있다는 게 정설.

지금 아무렇지도 않은 태도를 취하고 있는 김현성이 얼마나 떨리고 있을지 상상하기도 힘들었다. 술에 취하지도 않은 녀석이지만 술기운을 빌어서라도 말해야겠다고 생각하지 않을까. 그래서 이 회귀자가 호텔 바로 장소를 옮긴 거고······.

앞서 일어났던 이벤트는 모두가 빌드업이었고 지금부터 일어날 일이 진짜라는 걸 아는지 긴장한 모습이 눈에 띄었다. 다른 대화를 나누면서도 좀처럼 집중하지 못하는 모습. 시선을 어디에 둬야 할지 모르는 동공, 떨리는 입술.

뭘 상상하는지 눈에 보일 정도였지만, 아마 내가 상상하고 있는 것보다 더 힘든 상황이지 않을까. '만약에 받아들이지 못하면 어떡하지?'라는 생각을 하는 건 당연한 거고, 만약 믿는다고 하더라도 자신의 행동을 의심하지 않을까 무서워하고 있을 것이 분명하다.

김현성이 다른 마음을 먹고 이기영에게 접근하지 않았을까 하는 의심이 내 마음속에 피어나는 상황을 가정하면 아마 용기를 내기가 쉽지 않으리라.

다른 것도 아니라 무려 회귀다. 지금의 인생이 2회차란다. 별별 거지 같은 일이 모두 벌어지는 이 대륙에서도 믿기 힘든 이야기라는 것에는 이견이 없을 것이다. 일반적으로 누가 저딴 소리를 해온다면 미친놈이라 매도하며 돌을 던지지 않을까.

물론 나는 이미 모든 걸 받아들일 준비가 되어 있지만, 그 사실을 모르고 있는 김현성은 숨도 못 쉴 정도의 압박감에 사로잡혀 있는 것처럼 보였다.

'살짝 도와줘야겠네.'

마력으로 모든 소리가 차단된 장소에서 슬그머니 입을 열자 조용히 나를 바라보고 있는 녀석의 모습이 시야에 비쳤다.

"뭐 하고 싶은 말이라도 있으십니까?"

"네? 아뇨. 아니…… 그러니까. 꼭 그런 건 아닙니다만……."

"기분 탓인지는 모르겠지만, 왠지 모르게 집중하지 못하고 있는 것처럼 보여서 말입니다. 제가 오해했다면 죄송하지만."

"아뇨. 그렇지는 않습니다. 그러니까. 그…… 하고 싶은 말이 있기는 있지만. 네. 일단은 아까 식당에서 미처 하지 못한 이야기를 먼저 드리는 게 맞는 것 같습니다."

'그거 말고, 이 새끼야.'

빠른 민첩만큼 회피력도 높다.

"어떻게 생각하고 계실지는 모르겠지만 절대로 본의가 아니었습니다. 저도 미처 깨닫지 못하고 있던 부분이었고요. 그러한 제 태도가 기영 씨에게 그런 식으로 받아들여질 거라고는 정말로 상상하지 못했었습니다."

"……"

"기영 씨를 믿지 못하는 건 결단코 아닙니다. 제가 알고 지내는 모든 사람 중에 가장 믿는 사람이기도 하고요. 변명처럼 들리겠지만, 현재 기영 씨의 상태가 너무 걱정돼서 제가 그만 제대로 된 판단을 하지 못했던 것 같습니다."

"……"

"기영 씨를 믿지 못해서 가둬둔 것도 아니었고요. 오해할 만하신 상황이지만 제 모든 걸 걸고 말씀드리건대 기영 씨가 상상하시는 그런 상황은 아니었습니다. 외부로부터 기영 씨를 보호하기 위함이었지, 기영 씨로부터 외부를 보호하기 위함은 아니었습니다."

'마지막 말은 좀 와닿는다. 형 감동했다, 현성아.'

"저를 이렇게 믿어주셨는데 같은 믿음을 드리지 못해 정말

죄송할 따름입니다."

'그래, 그래야지.'

"이렇게 용서받을 수 있을 거라고는 생각하지 않지만, 꼭 제 사과를 받아주셨으면 좋겠습니다."

곧바로 말을 꺼내오지는 못하고 슬쩍 회피하는 모습을 보여 주기는 했지만, 별개로 이번 사과의 내용은 나쁘지 않다. 상승의 가방으로 인해 풀렸던 마음이 한 번 더 김현성에게 손을 들어주고 있는 것 같았다.

이 정도면 전해졌을까 하는 표정으로 나를 바라보는 듯한 모습. 마치 형벌을 기다리는 죄수처럼 김현성은 이쪽을 바라보고 있었다.

'대답은 해줘야죠.'

"아니요. 저도 죄송합니다."

"아."

"그렇게 느끼실 수도 있으시다는 거 충분히 이해할 수 있습니다. 이렇게까지 말씀해 주시니 오히려 제가 조금 더 죄송해지네요."

"아니요. 무조건 제 잘못이었습니다."

"아닙니다. 제가 조금 민감하게 반응했던 것 같습니다."

"……"

"이전에도 한 번 그런 느낌을 받았던 적이 있었던 것 같아서……. 지금에서야 하는 이야기지만…… 공화국과의 전쟁이 끝난 이후에…… 거리를 조금 두고 있었던 적이 있지 않으셨습니까."

'그래, 너 이 새끼야. 너 그랬었잖아. 그래서 내가 시바, 연방으로 갈까 말까, 생쇼했던 거였고.'

"그건……."

물론 김현성의 잘못이라고는 볼 수 없다. 굳이 콕 짚으려면 놈의 잘못이 맞기는 하지만 PTSD 발작으로 인해 생긴 문제를 어떻게 할 수 있을까.

하지만 마음속에서 켕기는 게 없을 리 만무. 시시각각 변하는 표정이 제법 재미있었다.

"잠, 잠깐 그랬던 적이 있기는 했지만 지금은."

"네. 물론 지금의 현성 씨에게는 그런 모습을 찾아볼 수 없지만…… 당시에는 조금 섭섭했던 것 같습니다. 지금에서야 하는 이야기지만…… 연방으로 이적하는 걸 고려해 봤을 정도로요."

'현성아, 표정 풀어라.'

"아마 그것 때문에 차원의 바다에서도 조금 더 민감하게 반응했었던 것 같습니다. 저야말로 사과드리고 싶습니다. 지금 생각해 보면 단순한 화풀이였던 것 같습니다."

"아뇨. 이건 제 잘못……."

"죄송합니다."

미안하다는 놈 앞에서 더 미안하다고 사과하기. 이것보다 더 민망한 상황도 찾아보기 힘들다.

안절부절못하는 김현성의 모습이 조금 가슴 아프기야 하지만 일이 전부 끝날 때까지만이라도 이 포지션을 유지하고 싶었다.

"그렇게…… 그렇게 사과하시면 제가 너무 난처합니다. 당시에 분명히…… 거리를 뒀었던 건…… 네, 그…… 사실…… 이지만…… 네, 앞서 말씀드린 것처럼 지금은 그 누구보다 신뢰하고 있습니다. 뭐라고 말씀드려야 할지는 모르겠지만……."

'그럼 입 열자.'

"그렇게 말씀해 주시지 않으셔도 됩니다. 옛날이야기를 다시 꺼내는 것 같아서 저도 조금 민망……."

"아니요! 아니, 옛날이야기를 꺼내자는 게 아닙니다. 지금은 어째서 전에 그런 생각을 했을까 후회가…… 네, 실제로 후회하기도 했고요. 얼마나 제가 멍청한 생각을 했었는지, 얼마나 제가 어리석었는지 기영 씨가 없는 동안 많이 생각하고 후회했습니다."

"네?"

"말씀드렸다시피 저는 당신을 믿고 신뢰하고 있어요. 당신이 저를 신뢰하고 믿어주시는 만큼 저도 기영 씨를 믿고 있습니다. 저도 제가 지금 무슨 말을 하고 있는지 잘 모르겠지만 한 가지 확실하게 말할 수 있는 것 하나는 제가 기영 씨를 그 누구보다 믿고 있다는 겁니다."

너무 훌륭한 자세에 기립 박수를 보내고 싶은 심정.

대화가 얼마 시작되지도 않은 시점에서 이렇게까지 빨리 올 거라고는 생각 못 했지만, 이상할 정도로 감정이 격해져 있는 모습이다.

정확히 뭐라고 판단을 내릴 수는 없지만, 아마 무의식 세계에서 나와 만났던 순간을 떠올리고 있지 않을까 싶다. 그때의 빛기영이 보여줬던 모습은 말 그대로 믿음의 정석이었으니까.

'믿기영이었지. 아암, 그렇고말고.'

어떤 말을 꺼내야 이 기나긴 줄다리기를 끝낼 수 있을지 대충이지만 예상이 가기 시작했다.

그때와 같다. 김현성이 무의식 세계에 갇혔을 때를 떠올리고 있다면 당시의 모습을 다시 한번 보여주면 되겠지, 뭐.

마지막에 헤어질 때 보여줬던 미소를 그대로 선보이도록 하자. 대사도 똑같은 거로 준비하고.

"어째서 이렇게까지 말씀하시는지는 잘 모르겠지만…… 혼자서 너무 많은 걸 짊어지지 않으셔도 됩니다."

'너, 너무 초조해 보여.'

"그리고."

"……."

"저도 믿고 있습니다."

'이건 됐다. 이건 무조건 됐어.'

조금 불안해 보였던 녀석의 모습을 내 눈으로 직접 확인한 순간 속으로는 주먹을 꽉 쥘 수밖에 없었다.

김현성이 무척 감동한 것 같은 얼굴을 내보인 것은 당연지사, 다른 말을 할 필요도 없다. 긴가민가하던 얼굴에 어느새 확신이 자리 잡고 있었으니까.

지금 김현성이 정확히 무슨 생각을 하는지는 알 수 없었지만, 어느 정도 마음이 정리된 것처럼 보이는 모습에 아무것도 모르겠다는 듯 와인을 홀짝였다.

무의식 세계에서 일어난 일을 기억하고 있는 것은 김현성뿐이다. 아쉽게도 우리 빛기영 님께서는 후유증을 겪은 나머지, 그 아름답고 따뜻했던 장면을 하나도 기억하지 못하는 상황.

당시에 김현성의 감정을 흔들어 버린 대사를 이곳에서 한 번 더 내뱉는 드라마틱한 전개가 세상에 어디 있을까. 마치 처음 내뱉는 듯한 얼굴과 표정으로.

감동의 바다에서 허우적거리는 것이 옳다. 비록 나는 아무것도 기억하지 못하고 있지만, 마음만은 똑같은 거라고, 이 사람은 확실하게 나를 믿고 있다고, 이 새끼뿐이라고, 그렇게 느끼고 있을 게 분명했다.

죄책감이 한 번 더 녀석의 멘탈을 뒤흔들 거라는 건 두말할 필요도 없으리라. '말해야 돼. 고백해야 돼'라거나, '더 이상 숨기는 건 기영 씨를 배신하는 짓이야. 오늘, 지금 당장 고백해야 돼'라는 생각으로 머리가 꽉 차 있는 것 같은 얼굴을 보는 것은 즐겁다.

내가 생각해도 조금 악취미 같았지만 모든 걸 바쳐 키워온 열매를 수확하게 됐으니 어찌 즐겁지 않겠는가. 단언컨대 현재 김현성의 상태는 핸들이 고장 난 8톤 트럭이요, 존버 없는 비트 코인러. 더 이상 브레이크를 걸 수 있는 건 남아 있지 않다. 아마 그 누구보다 본인이 말하고 싶은 걸 참기 힘들어하지 않을까.

'무장 해제. 무장 해제.'

"네⋯⋯ 그랬었죠. 기영 씨는⋯⋯ 네. 항상⋯⋯ 네."

"네?"

"아니요. 아무것도 아닙니다. 아무것도⋯⋯."

'그래, 현성아. 시바, 그렇게 가는 거야.'

"잠시⋯⋯ 잠깐만 함께 가줬으면 하는 장소가 있습니다."

'왔다. 왔드아!'

"어디를⋯⋯."

"조금 갑작스러우시겠지만, 꼭 함께 가주셨으면 좋겠습니다. 드리고 싶은 말씀도 있고요."

"⋯⋯."

되돌릴 수 없는 상황에 긴장한 것 같은 모양새. 말끝이 조금 떨리는 게 느껴진다.

아무것도 모르겠다는 표정으로 일어서자 녀석도 계산 후 슬쩍 몸을 일으켰다.

이윽고 천천히 발걸음을 옮기기 시작하니 어느새 어두워진 헤르엔을 눈앞에서 바라볼 수 있었다.

곳곳에서 야명주가 길을 밝히고는 있었지만 린델과는 비교할 수 없을 정도로 어두운 거리. 덕분에 하늘 위에 무심하게 떠 있는 별이 더 도드라지게 눈에 들어왔다. 분위기도 좋으니 잔잔한 음악이나 좀 깔렸으면 좋겠다는 생각마저 든다.

"어디로 향하는 겁니까?"

"그리 멀지 않은 곳입니다."

'얘, 옛날에도 이쪽에서 살았던 적이 있었나.'

도시 바깥으로 몸을 옮기고는 있지만 린델로 향하는 것 같지는 않다. 가장 많은 추억이 담겨 있는 장소라고 생각했었는데, 그것 말고도 준비된 장소가 있는 모양.

'이 새끼 시간 끄는 건 아니지?'

그렇지는 않다. 걸음걸이가 조금씩 느려지고 있는 걸 보면 아직도 무서워하는 것 같았지만, 김현성은 이미 마음의 결정을 내렸다.

아나나 다를까 천천히 빌드업을 하는 모습, 불안한 얼굴로 입을 여는 녀석의 모습이 눈에 들어왔다.

"아마 모…… 르고 계셨겠지만, 사실 기영 씨에게 사과드려야 할 일이 하나가 더 있습니다. 전에 말씀드린 것 이외에 다른 이유로요."

"무슨 말씀을 하시는 건지 저는 잘……. 사과하지 않으셔도 됩니다."

"아마 믿지 못하실 겁니다. 깜짝 놀라실 수도 있고요. 어쩌면 저에게 실망하실지도 모릅니다. 하지만 제 모든 걸 걸고 말씀드리건대, 제가 이 사실을 숨긴 것은 절대로 기영 씨에게 다른 뜻이 있거나 목적이 있어서가 아니었습니다."

'그래, 그래. 다 이해해 줄 수 있다, 현성아. 내가 너를 이해하지 누가 너를 이해하겠어. 그리고 형은 다 믿을 수 있다, 인마. 다 믿어줄게.'

"어떤 걸 말씀하시는 건지 잘 모르겠습니다. 갑자기 너무⋯⋯. 그리고 숨기신 일이라니⋯⋯ 굳이 그런 걸 말씀하실 필요는 없습니다. 제게 모든 걸 공유할 필요도 없고요. 현성 씨가 개인의 문제를 숨긴다고 해서 실망하거나 다른 생각을 하게 되는 일은 없을 겁니다. 저 역시 말씀드리기 곤란한 일들 몇 가지 정도는 가지고 있습⋯⋯."

"그렇게 간단하게 생각할 수 있는 일이 아닙니다. 네, 그렇게 간단한 일이었다면⋯⋯. 기영 씨가 말하기 곤란한 일과는⋯⋯ 종류가 조금 다를 겁니다."

'내가 숨기고 있는 이야기를 들으면 넌 아마 기절할 거다⋯⋯.'

"부디 당황하지 마시고 차분히 이야기를 들어주셨으면 좋겠습니다."

'그래, 그러니까 빨리 이야기해. 빨리.'

이윽고 녀석과 함께 도착한 곳은 작은 집, 한 가족이 겨우 살 수 있을 것 같은 집이었다.

헤르엔 근교에 있는 작은 마을, 그곳에서도 조금 떨어져 있는 집을 보니 어째서 김현성이 나를 여기로 데려왔는지 이해할 수 있었다.

'여기 있었네.'

시기가 정확히 어떻게 된 건지는 모르겠지만, 김현성은 이 장소에서 지낸 적이 있었다.

'숨어 살기라도 했었나?'

어차피 곧 듣게 될 테니 추측할 필요도 없다.

김현성은 제법 굳은 얼굴로 오래된 집의 문을 열었다.

오랜 시간 사람이 살지 않은 것치고는 말끔하게 정리된 것 같은 내부. 녀석은 아무 말 없이 집 안으로 먼저 들어가 의자에 자리를 잡았다.

떨리는 손과 얼굴 그리고 입. 그러더니 갑자기 벌떡 일어나 간단하게 마실 수 있는 차를 준비하는데, 그 모습이 생소하다. 벽난로의 불을 때우고 야명주가 없는 집 안을 밝힐 초를 켜는 등, 전체적으로 산만하게 움직이는 게 눈에 밟힌다.

마지막의 마지막까지 와서 포기하면 어떡하나 하는 생각이 들어 도움을 줄까 싶었지만, 별다른 도움이 필요하지는 않을 것 같았다.

"괜찮은 집이네요, 여기는⋯⋯."

"예전에 잠깐 살았던 적이 있었습니다."

"네?"

"몇 개월. 잘은 기억이 안 납니다만, 딱 그 정도 살았던 거로⋯⋯ 기억합니다."

의문스러운 표정을 하는 것은 당연했다. 이곳에 들어온 이래로 김현성과 나는 단 한 번도 떨어진 적이 없었으니까.

물론 서로 해결해야 할 업무를 위해 떨어져 있던 적은 있지만, 그렇게까지 긴 시간을 떨어져 지낸 기억은 없다. 놀란 표정을 보이는 것도 어찌 보면 당연한 반응이었다.

그게 무슨 소리냐고 되물으려는 찰나, 지금은 아무 말도 하지 말아달라는 김현성의 표정은 나를 움직이지 못하게 만든다.

'계속 듣는 게 맞지.'

이제야 풀기 시작한 이야기보따리를 다시 묶을 정도로 나는 어리석지 않다.

그런 내 반응을 본 김현성 역시 다행이라고 생각하기는 마찬가지, 살짝 안도의 한숨을 내쉰 후에 다시금 말을 이었다.

다짜고짜 회귀자라고 말하는 것은 아니었다. 지금의 김현성을 생각해 보면 조금 의외라고 할 수 있는, 튜토리얼 던전 때의 이야기였다.

"저는 조금 못난 사람이었습니다."

"······."

"튜······ 튜토리얼 던전에서도······."

"······."

"싸우지 않았고······ 그저 몬스터들을 피해 다니기 바빴습니다. 당시에 제가 감당하기에는 너무 힘든 일이었습니다. 많은 사람의 죽음을 지켜봤고 도와달라고 말하는 이들을 외면하고 도망쳤습니다."

"무슨 말씀을······."

"제가 버리고 온 이들의 얼굴을 제대로 기억할 수도 없······ 없습니다. 그저 살아남아야겠다는 생각으로 머리가 꽉 차서 고의로 다른 이들의 죽음을 바라본 적도 있었습니다. 그들을 죽음으로 내몬 적도 있었습니다. 벽 하나를 두고 죽어가는 사람들의 비명을 들으며, 나는 살았다고, 살아남았다고 안도의 한숨을 내쉰 게 몇 번인지 제대로 기억도 나지 않습니다."

'의외네.'

무척 의외다.

'그게 마음속에 남았던 건가?'

확실하지는 않다. 하지만 가능성은 있다.

김현성이 사람 좋은 것은 맞지만, 무골호인은 아니다. 무조건 퍼주는 성격은 더욱더 아니었고……. 지옥 같았던 1회차에서 살아남고 본의 아니게 다시 시작해야 했던 녀석의 인간성이나 감정이 마모되는 것도 무리는 아니리라.

실제로 우리 사랑스러운 회귀자의 감정은 빛기영의 빛을 쐬기 전까지는 상당히 마모된 상태였었다. 필요하다면 사람을 죽이는 것도 개의치 않았고, 도덕적 잣대보다는 개인과 파티의 이득을 우선으로 생각하는 성격이었다.

'이해가 안 되기는 했지.'

아직 빛을 쐬기 전이었던 2회차 초반의 김현성이 어째서 쓸모없는 놈들을 모아놓고 생존 캠프 놀이를 했는지. 왜 굳이 생존자들을 구하러 다녔던 건지. 정하얀이나 살인마 정진호를 찾기 위함이기도 했지만, 어쩌면 1회차의 영향일 수도 있겠다고 생각했다.

'지금처럼 사람들을 이끌고 던전을 공략한 게 아니라.'

계속해서 도망치고, 도망치고 또 도망쳤었다.

어째서 이곳에 떨어졌는지 이유도 모른 채로 살아남아야 했던 평범한 20대가 보여줄 수 있는 반응이다. 검을 든 순간 몬스터들을 도륙 내며 '어이, 이게 내 숨겨진 힘이다'라고 지껄이는 것보다는 설득력 있다.

'이거 재미있네.'

무척 재미있다. 김현성이 1회차의 튜토리얼 던전에서 본의 아니게 죽음으로 내몬 사람 중에 나와 박덕구가 포함되어 있었을지 누가 알겠는가.

"운이 좋아서 살아남기는 했지만, 무척 힘들었던 거로 기억합니다."

"현성 씨. 죄송합니다만…… 어떤 말씀을 하시는 건지 이해하기 힘듭니다. 분명히 현성 씨는……."

"네, 파티원들과 함께 튜토리얼 던전에서 공략조로 참여했었죠. 하지만 이전에는 그렇지 않았습니다."

"……."

"혹시 시, 실, 실망하셨습니까."

"아니요. 잘 이해되지는 않지만…… 그게 일반적인 반응일 테니까요."

'내가 피해자였으면 조금 다르게 생각할 수도 있겠지만.'

"다행이군요."

조금은 안심한 듯한 얼굴, 김현성이 고민한 것 중에는 이런 부분도 포함되어 있었나 보다.

'형 앞에서는 착하게 보이고 싶었어? 우쭈쭈.'

"그보다…… 이전이라고 하면 도대체 언제…… 인지. 혹시 튜토리얼 던전을 두 번 경험하신 겁니까?"

"그렇지 않습니다. 정확히 말하면 두 번 경험한 것이 맞지만, 기영 씨가 생각하는 형태가 아닐 겁니다. 그러니까…… 그러니까…… 저는……."

"……."

"저는 기영 씨를 만나기 전에 이 세상을 한 번 더 경험해 본 적이 있습니다."

"……."

"저는 회귀자입니다."

저도 모르게 주먹이 꽉 쥐어진다. 하지만 섬세한 표정 연기를 잊을 리가 없다. 도대체 무슨 말도 안 되는 소리를 하냐는 듯 김현성을 바라봤다.

회귀자의 눈은 흔들리지 않는다. 자신의 말을 믿어야 한다고 이야기하고 있다.

조금씩 조금씩 과거를 회상하는 것 같은 표정. 무슨 표정인지는 나도 잘 모르겠지만, 김현성은 알고 있을 것이다.

실제로 나는 일반인의 관점에서 녀석이 미래를 알고 있을지도 모른다는 정황을 되짚어보고 있었으니까. 이다음은 믿을 수 없다는 반응, 그다음은 김현성이 거짓말을 할 이유가 없다는 반응이다.

시시각각 변하는 내 표정을 바라보며 우리 회귀자는 덜덜덜 손을 떨고 있을 뿐이었다.

"저는…… 저는 회귀자입니다."

'얘는 왜 이렇게 손을 떨고 그래. 수전증 같은 건 없었는데.'

계속해서 느끼고 있었지만, 불안해하는 얼굴이었다. 마치 판결을 기다리는 죄인의 표정이 이러할까. 지금 자신이 제대로 된 선택을 한 건지 고민하는 것처럼 보였다.

아마 시간을 되돌리고 싶지 않을까. 녀석의 말을 들은 직후 나는 약 10여 분이 넘는 시간 동안 침묵을 유지하고 있었으니까.

무언가 골똘히 생각하고 있다는 행동을 보여주기 시작했고, 그만큼 김현성은 더욱더 초조해했다.

어차피 녀석의 고백을 받아들이는 건 확정된 이야기였지만, 기왕이면 조금 더 뜸을 들이는 것도 나쁘지 않다.

'저는 회귀자입니다.'

'크으. 어우야.'

다시 생각해도 듣기 좋은 달달한 목소리. 저 말 한마디를 듣기 위해 얼마나 고생했던가. 이 시간은 우리 사랑스러운 회귀자에게 보내는 소심한 복수였다.

물론 곧바로 받아들이는 것보다는 이런 형태로 고민하는 시간을 가지는 게 더 극적이라고 판단한 이유가 가장 컸지만, 그렇다고 하더라도 소심한 복수가 달콤하지 않은 것은 아니다.

아무 죄 없는 사람을 괴롭히거나 매도하는 생소한 취미를 가지는 것은 아닐지 걱정이 다 될 정도. 점점 더 안 좋아지는 표정을 볼수록 이상하게 기분이 좋다.

'아, 그러셨군요. 회귀자셨군요. 어쩐지 여러모로 이상한 점이 많았습니다, 하하하. 그럼 지금부터 모든 일이 잘 풀리겠군요. 대단합니다. 역시 현성 씨예요'라는 반응을 기대한 건 아니었겠지만, 녀석에게도 지금 내가 보여주는 반응은 상상하던 반응 중 최악의 반응이었던 것 같다.

아나나 다를까 슬그머니 몸을 일으켜 가까이에 다가오려고 하는 모습이 보인다. 너무 놀란 것 같다고 생각해 어떻게든 수습해야겠다고 생각한 거겠지. '사실은 농담입니다'라고 말하는 것도 나쁜 선택은 아니라고 고민하지 않았을까.

계속해서 곰곰이 녀석이 회귀자라는 사실을 받아들이는 와중에 이쪽으로 다가온 김현성이 살짝 내 어깨를 붙잡기 시작.

한 번 골려주는 게 좋을 것 같아 어깨에 올려진 손을 탁 하고 쳐내자 짧은 탄식이 들려왔다.

김현성의 반응을 지켜보기 위해 눈알을 돌려 얼굴을 확인하자 시야에 비친 것은 뭐라고 형용할 수 없는 표정.

'시발…… 이거 더 이상 놀리면 진짜 안 되겠다.'

모든 걸 잃은 것 같은 얼굴, 무의식 세계에서 녀석의 얼굴보다 더욱더 푸르죽죽하다.

분명히 한순간 동공이 죽은 걸 목격했다. 극단적으로 말하면 목이라도 매달 것 같은 얼굴이라 말하는 게 맞으리라.

'무슨 장난도 못 치겠네.'

다시금 무의식 세계로 들어가지 않을까 하는 걱정이 들 정도였으니 무슨 말이 더 필요하겠는가. 저 뒷문을 향해 도망치기 전에 급하게 입을 열 수밖에 없었다.

"아, 죄송합니다. 조금 깜짝 놀라서."

"아니요. 저…… 저야말로…… 저야…… 네…… 저야……
말로……."

잠깐 정하얀으로 변한 것 같은 말투, 기어들어 가는 목소리
와 겁먹은 듯한 얼굴. 지가 지금 무슨 소리를 하는지도 모를
거다. 반사적으로 입을 열고는 있지만 이미 혼이 나가 있다.

물론 녀석이 다시금 정신을 차린 것은 순식간, 멘탈 측면에
서 이전보다 훨씬 더 성장한 김현성은 이대로 끝낼 수 없다는
듯 급하게 말을 이었다.

"믿으실 수 없다는 것도 이해할 수 있습니다. 또 당황스럽고
많이 놀라셨을 겁니다. 하지만 제 모든 걸 걸고 말씀드리건대
결코 처음부터 기영 씨를 속일 의도는 없었습니다. 매번 말해
야겠다고 생각했지만, 아무래도 받아들이기 힘드실 거로 생각
했었습니다. 불쾌하셨다면 정말로 죄송합니다."

'아니다, 현성아. 내가 왜 불쾌하겠어. 기분 좋아. 표정 풀어라.'

"정말…… 정말입니다."

"한 가지 묻고 싶은 게 있습니다만……."

"네, 네. 전부 대답해 드릴 수 있습니다. 전부요."

"만약 정말로 현성 씨가 이 전에 이 세상을 겪어본 게 맞다
면……."

"네."

"혹시 전에도 저와 현성 씨가 함께 행동했던 겁니까??"

"아닙니다. 그렇지 않습니다. 기영 씨는 1회차에서……."

"그렇다면…… 혹시 튜토리얼 던전에서…… 제게 접근하신 이유가 따로……."

"아니요!!!"

나도 깜짝 놀랄 정도로 커다란 목소리. 단언컨대 김현성 인생 최대의 목소리라고 말할 수 있다.

김현성 본인도 자기 목소리에 놀란 얼굴이었지만 일단은 변명하는 게 먼저라고 생각한 것 같았다. 내가 걱정하는 부분이 뭔지 눈치챘을 테니 급하게 말을 잇는 게 당연하겠지.

"절대 그렇지 않습니다. 다른 목적이 있어서 접근한 게 아닙니다. 어디까지나 우연히."

'그래, 그렇지. 너 그때 하얀이 찾으러 왔었잖아.'

"정말로 우연히 만났습니다. 이전 회차에서는 기영 씨와 접점이라고 할 게 없었습니다. 기영 씨와 만난 것은 이번이 처음입니다. 절대로, 절대로 제 목숨을 걸고 단언할 수 있습니다."

다수의 문장을 말하는 데 2초도 걸리지 않았다는 것에 웃음이 나올 뻔했지만, 일단은 진지한 표정으로 다시 녀석을 바라볼 수밖에 없었다.

내가 의도적으로 김현성에게 접근했다는 걸 숨기고 하고 싶어 하는 만큼, 녀석도 내가 그런 생각을 하는 걸 바라지 않을 거다. 1회차에 어떤 접점이 있어 2회차에 의도적으로 접근했다는 건 아무리 이유가 있다고 한들, 그렇게 반길 상황은 아니다. 서로 신뢰하고 있다면 더욱더.

굉장히 어려운 질문을 마치고 의문이 풀렸다는 듯이 고개를 끄덕이기는 했지만, 아직도 김현성은 긴장해 있다.

"믿겠습니다."

"네?"

"믿을 수 있습니다."

"정말로……."

"네, 허투루 이런 말씀을 한 게 아니라는 걸 알고 있으니까요. 지금까지 숨기고 계셨다면 나름의 이유가 있으셨던 거로 생각하겠습니다. 물론 조금 놀라고 섭섭하기는 했습니다만, 아니, 조금이라고 하기에는 제가 너무 못난 모습을 보여 드렸군요. 하지만 진심입니다. 저는 현성 씨를 신뢰하고 있어요."

'아이고, 우리 현성이 감동했네. 현성아, 왜 이렇게 감동했어.'

"어째서 기영 씨는…… 그렇게 쉽게…… 수긍하실 수 있으신 겁니까."

'쉽지는 않았지. 현성아. 쿨타임 조금 길었잖아.'

"거짓말을 할 이유가 없으시지 않습니까. 무엇보다 믿는다고 항상 말씀드리기도 했고요. 아무튼, 이제야 조금 의문이 풀리는 것 같은 기분입니다. 처음 봤을 때는 특히 신기한 사람이라고 생각했지만 전부 다 이유가 있었군요. 설명이 되지 않은 몇 가지 행동들도요. 갑자기 예리를 데리고 오거나 혜진 씨를 영입하려고 했던 것 역시."

"네, 혜진 씨와는 이전에 함께했던 적이 있습니다. 예리도 마찬가지고요."

"튜토리얼 던전에서 만난 건 정말로 우연이었군요."

"네, 사실은 하얀 씨를 찾으려고 했습니다만…… 기영 씨와 덕구 씨가 거기에 계실 줄은 상상도 못 했습니다. 이전에는 본 적이 없는 사람들이라 더욱더요."

"저희는……."

"정확히 보지 못했습니다. 아마 이전에는 튜토리얼 던전을 클리어하지 못했거나 아예 다른 지역에서 활동하셨을 겁니다. 어쩌면 던전에서 죽었을 수도 있고요. 어, 어쩌면 제가 버렸던 사람 중에 하, 하나였을지도 모릅니다."

"생각해 보니 그렇군요."

"네?"

"튜토리얼 던전에서 맨 처음 몬스터들이 들이닥쳤을 때."

"네."

"제 목숨을 현성 씨가 구해주시지 않으셨습니까."

"아……."

"아마 그때 현성 씨가 아니었다면 덕구와 저 모두 그곳에서 죽었을 확률이 높을 겁니다. 아까 말씀하신 대로 현성 씨가 튜토리얼 던전에서 도망 다녔다면 제 목숨을 구해주시지 못하셨 겠죠. 항상 감사하고 있었지만, 조금 더 감사하게 되는 것 같습니다. 이 목숨은……."

"네."

"현성 씨가 구해주신 목숨이로군요."

"아……."

'이 새끼 제대로 감동했다. 이거 조금만 더 하면 울릴 수도

있을 것 같다.'

생각해 보면 별거 아닌 대사였지만, 이 몇십 분 동안 생과 사를 오갔던 녀석에게는 다른 의미로 들려오는 것 같았다.

"지금에 와서 이런 말을 하는 게 우습기는 하지만 다시 한 번 감사의 인사를 드려야 할 것 같습니다."

"아니요, 아닙니다. 오히려 제가 감사할 일이 더 많을 겁니다. 그, 그렇게 생각하지 않으셨으면 합니다. 앞서 말씀드렸다시피 저는 이전에……."

"죄책감 느끼시지 않으셔도 됩니다. 만약 1회차에서 현성 씨가 저를 내버려 두고 도망갔다고 한들, 그건 현성 씨 잘못이 아니에요. 저 역시 튜토리얼 던전에서 많은 이들의 죽음을 바라본 건 똑같습니다. 몬스터에게 잡아먹히고 있는 사람들을 외면했었고, 살기 위해 도망쳤습니다. 절대로 비난받을 일이 아니에요."

"……."

"만약 그게 계속해서 마음에 걸리신다면……."

"네."

"이렇게 말씀드리는 것도 우습지만…… 당시에 현성 씨가 저를 버리고 가신 걸 용서해 드리겠습니다."

'내가 너의 죄를 사하노라.'

"기영 씨……."

'얘, 진짜 울겠다.'

누가 이놈을 처음 만났을 때의 얼음덩이라고 생각하겠는가.

어떻게 봐도 흐물흐물 녹아버린 것 같은 모습이었다.

이제 무슨 말을 해야 할지 모르겠다는 표정, 감동의 바다에 빠져 더 이상 헤어나오지 못하기 전에 빠르게 본론으로 들어가 봐야겠다.

"그래서. 어째서 이걸 말해야겠다고 생각하신 겁니까."

"계속…… 계속 마음에 걸렸던 일이었으니까요. 물론 이유가 없는 건 아니지만 들어주셨으면 좋겠다고 생각했습니다. 커다란 짐이기도 했고요. 지금은 짐을 조금 내려놓은 것 같은 기분이 들기도 합니다."

"……"

"조금은 긴 이야기가 될 수도 있을 것 같습니다."

"밤새도록 깨어 있겠군요."

"하루 안에 끝날 이야기가 아니니……. 시간이 날 때마다, 조금씩…… 천천히 말씀드릴 수 있도록 하겠습니다. 이제는 시간이 많으니까요. 종종 이런 시간을 보낼 때마다 궁금하시거나 제가 말하고 싶은 이야기를 들려 드릴 수 있도록 하겠습니다."

'그래, 자그마치 몇십 년인데…… 그걸 어떻게 하루 만에 다 끝내겠니. 너 하고 싶은 대로 다 해도 돼.'

"일단은 아까 못 드린 이야기부터 드릴 수 있도록 하겠습니다. 차라도 한잔 마시면서요."

그렇게 녀석은 천천히 말을 이어나가기 시작했다. 내 시점으로 본 1회차의 이야기가 아닌 김현성의 시점으로 본 1회차의 이야기였다.

녀석은 담담한 표정을 짓기도 했고, 울 것 같은 얼굴을 하기도 했다. 내가 상상한 것보다 더 많은 일을 겪은 모양.

요점만 전부 이야기하면 좋겠다 싶었지만, 그는 마치 말문이 트인 것처럼 기억하고 있는 모든 걸 쏟아내고 있었다. 어쩌면 자신에게 있어서 치부라고 할 수 있는 이야기들까지 전부. 전부 말이다.

나는 담담하게 녀석의 이야기를 들었다. 질문할 타이밍도 아니었기에 말을 끊지 않았다.

녀석은 말을 잇는 도중 턱을 덜덜 떨기도 했고, 목이 메어 제대로 말을 내뱉지 못하기도 했다.

기본 골조는 아까와 다르지 않았다. 또 내가 알고 있는 부분과도 크게 다른 부분은 없었다. 전체적인 흐름에 이상은 없다는 걸 알고서는 주먹을 꽉 쥘 수밖에 없었지만, 그와는 별개로 녀석의 이야기에 점점 빠져들기 시작했다.

튜토리얼 던전에서 사람들을 버리고 도망칠 수밖에 없었던 이야기, 모험가로 활동하게 된 이야기, 파란에 들어가게 된 이야기. 모든 게 흥미로울 수밖에 없는 이야기였다.

161장
튜토리얼을 시작합니다

[튜토리얼을 시작합니다.]

"어…… 어?"

천천히 주위를 둘러본다.

"어? 여기가 어디야……. 뭐야?"

전혀 생소한 공간이 시야에 들어왔기 때문이다.

눈에 보이는 것은 어두컴컴한 건축물의 안이다. 괴기스러운 문양과 이해할 수 없는 글자들로 꽉 차 있는 내부. 계속해서 주변을 둘러봤지만, 함께 끌려온 이들 외에는 보이는 것이 없다. 그 말 그대로 비현실적인 공간이라고 표현하는 게 알맞으리라.

어째서 내가 이곳에 있는지도 잘 모르겠다. 학교 과제를 하던 중, 이상한 메시지를 받았고 거기에 응했다. 기억나는 것은 그게 전부였다.

"여, 여기가 어디죠?"

"저한테 묻지 마세요. 저, 저도 잘 모르겠단 말이에요."

"거, 거기 다른 사람들도 있나요? 이곳은 도대체……. 칼 같은 건 왜 있는 거죠?"

"그걸 알면 우리가 이러고 있겠어요? 다들 똑같은 상황인 것 같은데. 뭐 기억나는 거 없나요?"

"저기요! 거기 누구 있어요? 저기요!"

이 상황을 받아들일 수 없는 건 자신뿐만이 아니다. 장내를 꽉 채운 사람들 역시 자신들이 자리하고 있는 이 생소한 장소에 대해 알 수 없는 공포심을 느끼고 있었다.

더 이해할 수 없었던 것은 어디에선가 이질적인 목소리가 들려왔다는 것. 마치 머릿속을 울리는 느낌에 머리를 꽉 부여잡았지만 달라지는 것은 없었다.

납치당한 건지, 아니면 어떤 실험에 참여하게 된 것인지는 모르겠지만 한 가지 확실한 것은 이 장소에서 살아남아야 한다는 것.

이해할 수 없는 목소리는 이곳에서 생존해야 한다고, 튜토리얼 던전을 이겨내야 살아남을 수 있다고 말하고 있었다.

식수와 식량, 필수적으로 사용해야 할 물품, 무기의 등급이나 특성, 직업과 몬스터 그리고 상태창까지. 마치 온라인 게임의 세계에 들어온 것 같은 설명.

'혹시 어쩌면…… 꿈이 아닐까?'라는 생각마저 할 정도였으니 무슨 말이 더 필요할까. 어쩌면 정말로 조금 생생한 꿈을 꾸고 있을 수도 있다.

"살려주세요!"

"제, 제발 꺼내주세요. 제발!"

"장난치지 말고 빨리 문 안 열어? 당신들 전부 고소할 거야! 고소할 거라고! 빨리 문 열어!"

"엉엉……. 제발 살려주세요. 제발요."

"경찰에 신고할 거예요! 경찰에!"

"무기 들어! 밖에서 나는 소리 안 들려? 무기 들라고!"

"당신이나 들어요! 당신이! 남자들은 빨리 방패라도 들어요. 빨리요!"

"뭐 하는 거야! 지금! 이상한 분위기 조장하지 말고 빨리 이 거지 같은 장난 안 끝내?"

"장난은 뭐가 장난이야! 다들 상태창 못 봤어? 빨리 무기 들라고! 어이 거기 아저씨! 이게 장난으로 보이쇼?"

"……."

"……."

"지금 이 상황을 부정해 봤자 아무것도 달라지지 않습니다. 일단은 앞서 닥친 일부터 해결해야 되지 않겠습니까. 밖에서 짐승들의 울음소리가 들리고 있습니다. 이게 현실이든 몰래카메라든 아니면 꿈이든 뭔가를 해야 합니다. 모두 무기를 드세요. 일단은 저항해야 합니다."

"이딴 장난질 그만하라고!"

"장난이 아닙니다. 저도 이런 장난 하고 싶지도 않고, 차라리 장난이었으면 좋겠습니다. 일단 무기를 드세요. 만약에 장난이라면 그때 다시 대처해도 됩니다."

하지만 꿈이라기에는 너무 현실적이었다. 등에 닿은 벽의 감촉이나 사람들의 목소리 모두.

아니, 이미 꿈이든 현실이든 상관없다. 냉정하게 다른 이들을 다독이고 있는 남자의 말이 맞다. 현재 이 상황이 어떤 상황이든 간에 일단을 무기를 들어야 한다. 뭐가 됐든 간에 자신을 보호할 수단을 챙겨가야 한다.

쭈뼛쭈뼛 발걸음을 옮기고 있었을 때 어디에선가 날아 들어온 물건이 보였다. 커다란 원형 나무 방패. 이윽고 목소리 역시 귓가로 내리꽂혔다.

"아, 거기 잘생기신 분. 이거 받으세요. 방패가 도움이 될 겁니다."

"가, 감사합니다. 그…… 그러니까, 형."

"뭐, 감사할 필요 없습니다. 제 것도 아닌데. 거기 여성분도 이리로 와서 방패 가져가세요. 장난인지 아닌지는 모르겠지만, 일단 싸울 준비는 해야 하지 않겠습니까."

'친절한 사람이야.'

기다란 창을 들고, 덩치가 큰 사람과 대화를 나누고 있는 사람. 아까 전 다른 이들을 다독였던 사람은 어느덧 무리의 중심이 돼 여러 가지를 지시하고 있었다.

'무난하게 살아갈 수 있을지도……. 할 수 있을 것 같아.'

밖에서 계속 불길한 짐승 소리가 들려왔지만, 병장기를 든 성인 남녀가 함께 맞서려고 하고 있다. 모두가 힘을 모은다면 어쩌면 정말로 짐승들에게 대항할 수 있을지도 모른다.

"방패 든 사람들은 앞에 서요. 창 쥐고 있는 사람들이 뒤를 봐줄 테니까. 덮쳐올 짐승 몇 마리 정도는 쉽게 막을 수 있을 겁니다."

"네, 네!"

"다른 건 생각하지 마시고 이 상황에서 벗어나는 것만 생각합시다. 자 앞에 가서 서세요. 거기 당신 빨리 앞으로 나가요. 아니면 방패 다른 사람한테 넘기시던가."

"아니, 방패는……."

"쓰지도 않을 물건을 뭐 하러 가지고 있습니까. 앞에 가서 서세요. 자자, 당신도. 거기 빨리 앞에 가서 몸 대."

방패를 든 모든 이들이 앞으로 나가길 꺼리고 있다.

물론 당연한 반응이리라. 자신의 몸을 보호할 수 있는 최소한의 수단을 얻었다고 한들, 누가 다른 사람들을 대신에 앞에 서고 싶겠는가.

자신 역시 마찬가지. 뒤에서 누군가가 툭 하고 밀지만 않았다면 인파의 가운데에서 서성거리고 있었을 것이다.

[잠시 후 스타트 포인트가 개방됩니다. 5, 4, 3, 2, 1.]

[스타트 포인트를 개방합니다. 여러분의 무운을 빕니다.]

석문이 열리는 소리와 함께 비명이 들려온 것은 바로 그때. 눈 깜빡할 사이에 벌어진 일이었다.

"꺄아아아아아악!"

뭐라고 정체를 설명할 수 없는 괴물들이 기괴한 몰골을 한 채로 인간들에게 달려들고 있다.

"어? 어…… 어?"

콰직! 하는 소리와 함께 얼굴에 피가 튄다. 사고가 정지하는 것도 무리가 아니리라. 정상적인 판단을 내릴 수도 없고 생각을 할 수도 없다. 다리가 풀리며 몸이 철푸덕 바닥에 널브러졌고, 입에서는 꺽꺽 하는 소리가 튀어나온다.

아비규환이며 지옥도.

이름 모를 괴물에게 붙잡혀 산 채로 먹히고 있는 이들을 보고 있는 상황을 뭐라고 표현할 수 있을까.

순식간에 난장판이 된 장내, 아까까지만 해도 싸우자고 서로를 다독이던 사람들은 무기를 버리고 도망치거나 몬스터에게 둘러싸여 있었다.

'죽을 거야……. 전부, 전부 죽을 거야. 엄마…… 엄마…….'

"살려줘! 여기 좀 도와주세요! 여기 좀!!"

"뛰어!"

"어? 어? 어?"

"망할 돼지야! 뛰라고! 내 말 안 들려?!"

"꺄아아아아악!"

"살려줘, 살려줘!!"

"도망쳐! 제기랄…… 도망치라고!!"

'여기서 빠져나가야 돼.'

그래야 살 수 있다. 정신없이 허겁지겁 몸을 일으키는 와중에 눈에 띈 것은 식수와 식량이 들어 있는 가방.

"혀, 형씨! 어디로!"

"물 챙겨!"

저 멀리서 들려온 것 같은 목소리에 저도 모르게 가방을 움켜쥐는 순간, 반대쪽에서도 가방을 움켜쥔 손이 보인다.

울먹이는 여자의 얼굴이 보여서 순간적으로 갈등했지만, 서로 힘을 주는 와중에 여자가 땅바닥으로 엎어지기 시작.

"죄, 죄송합니……."

사과를 끝마치기도 전에 몇 마리의 괴물이 그녀의 목을 물어뜯는 것이 시야에 비쳤다.

"아…… 아아……."

"살…… 살려……."

"아아아아악!!! 아…… 죄…… 죄송, 죄송해요. 죄송해요."

순간적으로 구역질이 올라왔지만 살아야겠다고 생각한 몸은 저도 모르게 움직이기 시작한다.

커다란 출구를 통해 도망치는 사람들이 보여 따라가야 한다고 생각했지만, 발이 잘 움직여지지 않는다. 입술을 꽉 깨물고 방패를 마구잡이로 흔들며 인파들을 밀어내자 공간이 보이는 것 같다.

'빠져…… 빠져나가야 돼. 여기 있으면 죽을 거야.'

괴물 한 마리에 덮쳐지고 있던 남자가 자신이 있는 쪽으로 넘어지려는 것이 보여 발악하듯 비명을 지르며 방패를 휘두른다.

"오지 마! 오지 마! 오지 마!!!"

'오지 마! 제발…… 제발 여기로 오지 마!!'

퍼억 하는 소리와 한 몸처럼 붙어 있던 남자와 괴물이 분리되며 넘어지는 것이 언뜻 보였지만, 옆을 돌아볼 여유는 없다. 들려오는 목소리로 남자가 아직 살아 있다는 걸 유추할 수 있을 뿐이었다.

"워…… 뒈질 뻔했네, 시바."

숨이 턱 끝까지 차올랐지만 멈출 수 있을 리 만무. 최대한 주변을 돌아보지 않고 무작정 앞만 보고 달리고는 있었지만, 아직도 출구는 저 멀리 있다.

쓰러진 누군가가 도와달라며 발목을 부여잡는 것이 느껴졌지만.

"도와……"

"이거 놔! 이…… 이거 놔!!"

"제발……"

"이거 놔아!!!"

허겁지겁 발목을 붙잡은 손을 쳐내고 다시금 발걸음을 옮긴다. 사방팔방에서 비명이 들려오고 괴물들의 목소리와 함께 살려달라는 외침이 울려 퍼진다.

'제발…… 제발…….'

출구까지는 바로 앞. 꾸역꾸역 출구를 빠져나가려는 인파들 사이로 방패로 몸을 딱 붙인 채로 몸을 욱여넣는다. 몸에 밀려 넘어지는 이들이 보이기는 했지만, 뒤를 돌아볼 여유는 없다. 지금은 살아남는 것이 먼저였으니까.

괴물 한 마리가 방패에 달라붙어 와 손에 든 방패까지 손에 놓고 본격적으로 달리기 시작한 이후, 시야에 비친 것은 앞이 탁 트인 동공. 어둡기는 했지만, 길들이 보인다.

괴물 몇 마리가 달려와서 몸을 잔뜩 움츠렸지만, 안쪽으로 들어가는 것을 확인한 이후에는 다시금 안도의 한숨을 내쉴 수밖에 없었다.

허겁지겁 뛰어가는 와중에 눈에 보인 것은 제발 버리지 말라고 손을 뻗는 이들. 제발 구해달라고 같이 있어 달라고 말하는 사람들이었다.

"구해…… 줘."

"죄…… 송합니다."

"돌아와! 돌아와! 이 개새끼들아!"

"죄…… 죄송합니다. 흐윽…… 죄송해요. 정말로 죄송합니다."

눈물이 계속해서 볼을 타고 흘러내린다. 호흡은 가빠지고 머리는 어지럽다. 몸에 묻은 혈액 때문인지 계속해서 피 냄새가 코끝에 남는다.

"허억…… 허억……."

어디로 달려가는지도 알 수 없다. 최대한 저곳에서 멀어져야겠다는 생각밖에는 없었으니까.

이곳이 어딘지, 내가 지금 어디로 가고 있는지는 모르겠지만 안전한 장소를 찾기 전까지 몸을 쉴 수 있을 리 만무. 폐가 터지라 뜀박질을 하는 와중에도 멀지 않은 곳에서는 비명이 들려온다.

'멀어져야 돼.'

이곳에서 멀어져야 한다.

'괴물들이 없는 곳으로 가야 돼.'

그래야 살 수 있다.

얼마나 달려왔는지는 모르겠지만, 시야에 비친 것은 작은 틈. 몇 사람이 겨우 몸을 욱여넣을 수 있는 작은 틈이다.

허겁지겁 몸을 눕혀 작은 틈으로 비집고 들어간 이후에 안에 놓여 있던 잡동사니들과 커다란 돌들로 입구를 막았다.

그리고 그제야 허물어지듯 자리에 주저앉을 수 있었다.

'꿈이 아니야…… 꿈이…….'

"아니야……."

온몸이 긁힌 상처들이 방금 일어난 일이 꿈이 아니라는 걸 말해주고 있었다.

살았다는 걸 인지한 이후에야 여러 가지 생각이 머릿속에 들어와 꽂힌다. 가방을 놓치고 넘어진 여자, 발목을 붙잡은 남자, 죽어가는 사람들과 살려달라고 외치는 목소리들.

여러 가지 생각들이 계속해서 머릿속에 들어왔을 때, 결국에는 참지 못하고 벽 한쪽 구석에서 구역질을 할 수밖에 없었다.

"우웨에에에에엑!"

"우욱…… 우웨에엑! 흐으윽…… ㄲ윽……."

"엄마…… 엄마아…… ㄲ윽…… 흑……."

"죄송합니다, 죄송해요. 정말로 죄송합니다……. 미안해요. 흐윽, 엄마, 엄마아……. 제발 누가 도와줘요. 제발 누가 여기서 꺼내주세요……."

당연하지만 아무런 대답 소리도 들려오지 않았다.

시계가 없어 자세히는 알 수 없었지만 아마도 사흘 정도가 지난 것 같다.

물론 확실하지 않다. 단순히 체감상 그 정도의 시간이 지난 것 같다고 추측할 뿐이었다. 세 번 정도 잠을 청했으니 아마 그 정도가 딱 맞으리라.

'배고파. 밥 먹을 때가 됐나? 아까 조금 먹은 다음에 시간이 얼마나 지났지?'

적어도 여덟 시간 정도는 지난 것 같다. 살짝 가방을 열어보니 안에 든 식량과 식수가 시야에 비쳤다. 운이 좋았다고 표현해야 할지는 모르겠다.

하지만 꽤 많은 양이 남아 있다는 걸 확인한 이후에는 고개를 ㄲ덕일 수 있었다. 아껴 먹으면 10일, 어쩌면 그 이상도 먹을 수 있다. 하루에 한 번씩 빵을 아주 조금씩, 조금씩 떼어서 먹는다면 30일을 버틸 수 있을지도 모른다.

왜 티브이나 인터넷에서도 나오지 않았던가. 물만 먹고 몇 십 일을 버틴 사람들 말이다. 오랫동안 먹을 수 있는 식량이 있는 상황이었으니 어쩌면 그 사람들보다는 상황이 더 나을 것이다.

물론, 그들 같은 경우에는…….

'괴물 같은 건 없었겠지.'

위험한 것은 몬스터뿐만이 아니다.

이 환경은 평범한 인간들 역시 괴물로 만든다. 식량 때문에 서로 죽고 죽이거나, 인간성을 잃고 궁지에 몰려 살인 같은 범죄를 일삼는 괴물들 역시 던전 안을 돌아다니고 있다. 어제저녁에만 해도 사람들끼리 싸우는 소리가 들려오지 않았던가.

무엇보다…….

자신 역시 괴물이었다. 수많은 사람을 외면하고 등을 돌려 지옥에서 달아난 자신 역시 평범한 인간이라고 할 수 없으리라.

머리끝까지 차오른 자괴감을 애써 외면하듯 배에서는 계속해서 꼬르륵거리는 소리가 들려오기 시작.

바깥에서 희미한 목소리가 들려온 것은 바로 그때였다.

"거, 거, 거기…… 누, 누, 누구 있나요?"

"……."

"저, 저도…… 좀 들여보내 주세요. 너무 배고프고 힘들어요. 제발……."

"……."

"제발요. 부탁드려요. 제발……."

애써 귀를 막는다.

"주, 주변에 그…… 괴물들이 있는 것 같아요. 부탁드려요. 도와주세요."

"……."

도와줘야 한다는 것은 알고 있다. 도와줘야 한다고, 외면해선 안 된다고 생각했지만, 생존 앞에서는 냉정해진다.

'두 사람이 지낼 수 있는 공간이 아니야. 식량도 얼마 없고, 나쁜 사람일지도 몰라. 뺏으려고 할지도 몰라……. 분명히 그럴 거야.'

자신을 도와달라고 말했던 여성의 목소리는 그렇게 사라졌다. 아마도 포기한 게 분명하겠지. 아니면 처음부터 사람이 없었다고 생각했거나.

어쩌면 혼잣말을 한 것일지도 모른다. 힘들어서 자신도 모르게 혼잣말을 내뱉은 것이리라. 조금씩, 조금씩 빵을 떼어 먹으며 허공을 올려다봤지만 보이는 것은 까만 벽.

'어쩔 수 없었어.'

어쩔 수 없었다. 도대체 얼마나 버텨야 이 지옥이 끝날지 확신할 수 없는 만큼 최대한 여기 있는 것들로 버텨내야 한다. 냉정해지고 냉혹해져야지 살아남을 수 있다. 그곳에서도 냉정했기 때문에 살아남을 수 있지 않았던가.

도와달라는 목소리를 애써 가슴 속 싶은 곳으로 밀어 넣으며 다시금 숨을 죽였다.

그렇게 하루가 더 지났다.

가만히 있었던 것은 아니었다. 단순히 앉아서 생각할 뿐이었지만, 이 별것 아닌 생각마저 멈춘다면 정신이 망가질 것만 같다고 느껴졌다. 괜스레 상태창을 열어보기도 했고 귓가로 들려오던 목소리가 뭔지 추측해 보기도 했다.

물론 답은 나오지 않았다. 그저 이곳이 현실이라는 사실을 더 실감했을 뿐이었지.

목소리는 이곳을 분명히 튜토리얼 던전이라고 불렀다. 이곳 이후에는 뭐가 어떻게 될지 모르겠지만, 집으로 돌아갈 확률은 낮다고 보는 게 맞다.

그런 의미에서 보면 소위 말하는 레벨 업이라는 걸 해야 하는 게 아닌지 생각해 봤지만, 어떻게 이전의 그 지옥으로 되돌아갈 수 있단 말인가.

하루에도 몇 번씩 바깥으로 나가야겠다고 생각했지만, 용기가 생기지 않는다. 핏물 구덩이에서 나뒹굴던 시체들과 비명을 지르고 있는 사람들의 모습이 이미 뇌리에 박혔다.

싸움조차 해본 적 없는 자신이 바깥에 나가서 괴물들과 싸울 수 있을 리 만무. 무기라도 있으면 조금 용기가 생겼을지도 모르겠지만, 병장기 같은 건 이곳에 없다. 그나마 가지고 있는 방패도 내던져 버렸다. 맨몸으로 싸운다는 발상 자체가 성립하지 않는다.

결국에는 또 제자리. 가방 안에 들어 있는 빵 한 조각을 우걱우걱 씹어 먹으며, 다시 깨어나면 집이었으면 좋겠다는 생각을 할 뿐이었다.

하루가 더 흐른 것 같았다. 어제저녁에 괴물들에게 쫓기던 사람들의 목소리를 들을 수 있었다.

물론 나는 움직이지 않았다. 좁은 입구를 막아놨다고 한들, 괴물들이 이곳에 들어오지 않으리라는 보장은 없으니까.

"자기 합리화."

스스로가 합리화를 하고 있다는 것 정도는 깨닫고 있었지만, 이번에도 어쩔 수 없었다는 생각으로 고개를 숙일 뿐이었다.

묘한 목소리가 들려온 것은 바로 그때.

"여기 사람 있는 것 같은데."

"지금 그게 무슨 소리요?"

"잠깐만 조용히 있어봐."

"알, 알겠……."

순간적으로 입을 틀어막았다. 희미한 숨소리마저 들리는 것은 아닌지 걱정이 된 탓이다.

왠지 모르게 목소리가 호의적이지 않다. 어쩌면 저번에 들었던 정진호라는 남자의 동료일지도 모른다. 자신이 여기 있고 식량을 가지고 있다는 걸 깨닫는다면 분명히 해코지할 것이 분명했다.

그렇게 십 분 정도가 지났을까.

밖에서는 아무런 소리도 들려오지 않는다. 아마 착각이라고 생각하지 않았을까.

분명히 그렇겠지. 저번에 그 여자처럼 잘못 들었다고 생각하고 있을 게 분명했다.

그렇게 참았던 숨을 천천히 내뱉었을 때였다.

"거봐. 안에 있잖아."

"……"

"여기 밑 쪽으로 있는 구멍으로 들어간 것 같은데, 운도 좋네. 막혀 있는 걸 봐서는 안에서 막아놓은 것 같은데, 계속해서 여기서 버티고 있었던 것 보니까 식량도 가지고 있을 것 같고……. 어느 포인트에서 시작했는지는 모르겠지만, 우연히 탈출해서 여기에 계속 처박혀 있으셨나 봐."

"……"

"거기 있는 거 다 아니까 쥐새끼처럼 숨어 있을 필요 없고……."

"……"

"내가 안에 있는 거 알고 있다고 말하지 않았나. 끝까지 버티시겠다? 옳지, 네가 이기나 내가 이기나 한번 보자고. 언제부터 숨어 있었는지는 모르겠지만 여기에 있는 괴물들을 우리는 아귀라고 부르는데, 이놈들이 시체 썩은 내 하나는 제대로 맡는단 말이야. 근처에 널려 있는 게 사람 시첸데. 네 쥐구멍 근처로 밀어 넣어도 네가 버티나 보자. 아마 거리가 가까워지면 그쪽에서 느껴지는 네 체취도 눈치채지 않을까 싶은데……. 비명이 들리면 사람이 있는 거고, 안 들리면 사람이 없는 거겠지, 뭐."

"……"

"사람 시체 뜯어 먹으려고 왔다가 진짜 사람도 발견하고 포식하게 생겼네. 어떻게든 막아보겠다고 조악하게 막아놓은 것 같기는 한데, 그게 언제까지 버틸 수 있을 것 같아. 아귀 새끼들 몇 마리만 달려들어도 금방 뚫려 버릴걸. 아귀들이 밑에 있는 그 틈으로 못 들어갈 거라고 생각하지 마."

"……."

"보니까 다른 출구도 없는 것 같은데. 그 안에서 아귀들이랑 오붓한 시간 보내시라고. 그럼 우리는 이만 자리 피해 드리겠습니다."

"……."

"후회하지 마라. 네가 선택한 거니까."

"……."

"자, 들어갑니다요."

"잠, 잠깐…… 잠깐만요. 안에 있어요. 안에…… 안에 있어요."

"옳지."

"살려주세요. 제발…… 살려…… 해코지하지 마세요. 저는 그냥 계속 여기에……."

"아무도 네가 어떤 상황에 처해 있는지 안 물어봤어. 솔직히 나도 별 관심도 없고……. 그것보다는 조금 더 건설적인 이야기를 하고 싶은데. 식량 가지고 있는 거 있지?"

"아…… 아니요."

"거짓말 못 하는 타입이네. 자, 그럼 이렇게 하자. 우리. 아무 것도 가지고 있지 않다는 네 말 믿을 게. 형은 마음이 넓거든.

하지만 그 쥐구멍 안에서 이쪽으로 뭐라도 밀어 넣어야 할 거야. 식량이든 식수든 네가 가진 게 있으면 무조건 이쪽으로 밀어 넣는 거야. 내 말 알아들어?"

"정, 정말로 없어요. 정말로요······ 아무것도 없어요. 무기도 없고. 방, 방패도 잃어버렸고······ 정말로 아무것도 없어요. 저도 배고파요. 정말이에요."

"밀어 넣지 않으면 그쪽으로 아귀 새끼들이 들어갈 거다. 배짱 튕기겠다고 버티고 있지 마, 동생. 나도 말 많이 하기 입 아프고. 딱 한 가지만 더 이야기해 줄게, 동생. 나는 양보 안 해."

"하지만······."

"정확히 오 초 준다. 오."

'어떻게 하지? 어떻게?'

"사."

'줘야 하는 거야? 정말로?'

"삼."

'이게 없으면 어떻게······ 해.'

"이."

선택의 여지가 없다. 2/3가량의 식량을 가방에서 빼낸 이후 가방을 급하게 밀어 넣자 만족해하는 목소리가 들려왔다.

"잘했어. 올바른 선택을 한 거야."

"흐윽······."

"그런데 말이야······."

"네?"

"양이 너무 적은 것 같은데……."

'이…… 이 양아치 새끼……'

"주섬주섬 뭔가 꺼내는 소리가 들린 것 같았는데, 모를 거로 생각했나 봐."

"저, 저도 정말로 얼마 없어요. 지금 가지고 있는 게 끝이에요. 이거 가지고는 3일도 못 버텨요."

"그건 네 사정이고 3일 치 식량이면 아껴 먹으면 10일은 거뜬히 버틸 수 있어. 너는 어차피 거기에 처박혀 있을 거잖아? 우리야 움직이면서 아귀 새끼들 때려잡다 보니 열량이 필요하단 말이야. 네게는 필요 없는 것들이잖아, 안 그래? 조금만 더 밀어 넣어봐. 형도 양심이 없는 건 아니니까. 네가 남은 식량을 주면 거기로 무기 하나 정도는 넣어줄게. 검 한 자루, 어때?"

"필, 필요 없어요."

"있어서 손해 보지는 않을 거다. 아무튼, 가진 거 있으면 다시 한번 더 밀어 넣어. 이번에도 만족스럽지 않으면 거래는 끝이야. 누가 손해일지 생각해 봐. 장담하건대 굶어 죽는 게 그 새끼들한테 뜯어 먹혀서 죽는 것보다 덜 고통스러울걸."

"……."

다시 1/3, 아니, 마지막에 들려온 말에 괜스레 겁이 나 빵 반 덩이를 추가로 내던질 수밖에 없었다.

"으음……."

'제발……'

"뭐, 이 정도면 커트라인에 합격했다고 해도 되겠네. 어차피 배고프면 밖으로 기어 나오게 될 테니까. 무기는 던져줄게, 동생. 이런 말 하면 조금 그렇지만 정 힘들면 그걸로 자살해도 돼. 그런 사람도 꽤 되니까."

이윽고 남자가 내민 무기는 단검보다 조금 더 긴 검. 사실상 단검이라고 불러도 될 만한 정도의 크기. 그래도 조금은 기대했건만 어처구니가 없어 실소가 나올 정도였다.

'이 나쁜 새끼.'

"만족스러운 거래였습니다, 고객님."

"그, 그럼 그냥 가주시는 건가요?"

"그럼. 설마 받을 거 다 받고 널 죽이기야 하겠어? 잘 있어라."

"……."

"뭐? 여기서 나이가 뭔 상관이야. 입 닥쳐. 살인자 새끼랑 같이 다니던 놈 중에는 어린애도 있었어. 이따가 게네 앞에서도 나이 타령할래?"

무슨 일이 일어났는지는 알 수 없지만, 일행과 의견 충돌이 있는 모양인 것 같았다.

이윽고 신경질적인 소리와 함께 작은 구멍으로 그럴듯한 검한 자루와 빵 반덩이가 굴러 들어왔다.

"운이 좋았네."

"네?"

"내 동료가 네가 여기에 처박혀 있는 게 가슴 아프단다. 적당히 있다가 바깥으로 튀어나와. 웬만하면 북쪽으로는 움직이지 말고, 몇 마리 잡다 보면 직업도 얻고 적응도 할 수 있을 거다. 이 주변에는 아귀들도 거의 정리됐으니까. 기왕이면 데리고 가고 싶다는데……. 지금 우리도 상황이 그리 좋지는 않거든. 네가 너무 어리기도 하고……."

"어린애…… 아니에요."

"몇 살인데."

"스물둘."

"이름."

"김…… 김현성이요."

"좋은 이름이네."

"……"

"아무튼, 기왕이면 서쪽으로 이동하는 게 좋을 거다. 그쪽에 생존자들 몇 명이 모여 있다고 들었으니까. 여기 분위기가 조금 뒤숭숭해서 걔네가 너를 받아줄지, 받아주지 않을지는 모르겠지만 거기 가만히 처박혀 있는 것보다는 낫겠지. 어차피 곧 식량도 떨어질 테니까."

"……"

"안 돼. 안 데려갈 거라니까. 우리 둘이 먹기에도 빠듯해. 그리고 난, 너 말고 다른 새끼까지 챙길 여력 없다."

"……"

"어차피 쓸모없는 놈이야. 지금까지 도망만 친 놈을 우리가 뭐가 아쉬워서 받아들여?"

"……"

"후우……."

"……."

"현성아."

"네?"

"우리랑 같이 가고 싶어?"

"……."

일단은 입술을 꽉 깨물 수밖에 없었다. 조금은 의외의 제안이 뒤따라왔던 탓이다.

'어떻게 해야 하지?'

가장 먼저 든 생각은 벽 너머에 있는 저들을 믿을 수 있겠냐는 것. 기본적으로 나쁜 사람으로 여겨졌지만, 커다란 악의는 느껴지지 않는다.

'나가려면 지금이 기회야.'

용기를 낸다면, 딱 한 발자국만 앞으로 더 걷는다면 밖으로 나갈 수 있다.

하지만 믿을 수가 없다. 당장 자신의 식량을 가지고 갔던 사람이 아니던가. 어쩌면 바깥으로 끌어낸 이후에 가지고 있는 걸 전부 뺏을 생각일지도 모른다.

빵 한 덩이를 주고 검 한 자루를 준 것도 모두 안심시켜서 나오게 하기 위한 작전일 것이다. 저 사람들은 아직 자신이 식량을 가지고 있다는 사실을 알고 있는 사람이었으니까. 충분히 그렇게 생각할 수 있다.

몬스터들과 싸우던 사람이라고 했다. 분명히 검을 휘두르거나 사람을 죽이는 데 거리낌이 없는 사람들일 것이다.

하지만…….

'만약에 좋은 사람들이면 어떡하지?'

식량을 빼앗아 가기는 했지만 검을 쥐여주지 않았던가. 심지어 식량을 다 빼앗지도 않았다. 나쁜 사람들이라기보다는 특이한 사람이라고 하는 게 어울린다. 옆에 있는 동료 역시 왠지 모르게 자신에게 호의적인 것 같았고…….

'몇 가지만 물어보는 거야.'

몇 가지만 물어보자. 그리고 안전하다고 생각되는 사람들이라고 생각되면 그때 밖으로 나가자.

"여기에…… 도착해서, 사람…… 죽여봤어요?"

"갑자기 그건 왜 물어?"

"그, 그냥요."

"그래서, 죽여봤으면 거기에서 안 튀어나오고 계속 박혀 있기라도 하게? 애초에 내가 너를 해코지할 생각이었으면 어떻게 했을 것 같아? 죽여봤다고 말했을 것 같아, 아니면 그런 적 없다고 이야기할 것 같아?"

"그, 그래도…… 이건 중요한 문제니까요."

"본의는 아니었지만, 서넛 정도는 죽인 것 같은데……. 어제 처음 죽였지 아마……. 우리 동생은 그게 그렇게 마음에 걸리셨나 봐."

"……"

"너도 똑같은 새끼야, 현성아. 착한 사마리아인의 법이라는 거, 들어는 봤어? 여기 오는 길에 최근에 생긴 것 같은 시체들을 몇몇 봤는데. 그놈들 비명, 못 들었다고 이야기해 보지 그 래. 변명의 여지가 있어?"

"그건……."

"분명히 들렸을 거라고 생각되는 데……. 귀를 막고 눈을 감고 애써 외면하고 있었겠지, 뭐. 죽어가는 사람들의 비명을 무시하고 도와달라는 사람들의 외침도 조용히 외면하고, 너는 그렇게 살아남은 거야. 너라고 여기 주변에 돌아다니는 사람들이랑 다를 것 같아? 개인적으로 생각하기에는 네가 더 쓰레기 같은 놈이야. 그렇게 자기 합리화하는 새끼들. 도망치고 아무것도 선택하지 못하는 놈들. 네가 제일 비겁하고 못난 놈이라고……. 내 말 알아들어?"

"제 말은 그런 뜻이 아니라……. 그게…… 그런 뜻이 아니었어요. 그런 뜻이 아니라……."

"괜히 기분만 잡쳤네. 제기랄. 우린 간다, 새끼야. 거기서 천년만년 처박혀 있어봐라. 그리고 몇 가지만 충고할게, 동생."

"……."

"정말로 뒈지기 싫으면 바깥으로 튀어나와서 몬스터들이나 때려잡아. 튜토리얼 던전이 끝난 이후에는 뭐가 나타날지 모르니까. 그다음 던전, 그다음 장소에서 지금과 같은 쉼터가 있을 거로 생각하지 마. 살아남으려면 뭐라도 휘둘러야 돼. 그게 여기 법칙이야. 초보자 사냥터가 열려 있을 때 사냥을 하라는 소리다. 뭐, 그럼…… 다음에 볼 수 있으면 보자. 아마 그럴 일 없을 테지만. 준 건 잘 먹는다, 새끼야."

"아…… 아! 저…… 저기 형! 형!"

뒤늦게 이름을 불러봤지만 들려오는 목소리는 없다. 괜스레 손바닥으로 바닥을 쾅 하고 내려칠 수밖에 없었다.

'제길, 제기일……'

이곳을 나갈 수 있는 유일한 기회였다. 물론 저들이 안전한 사람인지 정확한 판단을 내릴 수는 없었지만, 그래도 마지막 기회였다.

아니, 아직 늦지 않았다. 지금 밖으로 나간다면 그 사람들을 따라갈 수 있을지도 모른다.

서둘러 몸을 일으켜 좁은 공간으로 몸을 집어넣으려고 했지만, 이상하게도 몸이 잘 움직여지지 않았다.

무섭다.

다른 표현이 떠오르지 않는다. 자신조차 믿을 수가 없는데 아무것도 모르는 타인은 어떻게 믿을 수 있을까.

조금 전 쓸데없는 질문을 던진 것 역시 그렇다. 어쩌면 그저 이유가 필요한 게 아니었을까. 밖으로 나가지 않을 이유가 필요했던 게 아니었을까. 그래서 이상한 질문을 한 게 아닐까.

그 사람의 말이 맞다. 자신 역시 똑같기는 마찬가지다. 직접 손으로 사람을 죽이지 않았을 뿐, 나 역시 괴물에 가까웠다. 위험에 빠진 사람들을 외면하고 무시했다. 사람들이 죽어 나가는 소리를 숨어서 들었고 쓸데없는 자기 합리화를 하며 도움을 요청한 여성의 부탁을 거절했다.

어쩌면 지금 식량이 이것밖에 남지 않은 것 역시 벌일지도 모른다. 나 자신만 생각했기 때문에 신이 벌을 내린 걸지도 모른다. 이렇게 허무하게 사라질 식량이었다면…… 다른 사람들에게 나눠줄 걸 그랬다.

"흑…… 흐윽…… 엄마……."

어쩌다가 이렇게 된 걸까. 어쩌다가 이렇게 이 장소에 계속 처박혀 있게 된 건지 도무지 알 수가 없었다.

발목을 붙잡았던 남자를 도와줬다면 무언가 달라졌을까. 아니, 처음에 가방을 함께 집은 여자에게 가방을 양보했다면 달라지지 않았을까. 그 자리에 남아 다른 사람들과 마지막까지 끝까지 싸웠다면 많은 게 달라지지 않았을까. 도움을 요청한 이들의 목소리를 듣고 뛰쳐나갔었다면 이렇게까지 자괴감을 느끼지 않았을지도 모른다.

"죄송해요. 죄송합니다…… 끄윽……."

'무기는 던져줄게, 동생. 이런 말 하면 조금 그렇지만 정 힘들면 그걸로 자살해도 돼. 그런 사람도 꽤 되니까.'

아까 들었던 목소리를 떠올리고 무심코 옆쪽을 바라보자 시야에 비친 것은 작은 단검. 어두운 공간에 얼굴이 비칠 리가 없었지만, 단검에 비친 얼굴은 기괴한 표정을 하고 있는 것처럼 느껴졌다.

그 사람의 말처럼 어쩌면 죽는 게 마음이 편할지도 모른다. 적어도 이 죄책감을 지니고 살지 않아도 될 테니까.

허겁지겁 단검을 집어 들고 천천히 목을 향해 겨눈다. 찌르면 모든 게 끝난다. 조금만 힘을 주면 지금 내가 겪고 있는 모든 고통에서 해방될 것이다.

날카로운 단검의 끝을 목 끝에 가져다 대자 따끔한 느낌과 함께 핏물이 목을 타고 흘러내린다. 손은 덜덜덜 떨리고 숨은 점점 가빠진다.

조금만 더 힘을 주면 끝이라고 생각했지만, 단검을 끝까지 밀어 넣는 게 쉽지 않다. 오히려······.

"끄윽, 엄마아······."

무섭다. 이대로 죽는 게 무섭다. 이런 장소에서 쓸쓸히 생을 마감하는 것이 무섭다.

결국에는 단검을 바닥으로 떨어뜨린 이후에 고개를 숙여 흐느낄 수밖에 없었다.

스스로 죽지도 못하는 병신 같은 새끼. 구질구질하게 살아 보겠다고 끝까지 버티는 새끼, 쓰레기 새끼. 병신 새끼, 구더기 같은 놈, 인간 쓰레기 새끼.

"꺼윽······ 흐윽······."

반대편에서 다시금 소리가 들려온 것은 바로 그때.

"······."

"형? 형이에요? 형 맞죠?"

"에엑······."

"형! 저, 저 나갈게요. 나갈래요. 형이랑 같이 갈 거예요. 지금 나갈게요. 제가 아까 잘못했어요. 저도 데리고 나가주세요. 저도 같이 가고 싶어요."

"키에에에에에에엑!"

"아…… 아아아아……."

"키에에에에에에에에에엑!"

"아아아아악! 살, 살려줘요. 살려주세요. 누, 누가 제발 살려주세요. 살려……."

"키에엑!"

"살려줘요. 꺼윽…… 살려주세요. 누가 제발……."

밑을 막아둔 돌덩어리들이 흔들리는 것이 느껴진다. 어째서 갑자기 녀석이 이쪽을 찾을 수 있었는지는 모르겠지만, 다시 한번 아까의 목소리가 떠오르기 시작했다.

'뭐, 그럼…… 다음에 볼 수 있으면 보자. 아마 그럴 일 없을 테지만.'

어쩌면 그 사람이 집어넣은 걸지도 모른다. 이유는 알 수 없지만, 그 사람이 지금 이 상황을 초래한 걸지도 모른다.

최대한 들어오지 못하게 하려고 좁은 입구를 잡동사니들로 막아보고 있었지만, 약해질 대로 약해진 육체는 그것마저 허락하지 않았다.

"살려주세요. 살려…… 형, 제가 잘못했어요. 그러니까, 살려주세요. 식량도 전부 다 드릴게요. 어엉…… 형! 혀엉!"

누가 누구에게 도움을 청한단 말인가. 이곳에는 이미 아무도 없다. 자신조차 타인에게 도움을 주지 않았는데 누가 자신을 도와줄 수 있단 말인가.

결국에는 콰직 하는 소리와 함께 작은 방벽이 뚫리고, 좁은 틈을 기어들어 오는 몬스터들이 눈에 들어왔다.

황급히 시선을 돌린 곳에 자리한 것은 식량 대신에 받은 검.

'죽여야 해.'

"키에에에에에엑!"

"죽어! 죽, 죽어!"

전투는 일어나지 않았다. 좁은 틈을 통과하는 아귀의 머리통을 단순히 칼로 짓이길 뿐이었으니까.

푸욱 푸욱 하는 기분 나쁜 감촉이 계속해서 들려온다. 하지만 검을 내려찍는 것을 멈출 수 있을 리가 없다. 죽어 있는지, 살아 있는지도 모르겠지만 확인할 여유가 없었다. 이것 하나만으로도 이미 벅차다.

"꺼윽…… 흐윽…… 죽어! 죽어어!! 괴물 새끼. 괴물 새끼!!"

"에에엑……."

"허억…… 하아…… 하아……."

머리가 완전히 부서진 이후에야 커다랗게 쉬어보는 숨.

선택의 여지는 없다. 지금은 무조건 이곳을 빠져나가야 한다. 한 놈이 이 보금자리를 발견했다면 다음 놈 역시 이곳을 발견할지도 모른다.

만약 정말로 아까 그 사람이 이 아귀를 이곳으로 밀어 넣은 것이라면 이렇게 밀폐된 공간에 있는 건 약이 아니라 독이다.

생명체를 처음 죽였다는 이질적인 감상에 빠지기도 전에 다시 한번 몸을 눕혀 좁은 공간으로 밀어 넣었다. 완전히 움직임을 멈춘 몬스터의 체취와 혈향이 계속해서 코끝에 감돈다.

혹시라도 움직이지 않을까 싶어 단검을 꽉 쥔 채로 계속해서 몸을 옮긴다.

"혼자 힘으로 살아남아야 돼."

'아무도 믿어서는 안 된다.'

"내가 이기적인 게 아니야. 다들 그렇게…… 사는 거야. 그래서 살아남을 수 있었던 거야. 지금까지 살아 있는 사람들은 그렇기 때문에…… 서 있을 수 있는 거야. 형, 아니, 그 사람도 그래서…… 남아 있었던 거야."

도움을 요청해도 도와줄 사람은 없다. 자신 역시 그렇게 하지 않았던가. 아무런 조건 없는 호의는 없다.

만약에 방금 그 사람을 따라 나갔다면 어땠을까? 어쩌면 그 자리에서 바로 죽었을지도 모른다. 아니, 분명히 죽었을 것이다. 일부러 몬스터를 여기로 밀어 넣을 정도라면 그러고도 남는 사람일 것이다.

물론 원망하지 않는다. 자신이 바보처럼 속아 넘어갔을 뿐이었으니까.

"허억…… 허억……."

그 말이 맞다.

하지만 좁은 틈을 빠져나간 이후, 눈앞에 보인 화살표를 본 순간 괜스레 쏟아지는 눈물을 참을 수가 없었다.

[살아서 보자. 같이할 마음 있으면 찾아오고.]

라고 쓰인 글씨와 화살표. 벽면에 쓰여 있는 그 글씨 밑에는 아무렇게나 내던져진 빵 반덩이가 덩그러니 놓여 있었다.

잠깐 멍하니 그곳에 시선을 고정하게 된다. 괜스레 손안에 잡힌 검을 꽉 움켜쥐고서 말이다.

"살아남자."

"상태창."

[이름-김현성]

[칭호-없습니다. 조금 더 노력하셔야겠네요.]

[나이-22]

[성향-겁 많은 몽상가]

[직업-전사-일반 등급]

[능력치]

[근력-11]

[민첩-25]

[체력-13]

[지력-10]

[내구-19]
[행운-15]
[마력-03]

[장비]
[공짜로 줘도 안 쓸 싸구려 철검-일반 등급]
[공짜로 줘도 안 쓸 싸구려 단검-일반 등급]

"전직했구나. 정말이었어."

단검을 허리춤에 동여매고 검 한 자루를 어깨에 기댄 채로 털썩 주저앉자 그동안의 피곤함이 전부 가시는 것 같은 기분이 들었다.

물론 여전히 몸은 힘들다. 마치 칼날 위에 선 것 같은 감각. 땀과 피로 젖은 축축한 옷은 괜스레 짜증을 불러올 정도였다.

스리슬쩍 주변을 둘러봤다. 괴물 한 마리를 처리하기는 했지만, 주변에 다른 괴물이 있을지도 모른다.

이상이 없다는 걸 확인한 이후 목을 축이자 저도 모르게 입가에 미소가 피어났다.

'한 번 더 전직하려면 몇 마리나 잡아야 하는 거지?'

확실히는 모른다. 주어진 정보가 무척 적었으니까.

하지만 몇 마리 사냥하는 정도는 무리가 없을 거다. 지금까지도 그렇지 않았던가.

이미 누군가가 닦아놓은 길이었으니 그럴 만도 했다. 형과 동료들이 지나간 길이다. 있는 몬스터들이라고 해봐야 무리에서 떨어진 몇 마리 정도가 끝이었다. 안정적으로 사냥을 이어나갈 수 있는 게 당연했다.

물론 정면으로 녀석들과 부딪치는 건 쉽지 않았다. 생각했던 것보다 강한 몬스터가 아니라는 걸 깨달을 수는 있었지만, 그렇다고 마음속에 있는 공포심이 사라지는 것은 아니다.

지금까지 몇 번의 전투를 치러왔지만, 아직도 검을 휘두르고 그들과 마주하는 것은 무섭다. 이빨과 손톱은 날카로웠고 무엇보다 숫자가 하나둘 늘어나기 시작하면 감당하기 힘들다.

기습을 당하거나 먼저 공격당하면 그 자리에서 아웃. 욱신거리는 왼팔을 붙잡아봤지만 이미 생긴 상처가 사라지는 것은 아니다.

'단검이 아니었으면 당했을 거야.'

갑자기 덮쳐온 녀석과 뒤엉켜 넘어지고 심지어 검까지 놓쳐버렸다. 허리춤에 있던 단검이 아니었다면 이미 목을 물어뜯겼으리라. 상태창에서는 쓰레기 같은 무기라고 평가했지만, 가진 게 없는 지금으로서는 그 무엇과도 바꿀 수 없는 소중한 보물이었다.

형과 동료들이 무기를 얼마나 가졌는지는 알 수 없었지만, 다시 한번 스타트 지점으로 돌아갈 수 없는 지금은 빵 몇 덩이, 식수와도 바꿀 수 없는 보물이다.

처음에는 식량을 빼앗겼다고 생각했지만, 돌이켜 보면 충분히 할 만한 거래였다는 생각도 든다. 어쩌면 그쪽에서 나를 배려해 주고 있었던 걸지도 모른다.

'배가 고픈 건 어쩔 수 없는 거야…….'

지금 이 시점에서 굶어 죽는 사람은 없다. 반면에 몬스터에 게 습격당해 죽은 사람들은 수십 수백이 넘을 것이다.

어떤 사람이 배부르게 먹을 수 있겠는가. 배고픔은 견딜 수 있지만, 무기가 없다면 살아남을 수도 없고 미래를 준비하기가 더 힘들어진다.

형이 한 말처럼 만약 이 던전 이후에 무언가가 더 있다면 최대한 레벨을 높여야 한다. 그래야만 다음번에도 살아남을 수 있다.

헝겊으로 철검에 묻어 있는 피를 살살 닦아내다 보니 어느 덧 20분 정도가 지난 듯했다. 이제는 다시 출발해야겠다는 생각이 들어 다시금 몸을 일으켰지만, 정확히 어디로 향해야 하는 건지 감을 잡을 수가 없었다.

벽에 그어져 있는 화살표를 발견할 수 없었던 게 딱 이쯤.

지금까지 계속 그려져 있던 화살표가 없는 것을 보면 여기쯤에서 무슨 일이 벌어진 것이리라. 확실하지는 않지만, 전투가 일어난 것 같은 흔적이 보였으니까.

몬스터와 싸운 건지 아니면 다른 집단과 싸움이 붙었는지는 모르겠지만, 방향을 표시할 여유가 없었던 걸지도 모른다. 어쩌면 잊어버렸을 수도 있고.

'다시 한번 천천히 살펴보는 게 좋을까?'

하지만 그 선택지는 곧바로 아웃, 여기서 더 시간을 잡아먹는다면 형과 동료들을 따라잡을 수 없게 될 것이다.

차라리 그냥 사냥하는 게 더 도움이 된다. 그렇게 막 발걸음을 옮겼을 때였다.

"키에에에엑……."

하는 소리와 함께 몬스터의 울음소리가 들려온 것.

이마에서는 식은땀이 흘러내리고 저도 모르게 호흡이 거칠어진다.

싸울 수 있는 지식이 있다고 한들, 몸을 움직이는 건 나 자신. 갑작스럽게 뻣뻣해지는 몸이 원망스러웠지만 살아남으려면 검을 휘둘러야 한다. 형도 그렇게 이야기했다. 여기에서는 무기를 들어야 살아남을 수 있는 거라고.

숫자가 몇인지는 확인되지는 않았지만, 소리가 들리는 곳은 딱 한곳.

발걸음 소리를 죽이고 살금살금 걸어가자 네 다리로 기어다니는 놈의 모습을 금방 시야에 담을 수 있었다.

꿀꺽 하고 침을 삼키고 천천히 검을 집어 든다. 달려들어야 할지, 아니면 여기까지 오는 걸 기다려야 할지 판단이 잘 서지 않지만, 기왕이면 안전하게 잡고 싶다. 정면으로 녀석을 마주하는 건 아직 무리다.

벽에 딱 달라붙어 녀석이 오기를 기다렸다. 숨을 죽이고 길을 지나치려고 할 때, 머리에 칼을 꽂아 넣으면 된다.

머릿속으로 수백 번 상상해 보지만 막상 실전에 들어가면 다를 거라는 걸 안다. 그럼에도 불구하고 계속해서 머릿속에서 떠오르는 장면을 시뮬레이션할 수밖에 없었다.

갑작스레 옆쪽에서 둔탁한 충격이 느껴진 것은 바로 그때.

"아악!"

"키에에에에에엑!"

하는 비명과 함께 몸이 땅바닥으로 나뒹군다.

"제길!"

기다리고 있던 놈이 아니라 새로운 놈이 있었다.

땅바닥을 두어 번 구른 이후 다시 한번 자세를 고쳐 잡았지만, 기다리고 있던 한 놈이 침을 흘리며 게걸스럽게 달려들어왔다.

'운이 좋았어.'

운이 좋았다. 목을 노리고 들어온 게 아니라 대뜸 몸통 박치기부터 해왔으니까.

다리를 절뚝거리는 모습을 보니 그럴 수밖에 없었던 것 같았다. 뒤에서 달려들어 오고 있는 놈은 현재 정상이 아니다.

'생각하면 돼. 생각하자, 생각해.'

머릿속으로 상상했다.

첫 번째 놈은 몸을 비틀어 흘려보낸 뒤에 다리를 다친 놈을 먼저 처리하자. 앞서 보낸 괴물이 자세를 고쳐 잡는 그 찰나의 시간 동안 뒤에서 온 놈을 처리하면 된다. 중심을 제대로 잡지 못하니 미간에 검을 찔러 넣으면 그걸로 끝.

몇 초 되지 않는 찰나에 수만 가지 생각이 들어와 꽂히고, 몸은 또 그걸 실행하기 위해 움직인다.

녀석이 점프를 해오는 타이밍에 몸을 비틀어 피하고.

"키에에에에에엑!"

뒤이어 달려들어 오던 놈에게 검을 찔러 넣는다.

푸욱.

정확히 머리를 관통한 칼날, 속으로 '좋았어' 같은 소리를 되 뇐 이후에 뒤를 돌아보자, 미끄러진 중심을 잡고 다시금 달려들어 오는 몬스터의 모습이 시야에 비쳤다.

'검으로 내려쳐야 돼.'

황급히 검을 빼내려고 했을 때였다.

"어?!"

덜컥 하는 소리와 함께 검이 뭔가에 걸린 듯 빠지지 않았던 것.

"어…… 어!"

힘을 조금 줘봤지만 마찬가지. 그 와중에도 녀석은 계속해서 이쪽을 향해 달려들어 오는 있었다.

당황한 찰나에 몬스터는 왼쪽 다리를 향해 달려들었고, 시간이 얼마 지나지 않아 끔찍한 고통이 엄습했다.

"아아아아아악!"

비명을 내지른 채로 허리춤에 있는 단검을 녀석의 머리통을 향해 쑤셔 넣으려고 했지만, 목을 비틀어대는 녀석 때문인지 조준이 제대로 되지 않는다.

가까스로 단검을 어깨에 박아넣기는 했지만 겨우 그걸로 녀석을 멈출 수 있을 리 없다. 오히려 더 성이 난 것처럼 머리를 흔들어대는 바람에 다리가 떨어질 것처럼 아프다.

눈물이 왈칵 튀어나오고 머릿속으로는 별별 생각이 들었지만, 필사적으로 다시금 손을 뻗는다.

결국, 정확하게 머리통을 향해 단검을 휘두른 이후에야 녀석은 침묵했다.

"허억…… 허억…… 허억……."

'죽을 뻔했다.'

매 전투가 위험했지만, 이번에는 정말로 죽을 뻔했다. 만약 계속해서 당황했더라면 아무것도 하지 못하고 그대로 죽어버렸으리라.

잠깐 동안 올라왔던 자신감이 급속도로 무너지는 게 느껴진다. 호흡은 계속해서 거칠어지고 점점 더 숨이 가빠진다.

"으…… 으으으으윽……."

단검에 머리가 꽂힌 채로 죽은 몬스터의 입을 천천히 벌리자 정체를 알 수 없는 진득한 타액과 함께 피가 흘러나왔다.

완전히 뜯겨 나갔을 거라고 생각한 것과는 다르게 다리는 그나마 괜찮아 보인다. 어깻죽지에 단검을 꽂아 넣었기 때문이 아니었을까. 오랜 시간 인간들을 씹어 먹다 보니 이빨이 상했을 수도 있고.

천으로 다리를 꽉 동여맨 후 다시금 자리를 옮겨야만 했다. 비명 소리를 누군가 들었을 테니 어쩌면 이곳으로 누군가 올지도 모른다. 그게 몬스터건 사람이건 간에 위험하기는 마찬가지였다. 최대한 조심해야 했다.

'냉정하자, 냉정하자.'

속으로는 계속해서 같은 소리를 되뇌었지만, 몸은 자꾸만 덜덜 떨려온다. 무섭지 않을 리가 없다. 지금까지는 운이 좋아서 잘 헤쳐왔던 거다. 의외의 상황은 언제든지 펼쳐질 수 있고, 모든 게 상상이나 생각했던 것처럼 되지는 않는다.

'정말로 죽을 뻔했어. 진짜로…… 이번에는 진짜로 죽을 뻔한 거야.'

턱 끝까지 올라온 죽음의 공포. 정신없었던 상황을 떠올리자 다시 한번 몸이 떨려왔다.

'내…… 검. 내 검…….'

다리를 다쳐 중심을 잡을 수 없었던 괴물에게 다가갔다. 낑낑대며 팍팍 머리를 후려치자 그제야 검이 뽑혀 나왔다.

'어디서 나온 거지?'

이런 놈이 어디서 튀어나왔을까.

'다리는 어쩌다가 다친 거지?'

몬스터끼리는 서로를 공격하지 않는다. 높은 확률로 인간에게 당했을 것이다. 중간에 도망치거나 몸을 뒤로 빼지 않는 녀석일 테니, 사냥을 끝마쳤거나 쫓던 인간을 놓쳤을 가능성도 크다.

'어느 쪽에서 온 거야?'

지나온 길은 거의 다 정리가 되어 있었다. 녀석이 튀어나왔던 장소에 누군가가 있었다고 생각하는 것이 맞다.

놈의 다리에 난 상처는 확실하게 검이나 창에 맞은 상처. 어쩌면…….

"형이랑 동료들일지도 몰라."

이 괴물 역시 무리에서 떨어진 녀석일 것이다.

"근처에서 전투를 벌인 흔적이 있었어."

분명히 있었다. 무리와 떨어진 이 괴물과 싸웠다고 생각해 보면 어느 정도 들어맞는다고 생각했다.

'화살표도 끊겼고.'

이 괴물은 다리를 다쳐 끝까지 추격하지 못한 녀석일 게 분명했다. 형과 동료들을 따라간 다른 괴물들과는 다르게 제대로 걷지 못해 뒤처졌고, 결국에는 이 근처를 서성거리고 있었을 것이다.

'도와줘야 돼.'

도움을 받았으니 갚는다. 다리를 질끈 천으로 묶은 이후에는 엉기적엉기적 걸음을 옮길 수밖에 없었다. 뛰기는 힘들지만 걷지 못할 정도는 아니다.

형과 동료들이 괴물들에게 쫓기는 상황이라면 작은 손이라도 필요할 것이 분명했다. 아마 자신이 누구인지 모를 테니 처음에는 경계하겠지만, 김현성이라고 설명하면 안심할 것이다.

고통에 인상을 찌푸렸던 것도 잠시, 형을 다시 만날 수 있을 거라고 생각하자 괜스레 입가에 미소가 지어졌다. 물론 위기에서 형을 구해내는 게 먼저이겠지만 말이다.

흔적을 밟는 방법을 정확히는 모르지만, 벽에 난 상처나 발자국 같은 것 따위로 괴물들이 갔던 길을 거슬러 올라간다.

조금 널찍한 동공에서 한 번 더 전투가 있었는지 괴물의 시체들이 시야에 비쳤다. 확실하지는 않지만 죽은 지 몇 시간이 지나지 않은 것 같은 느낌, 아직 온기가 남아 있다.

걷기 힘들지만 조금 더 빠르게 발걸음을 옮기다 보니 어느새 숨이 턱 끝에 차오를 때까지 뛰고 있었다.

고맙다고. 감사하다고 말하고 싶다. 덕분에 나올 수 있었다고 단검이랑 철검을 나누어줘서 고마웠다고 그렇게 이야기 하고 싶다.

이름도 듣지 못했다. 함께 움직이는 동료도 보지 못했고. 나쁜 사람이라고 한 것도 사과하고 싶다.

"형…… 형!"

하지만 이윽고 시야에 비친 장면에는 튀어나오려던 목소리를 손으로 막을 수밖에 없었다.

"버텨! 버텨! 버티다 보면 전부 처리할 수 있어. 모두 정신 차려요. 버티면 됩니다. 유리해요. 유리합니다."

"키에에에에에엑!"

"제기랄! 뒈져! 뒈져라! 이 개새끼들!"

"아아아아악!"

"물러서지 마. 등 보이면 끝이야. 진형 붕괴시키지 마! 겁먹지 말라고, 이 개새끼야! 찔러! 찔러! 충분히 할 수 있어! 쉬워! 쉽다고!"

"키에에에에엑!"

"방패 들어! 돼지 새끼! 방패 들어!"

푸욱!

"내 팔! 내 팔! 아아아아아악! 살려줘! 살려…… 아아아아아악!"

"구하러 들어가지 마! 대열 이탈하지 말라고! 시바! 대열 이탈하지 말라고 했잖아, 멍청한 새끼들! 이 답답한 개새끼들아! 이 씨바 무능한 놈들! 대열 이탈하지 마!!! 흩어지려고 하면 전부 뒈진다!"

좁은 장내를 가득 메운 몬스터들에게 완전히 둘러싸인 파티, 먼 거리는 아니었지만 다른 이들의 모습은 보이지도 않는다.

그만큼 많은 숫자의 몬스터에게 둘러싸여 있는 모습에 입술을 꽉 깨물 수밖에 없었다.

최대한 저항하고 있는 것 같았지만, 숫자가 부족하다. 몬스터들이 나가떨어지고 있는 모습이 보였지만, 아귀라고 불리는 괴물들의 숫자는 도통 줄어들 생각을 하지 않았다.

"이 개…… 답답한 개새끼들아! 내 말 들어! 이 개새끼들! 어우, 답답한 새끼들!"

검을 들어야 한다고. 지금 당장 이곳에서 뛰쳐나가 뒤를 쳐야 한다고 생각했지만, 다리가 움직이지 않는다. 마치 굳어버린 것처럼 움직여지지가 않는다.

"어…… 아……."

하는 소리만 입에서 튀어나올 뿐, 조금만 더 버티라고 지금 도와주러 가겠다는 목소리가 튀어나오지 않았다.

알고 있었던 탓이다.

"어…… 어……."

'죽을 거야.'

지금 모습을 드러내면 죽는다.

'분명히 죽을 거야.'

소리를 내지르거나, 내가 이 장소에 있다는 걸 저 괴물들이 눈치챘다면 틀림없이 죽는다. 겨우 두 마리를 상대할 때도 죽을 뻔하지 않았던가.

그나마 저 안은 대열을 유지하고 있어서 버틸 수 있었지만, 자신은 지금 혼자다. 공격을 막을 수 있는 방패도 가지고 있지 않았고 몸도 정상이 아니다. 다리 한쪽은 상처 때문에 절뚝이고 있었고, 왼팔도 말을 듣지 않는다. 체력도 없다.

이런 상태로 싸우는 건 자살행위에 가깝다. 뒤쪽에서 차례를 기다리고 있는 녀석 중 일부만 내게 달려들어도 분명히 살 수 없을 것이다. 순식간에 온몸이 뜯겨 나가 도움도 줄 수 없으리라.

숨소리가 거칠어지고 팔이 덜덜 떨려온다. 지금 당장 뛰쳐나가고 싶다. 도와주고 구해줘야 한다. 사람이라면 그렇게 해야 하는 것이 맞다.

'구해줘야 돼.'

도움을 받았다. 형 때문에 살 수 있었으니까. 도와줘야 한다. 형 때문에 그 굴을 빠져나올 수 있었으니까. 나도 구해줘야 한다.

하지만.

'형, 형이 아닐 수도 있잖아.'

목소리가 조금 다른 것 같다. 아니, 제대로 된 목소리가 뭔지 기억이 나지 않는다. 애초에 목이 많이 쉬어 있는 상태였으니 구별할 수 없는 게 당연했다.

그나마 말투는 비슷한 것 같았지만, 지금 저곳에서 싸우고 있는 파티는 형과 동료들이 아닐 수도 있다.

괴물들의 울부짖는 소리 때문에 목소리도 잘 들려오지 않는다.

점점 더 그쪽으로 마음이 기울기 시작한다. 합리화하지 말라고, 자기변명일 뿐이라고, 만약 형이 아니더라도 도와주는 게 맞다는 생각이 들었지만, 계속해서 발길이 떨어지지 않았다.

몬스터에게 둘러싸여 있는 이들 사이로 한 남자와 눈이 마주친 것은 바로 그때, 얼굴이 제대로 보이지는 않았지만, 분명히 눈을 마주친 것 같다.

안심하고 있는 눈이다. 이제 됐다고 생각하고 있는 눈이다.

'도와줘야 돼.'

"도…… 도와……."

'같이 싸울 수 있어.'

"내, 내가……."

'그게 맞아. 여기까지 올 수 있었던 게 누구 때문이야.'

"나도…… 싸울 수……."

'같이 싸우라고, 이 멍청한 새끼야!'

"같이…… 가."

생각과는 다르게 몸은 그 기대를 배신했다. 상처 때문에 움직일 수 없을 것 같았던 두 다리는 평소보다 더 빠른 속도로 아수라장이 된 장내를 빠져나갔다. 지쳐서 달릴 수 없을 것 같았지만, 계속해서 그 지옥에서 멀어진다.

"허억, 허억, 끄윽…… 병신 새끼……."

호흡은 점점 거칠어지고 다리를 감은 천에서는 핏물이 배어 난다. 그럼에도 불구하고 발걸음을 멈추지는 않는다.

"김현성, 병신 새끼! 겁쟁이, 겁쟁이 새끼야…… 꺼윽, 이 죽어도 시원치 않을 새끼. 죽어야 되는 새끼."

흘러내리는 눈물 때문에 시야가 제대로 보이지 않았다. 자괴감 때문인지, 아니면 살았다는 안도감 때문인지 눈물은 계속해서 튀어나온다.

병신 새끼가 맞다. 겁쟁이 새끼다. 살아남을 가치도 없다. 어차피 지금 살아남는다고 해도 이 앞으로는 더 나아가지 못할 거다.

자신을 도와준 유일한 사람을 외면했다. 굴속에 숨어 있었을 때처럼, 그때처럼 또 한 번 타인과 자신의 기대를 배신했다.

하지만 또 다른 자신은 이제 괜찮다고, 비로소 안전한 곳으로 왔다고 말하고 있다. 조금 더 멀리 벗어나라고 그래야 살아남을 수 있다고, 너는 다시 한번 더 살아남아서 이 게임을 이어나갈 수 있다고 이야기하고 있었다.

달리던 발걸음을 멈췄다.

이미 충분히 멀어졌다. 하지만 계속해서 한 발자국 한 발자국 앞으로 내디딘다. 이유는 알 수 없다. 다만 가만히 있는 걸 견딜 수 없어서일 거로 생각했다.

벽면에 그어진 희미한 화살표가 시야에 비친 것은 그때, 바로 그때였다.

"아……."

미처 발견할 수 없었던 화살표.

"아……."

굴에서 빠져나왔을 당시에 봤었던 화살표였다.

'잊지 않은 거야.'

자신을 잊지 않았던 것이다.

'기다리고 있었던 거야.'

빠져나올 것은 물론, 자신을 따라오고 있을 거로 생각한 게 분명했다.

다시 한번 눈물이 차오른다. 입술을 꽉 깨물고 검을 쥔 손을 다시금 움켜쥔다. 다른 건 생각나지 않았다. 하지만 몸은 어느새 그 지옥을 향해 나아가고 있었다.

"허억…… 허억……."

'제발 살아 있어야 돼.'

"허억…… 하아…… 하아……."

'아직 버티고 있을 거야. 분명히 살아 있을 거야.'

"형…… 형!"

'분명히 안 죽었을 거야, 분명히. 제발…… 제발 살아 있어.'

"제발 살아 있어. 제발…… 제발 부탁이에요. 제발 살아 있어요."

'제발 살아 있을 거야. 제발, 전직도 했다고. 이제는 싸울 수 있다고 같이 싸울 거라고 이야기하는 거야.'

그래, 그렇게 하는 거야.

"이…… 이 개새끼들! 이 개새끼들아!!!!"

무작정 검을 휘두른다.

'생각해.'

찌르지 말자. 힘을 주고 한 번에 목을 베어내자.

'생각해야 돼.'

"으아아아아아악!"

"키에에에에엑!"

검을 멈추면 안 돼. 한 번에 베어내야 돼. 검이 막히거나 걸릴 수도 있으니까. 다른 건 신경 쓰지 말자. 피하고 베어내면 돼. 쉬운 일이야. 전부 다 볼 수 있어.

"이 개새끼들! 개새끼들아!! 형! 형!!! 저 왔어요! 조금만…… 조금만 버텨요!!"

"키에에에에엑!"

사방에서 덮쳐 들어오는 괴물, 몇 번 움직이는 거로 피할 수 있어.

'그렇게 할 수 있어.'

내가 더 민첩하고 강해.

'머릿속에 있잖아. 어떻게 휘둘러야 하는지, 어떻게 피해야 하는지, 어떻게 막아야 하는지, 검을 휘두르는 지식을 얻었잖아.'

전부 다 머릿속에 들어 있다.

쉬운 일이다. 생각해 보면 쉬운 일이다. 이미 지식은 주입되어 있다. 그걸 행동으로 옮길 뿐이다.

게임이라고 생각하면 된다. 스킬을 누르는 거로 생각하면 된다. 손가락을 움직이는 대신 몸을 움직일 뿐이다.

왼쪽으로 달려들어 오는 괴물의 목을 검으로 베어냈다. 땅바닥을 기어서 달려들어 와 다리를 노리는 녀석은 한 발자국 몸을 뒤로 빼는 것으로 피할 수 있다.

뒤를 잡히지 않게 계속해서 움직였다. 조금씩 조금씩 외곽에 있는 괴물부터 죽이면서 몸을 움직였다.

어렵지 않았다. 리치는 내가 훨씬 더 길었으니까. 일정 거리를 유지하고 그 일정 거리 안에 들어온 녀석은 단검으로 찔렀다.

얼굴에 핏물이 튄다. 하지만 닦을 시간은 없다. 호흡이 거칠어지지만 계속해서 몸을 움직여야 한다. 힘들다. 심장이 터질 것 같다. 하지만 억지로 괴성을 내지르며 고통을 참아냈다.

"으아아악! 개새끼들! 덤벼! 덤벼! 개새끼들! 개새끼들!!! 형!! 형!!! 저 왔어요! 김현성이요! 김현성! 김현성 왔어요! 김현성! 22살 김현성 왔어요!! 제가 도와줄 수 있어요! 제가 도와줄게요!"

생각처럼 되지 않을 때도 있었다. 검을 쥔 손아귀의 힘이 부족해 목을 벤 검이 중간에 멈춰 공격을 허용하기도 했다. 하지만, 움직이지 않는 다리로 녀석을 밀어내고 다시 한번 검으로 커다란 원을 그려 빠져나왔다.

'가만히 서 있으면 안 돼.'

"내가 더 빨라."

'내가 더 빠르다.'

"내가 더 빨라!!"

'조금 더 빠르게 움직일 수 있을 것 같아.'

"조금 더 빠르게! 내가 더 빨라!"

'그럼 생각을 하지 못하게 되는데.'

"상관없어."

생각하지 않으면 된다. 빠르게 빠르게 검을 휘두르자. 보지 않아도 된다.

[민첩이 1 올라갑니다.]

베어야 할 곳, 베어내지 말아야 할 곳을 구분할 필요가 없다. 팔이든 발이든 검에 걸리는 건 무조건 베어내면 된다. 어차피 내가 더 빠르니까.

[민첩이 1 올라갑니다.]

굳이 순서를 정하지 말자. 피하고, 검을 아래로 움직이고, 이런 건 생각하지 말자. 어떻게 휘두를지 생각하지 말자. 이미 머릿속에 다 있잖아. 생각하면 더 늦어지니까.

누군가가 어디로 검을 휘두르라고 말해줬으면 좋겠는데. 하지만 상관없다. 어차피 공격은 닿지 않을 거니까.

"이 개새끼들!! 이 개새끼들!!!"

[새로운 직업을 획득합니다.]

"형! 형! 혀엉!!!"

[일반 등급의 검사로 전직을 완료합니다.]

"내가 더 빨라! 내가 더 빨라!"
새로운 지식이 머릿속에 가득 채워진다. 그만큼 검은 더 예리해지고 움직임은 더 정교해진다.
팔도 무겁고 발도 무겁다. 제대로 움직일 수 없었다고 하는 게 맞으리라. 하지만 몸을 다시 한번 움직인다.
몬스터들의 숫자가 조금씩 조금씩 줄어들고 있는 걸 보는 것만으로도 힘이 재충전되는 것 같다. 아마 안에서 싸우고 있는 다른 사람들도 같은 기분이겠지. 계속해서 줄어드는 몬스터들을 보며 희망을 느끼고 있을 게 분명하다.
남은 것은 중앙에 몰려 있는 열 몇 마리가 전부. 중앙에서 시선을 분산시켜 준 덕분에 더 수월하게 움직일 수 있었다.
폐가 입으로 튀어나올 것 같았지만 검을 휘두른다. 이윽고 남아 있던 몇 마리의 머리까지 완전히 베어낸 이후, 황급하게 중앙으로 다가간다.
"형! 형!!! 저예요. 구하러 왔어요."

괴물들의 시체에 완전히 둘러싸여 있었기 때문에 괴물들을 하나하나 떼어내는 것도 일.

"형!"

하지만 목소리는 들려오지 않는다.

"형…… 형!"

몬스터 시체에 파묻혀 있었던, 모습을 제대로 알아볼 수 없을 정도로 엉망이 되어버린 몇 구의 시체가 눈에 보인다.

"아…… 아아아악…… 아아아……."

어째서 자신들을 버리고 도망갔냐는 듯이, 왜 이렇게 늦게 왔냐는 듯이 처참한 모습으로 덩그러니 내던져져 있었다.

"꺼윽……."

어째서 도망쳤을까.

"죄송해요…… 흐윽…… 죄송해요…… 미안해요……."

왜 조금 더 용기를 내지 못한 걸까.

"꺼으으윽…… 꺼윽……."

어째서 피하려고 했을까.

계속해서 눈물이 볼을 타고 흘러내린다. 누가 누구인지조차 알아차릴 수 없다. 누구를 위해 애도를 해야 하는지도 알 수가 없다. 모두가 고깃덩어리가 되어버린 모습.

어쩌면 이게 다른 사람들일 수도 있다는 생각을 해봤지만……

"아아아……."

자신이 던져준 가방을 메고 있는 남자의 시체를 확인한 이후, 그 시체를 품에 안으며 그렇게 울부짖을 수밖에 없었다.

"흐으으윽…… 꺼윽……."

[살아서 보자.]

"흐어어엉…… 죄송해요…… 미안해요. 미안해요……."

[같이할 마음 있으면 찾아오고.]

"아아아아아아아악! 아아아아아아아아악!!!! 흐어어어어
어엉……."

목소리는 들려오지 않았다.

"아아아아아아아아악!"

162장
복수의 동기

"그래서…… 그 이후에는 어떻게 된 겁니까?"

"글쎄요. 사실 잘 기억이 나지는 않습니다. 워낙 오래전에 있었던 이야기라…… 말을 하는 도중에 기억이 나기도 하더군요. 그 이후라면…… 아마 한참이나 그 근처를 서성거리다가 어느 순간 눈을 떠보니 파란 길드원들에게 발견되었던 것 같습니다. 당시에 공략조…… 그러니까."

"그때 당시에도 공략조가 있었던 겁니까?"

"네, 기억하실지 모르겠지만 정진호라고……."

"아, 그 미치광이 살인범 말씀이시군요."

"네, 이기철 그리고 정진호를 포함한 몇몇 이들이 공략조를 만들어 튜토리얼 던전의 공략을 완료했던 것 같았습니다. 물론 정상적인 방법은 아니었지만요. 이후에 밝혀진 이야기로는 숨어 있던 인간을 몇몇 데리고 가 희생양으로 내몰았다고 하더군요. 이제는 일어나지 않을 이야기이기는 합니다만…… 사실 정진호 그 사람은 이후에 어떤 길드에도 들어가지 않고 독자적인 행보를 걸었습니다. 대륙에 큰 악영향을 끼친 살인여단의 단장으로서 악명을 떨쳤지만, 조금은 비참한 최후를 맞이했던 거로 기억합니다."

"그래서……."

"튜토리얼 던전의 지하로 내려갔을 당시에도 그자를 처리해야 한다고 생각했었습니다. 그래서 함께 내려가는 걸 긍정적으로 생각했던 거고요. 결과적으로는 기영 씨가 유석우……그 사람에게 상처를 입기는 했지만, 만약에 정진호를 던전 안에서 처리하지 못했더라면 더 큰 피해가 일어났을 겁니다. 태생이 사이코패스에 가까운 사람이었으니까요."

"그런 사람이 어떻게 죽게 됐는지 조금은 궁금하군요. 그러니까 현성 씨가 말하는 1회차에서는 결국 어떻게 된 겁니까?"

"배신당했습니다."

"네?"

"같은 동료들에게 배신당해 함정으로 내몰리고 비참하게 숨을 거뒀습니다. 결과적으로 그자를 죽인 것은 린델 측의 길드였습니다만 아마 그 상황을 만든 건 가면을 쓴 남녀였을 겁니다. 그러니까…… 악마 소환사 진청…… 그자 역시 살인여단에 멤버였으니까요. 정확히 어떤 이유가 있었는지는 알 수 없었지만 아마 여단 내부에 권력 다툼 때문일 겁니다. 한 시대를 풍미했던 범죄자 역시 악마 소환사 진청, 그자의 꼭두각시에 불과했다는 거겠죠."

"너무 한꺼번에 많은 이야기를 들은 것 같아 제대로 이해하기가 힘듭니다. 진청, 그자는……."

"네, 그자 역시 인류 최악의…… 아니, 이건 조금 더 이후에 설명을 해드리는 게 좋을 것 같습니다. 진청, 그자가 표면적으로 모습을 드러낸 것은 정진호가 비참하게 죽은 이후였으니……. 아무튼 살인마 정진호는 수백 개의 화살을 맞고 숨을 거뒀습니다. 괴성을 내지르고, 피눈물을 흘리며 울부짖다, 하늘을 바라보고 웃으며, 그렇게 죽었습니다. 한 사람이라도 더 죽이지 못해 아쉽다는 말을 남기면서요. 조금은 공포스러운 광경이었습니다."

'이 새끼는 갑자기 자기 이야기 하다가 진청 이야기로 빠지고 그래. 그건 한참 뒤에나 일어나는 일이라며.'

"말주변이 없어서 너무 난잡하게 이야기를 푼 것 같아서 죄송합니다."

"아니요. 이해하는 데는 문제가 없었으니까요."

하지만 흥미로운 이야기였다. 악마 소환사 진청과 미치광이 사이코패스 정진호가 일종의 유착 관계가 있다는 것은 카스가노 유노를 통해 알고 있었지만, 진청 녀석이 결국 뒤통수를 때렸을지 누가 알았겠는가.

과연 1회차에 인류를 지옥으로 몰아넣은 빌런다운 행동이라고 생각할 수밖에 없었다. 그 누구도 믿지 않고 목적을 위해서라면 동료들까지 사지로 내모는 냉혈한. 이런 쓰레기가 세상에 어디 있을까.

'진작 처리해 놓기를 잘했어.'

대륙에 공포를 불러올 두 명의 빌런을 빠르게 처리했다고 생각하니 확실히 편안해진다. 지금 이 시점에서 녀석들이 살아 있었다면 이런 여유도 부리지 못했겠지.

'얘네 생각은 이쯤 하지, 뭐.'

어차피 계속해서 듣게 될 테니까.

지금 녀석들의 이야기보다 더 재미있었던 것은 아무래도 김현성의 1회차 이야기였다.

'확실히 재능이 있기는 있어.'

자랑하는 건지, 아닌지는 알 수 없었지만, 1차 전직, 2차 전직을 한 상태로 아귀들 수십 마리를 베어버렸다는 건 재능으로밖에 설명이 되지 않는 이야기다.

머릿속 지식이 들어왔다고 한들, 그 누가 그렇게 싸울 수 있겠는가. 아마 그 형이라는 사람의 위기와 죽음이 김현성을 깨우는 계기가 되지 않았을까 싶다.

그곳에서 장렬하게 사망해 줘서 오히려 다행이다. 김현성의 경험치가 되어 사라진 그분의 모습은 많은 이들의 귀감이 될 것이 분명했다.

조금 의문이 남는 것은 김현성이 그 사람을 찾지 않았다는 것, 아니……

'찾아보기는 했지만……'

발견할 수는 없었겠지.

애초에 정보가 너무 없었으니까. 실제로 본 적은 단 한 번도 없다. 알고 있는 거라고 해봐야 목소리 하나. 심지어 그 목소리도 온전치 않았을 확률이 높다.

김현성으로서는 찾고 싶어도 찾을 수가 없었으리라. 어쩌면 너무나 갑작스러운 상황에 미처 생각이 닿지 못했을 수도 있고…… 그것도 아니라면 아예 잊고 있었을지도 모른다.

"그럼 그 사람은…… 형이라는 사람은 지금……"

"튜토리얼을 진행하며 한번 찾아보려고 했지만, 역시 쉽지 않더군요. 너무 정신없이 달려가서 그 굴에 처박혀 있었던 터라 기억도 나지 않았고요."

'찾기는 했었네.'

"아마 살아 있을 거로 생각하고 있습니다. 어딘가에서 말입니다. 확실하지는 않지만 쉽게 죽을 사람이 아닐 것 같다는 생각이 들기도 했고…… 무엇보다 1회차에 비해 몬스터의 숫자를 많이 줄여놨으니까요."

"가끔 혼자 바깥에 돌아다닌 이유가 있었군요."

"네, 매번 그 이유로 던전을 돌아다닌 건 아니었습니다만…… 아무튼 그렇게 던전을 빠져나온 이후에는 파란 길드에 들어갔습니다. 공략조에 들어가지 못해 상대적으로 주목은 덜 받았습니다만……"

'낭중지추라고 했으니까.'

아마 훈련소에서 훈련하다 보면 녀석이 숨은 원석이라는 걸 깨달았을 것이다.

"차희라 님이나 박연주 님에게 오퍼를 받기도 했지만, 여러 가지 이유로 파란 길드를 선택했었습니다. 이것저것 잴 여유가 없었던 게 가장 큰 이유였지만요. 지금 길드 고문으로 계시는 이상희 님께도 많은 도움을 받았습니다. 예상하고 계시겠지만, 당시에 파란 길드가 사정이 좋지 못해서 고생을 조금 했었습니다. 점입가경으로 이설호 그 사람이 악마숭배자 이토 소우타를 끌어들이며 상황이 더 안 좋아졌고요. 그게 첫 번째 전쟁이었습니다."

"네?"

'진짜 개판이었구만.'

"실리아와 린델의 도시 간 전투가 제가 겪은 첫 번째 전쟁이었습니다. 물론 그 전쟁이 끝나기까지는 그리 오래 걸리지 않았지만……. 교국에서 어느 정도 중재를 해올 줄 알았지만, 그렇지 않더군요."

'그럴 만하지.'

당시에 교국은 악마숭배자 이토 소우타 녀석이 꽉 잡고 있었으니까.

정계는 물론 교황청에도 영향력을 끼치고 있었다는 걸 생각해 보면 교국의 개입을 최소화하려고 했을 것이다.

교국, 그러니까 구 제국의 입장에서는 강한 무력을 갖춘 두 도시의 싸움을 관망한다는 건 말이 안 된다. 하지만 모험가들의 입지를 줄인다는 과업을 손 안 대고 풀 수 있다고 생각해 보면 그렇게 나쁜 선택은 아니다.

당시 제국의 대가리였던 황제와 샤를리아, 그 머저리가 그런 상황을 계산하고 관망한 건지는 의문이었지만……. 결과적으로 이 선택이 공화국과의 전쟁을 촉진하는 역할에 조미료를 뿌렸을 것이다. 마치 나비 효과처럼.

안 그래도 호시탐탐 교국을 노리고 있었던 진청 쓰레기와 공화국 지도자의 입장에서는 이런 기회를 놓치고 싶었겠는가.

전체적인 흐름을 고려하면 1회차는 지옥 아닌 지옥, 전쟁과 전투가 끊이지 않는 개판 오 분 전의 상황이었다고 할 수 있으리라.

실리아와의 도시 간 전쟁, 살인여단의 등판, 공화국과의 전쟁. 가면 쓰레기 진청이 표면적으로 모습을 드러내기 시작한 것도 딱 이즈음일 거다. 그다음이 아마 김현성이 회귀를 하게 된 시점의 이야기겠지.

내가 알고 있는 흐름은 딱 이게 끝. 중간중간 던전에 들르거나 여유를 즐길 시간은 있었겠지만, 사건은 끊이지 않았을 거다.

조금 궁금했던 것은 박덕구가 죽은 시점이었지만, 흐름으로 보면 실리아와의 도시 간 전쟁과 살인여단의 등판 사이일지도 모른다.

세세한 이야기 하나도 놓치기 싫은 내 입장에서는 조금 더 김현성의 이야기를 듣고 싶었지만, 작은 단락을 끝내자 아침 해가 밝아오고 있었다.

'밤새웠네.'

정말로 밤새도록 녀석의 이야기를 듣고 있었던 것이다.

"한 가지 확신할 수 있었던 것은 기영 씨가 파란 길드에 함께 들어오면서부터 많은 게 달라졌다는 겁니다."

"아······."

"네, 실리아와의 전쟁도 일어나지 않았고 교황청과 제국의 힘겨루기도 일어나지 않았죠. 악마숭배자 이토 소우타를 빠르게 퇴장시킬 수 있었고 아까 말했던 진청도 처리할 수 있었습니다. 대륙의 모든 국가가 더 빠르게 힘을 모을 수 있기도 했고요. 1회차였다면 지금 한참 대륙 전쟁이 일어나고 있었을 겁니다."

"알고 한 행동은 아니었지만, 결과적으로는 그렇게 됐군요."

"제가 얼마나 감사하고 있는지 모를 겁니다."

"그럼 실리아와의 전쟁이 끝난 이후에는······."

"제가 파란 길드를 이어받았습니다."

'딱 그때부터 시작이었구만.'

거기서부터 김현성 정권이 시작됐다.

"실리아와 린델의 전쟁에 대해서는 이후 조금 더 자세히 설명을 해드리겠지만, 그 이후에 제가 파란 길드의 길드마스터로서 활동했습니다. 많은 길드원이 죽었고 린델과 실리아 양측에서도 많은 사망자가 생겨났습니다. 제국 쪽에서도 부랴부랴 중재하는 모션을 취했지만, 이미 너무 큰 피해가 생겨난 이후였죠. 아마 이토 소우타가 죽지 않았더라면 전쟁이 더 길게 이어졌을지도 모릅니다. 더 많은 사람이 피를 흘려야 했겠죠.”

“이토 소우타는.”

“제가 직접 죽였습니다. 제가 당할 수도 있는 상황이었지만…… 운이 좋았었습니다.”

'이거 좀 자세히 듣고 싶은데.'

악마숭배자의 최후가 정확히 어땠는지 듣고 싶다.

'이 새끼도 참 대단하긴 해.'

전쟁으로 인해 급속한 성장을 이룩할 수 있었겠지만 그게 이토 소우타보다 강해진다는 뜻은 되지 않는다.

당시 이토 소우타의 민첩 수치는 99. 김현성이 아무리 빠르게 성장했다고 해봐야 80을 넘지 않았을 거라는 걸 생각하면 더욱더 그렇다.

특히 재판장에서 녀석의 신위를 직접 눈으로 확인한 적이 있는 만큼 더욱더 놀라웠다. 운이 좋았다는 건 과장이 섞인 표현은 아니다. 물론 그 운이 따를 수 있었던 것에는 김현성의 기본기가 바탕이 되었겠지만 말이다.

이야기를 들으면 들을수록 점점 더 궁금해진다. 그때의 상황과 그때의 전투, 김현성이 어떻게 파란 길드에서 자리를 잡고 파란 길드를 지금과 같은 삼대 길드로 만들었을지도 궁금하다.

전쟁이 끝난 직후 명성을 날리기 시작한 김현성이었으니 많은 이들의 지원과 투자가 있었겠지만, 길드 운영이라는 측면에서 볼 때 김현성은 무능력의 아이콘에 가깝다. 당시 부길드마스터로 있었던 이상희도 무능력하기는 마찬가지고…….

하지만 조금만 더 생각해 보자 고개를 끄덕일 수밖에 없었다. 전쟁이 얼마나 길어졌는지는 알 수 없지만, 만약 시기가 맞는다면…….

'조혜진이 들어왔겠구나.'

캐슬락 내부 고발 사건으로 인해 길드와 클랜을 구하지 못한 조혜진이 파란에 가입했다고 가정하면 대충 아귀가 들어맞는다. 김미영 팀장 같은 유능한 행정 자원이 없었을 테니 시간이 조금 오래 걸렸겠지만, 조혜진과 김현성은 천천히 길드를 삼대 길드와 비슷한 자리로 끌어 올렸을 것이다.

'영웅 던전 공략 한 번만 성공해도, 뭐.'

쉽게 주목받을 수 있었을 테니까.

내 예상대로 김현성은 천천히 말을 잇기 시작했다.

"물론 많은 어려움이 있었지만, 때마침 혜진 씨가 파란 길드로 들어와 준 덕분에 성장할 수 있었습니다."

"그렇군요. 맨 처음 혜진 씨를 데리고 왔을 때 비서실장으로 곧바로 임명한 것도……."

"그때 일은 죄, 죄송합니다."

"아니요. 괜찮습니다."

"기영 씨의 부담을 덜어드리기 위해서이기도 했지만 믿고 맡길 수 있는 사람이었으니까요."

"그럼 예리나 하얀이도 당시 파란 길드원이었던 겁니까?"

"하얀 씨는 파란 길드 소속이 아니었습니다. 당시에는 마도 길드 소속으로…… 이후 전쟁 도중 악마 소환사 진청에게 속아 스스로 목숨을 끊었……."

말을 잇다가 내 반응을 살피는 김현성의 얼굴이 눈에 보였다. 아마 충격받은 듯한 내 표정을 본 것이 확실하리라.

"쓰레기 같은 자식."

안절부절못하는 김현성의 모습이 다시 한번 시야에 비쳤다.

실수했다고 생각하는 얼굴이었다. 튜토리얼 스토리 이후로 이것저것 두서없이 정보를 쏟아내고 있다 보니 저도 모르게 입에서 튀어나왔다고 판단하는 게 맞다.

어쩌면 배려가 부족했다고 생각할 수도 있으리라. 표면적으로 정하얀과 나는 연인 포지션을 유지하고 있다. 그런데 면전에 대고 '아, 당신 여자친구가 1회차에는 웬 쓰레기 같은 녀석에게 속아서 말이야. 자살했었어. 얼마나 처참했었는지 말이야…… 막 학대당한 흔적 같은 것도 보이더라고'라고 함부로 이야기할 수는 없지 않은가.

물론 1회차 때의 일은 지금과는 다르지만, 진청 쓰레기가 정하얀을 농락했다는 사실 하나만으로도 긴 침묵을 유지할 수밖에 없었다.

"그래서였군요. 그래서……."

"네?"

"진청과 처음 만났을 당시에 그가 하얀이에게 관심을 표현하는 걸 본 적이 있습니다. 따로 쪽지까지 전해줬을 정도였으니까요. 당시에는 그저 마법적인 재능에 관심을 가지고 있다고 생각했었습니다만……."

"네, 기영 씨를 만나지 못했더라면 아마 다시 한번 더 그자에게 속아 넘어갔을지도 모릅니다. 그런 식으로 사람을 홀리는 것은 그자의 특기였으니까요."

"어떤 모습이었습니까?"

"자…… 자신의 방에서 약을 마시고 죽어 있는 걸 발견했습니다. 다른 외상은 없었고요. 스스로 목숨을 끊은 것이 아니라 암, 암살당했다는 의견도 있었습니다만……."

'아이고…… 현성아. 그렇게 형을 배려해 주고 싶었어?'

"발견된 편지에서 일이 어떻게 진행됐는지 알 수 있었습니다."

정하얀은 스스로 목을 매달고 죽었다. 녀석이 저렇게 이야기를 각색한 것을 보니 나를 배려해 주고 싶었던 모양이다.

말을 내뱉으면서도 최대한 조심하고 있는 듯한 모습, 학대당한 흔적에 대해서는 입 밖으로 내뱉을지도 않았다.

'이 정도면 오해는 풀렸다고 봐도 되는 거지?'

1회차의 이기영은 튜토리얼 던전에서 죽었다. 혹시나 이기영이 가면 쓰레기가 아닐까 하는 김현성의 의심은 완전히 걷히다 못해, 사라져 버렸다.

아마 내가 악마들에게 납치당했던 시점부터 의심이 풀렸다고 생각했지만, 그래도 내 눈으로 직접 확인하니 쾌재를 내지를 수밖에 없었다.

"진청, 그자는……."

"이해하지 못할 사람이었습니다. 말씀드린 대로 인류 최대의 적이기도 했고요."

"혹시 희라 누나 역시."

"용병여왕님은 전쟁 중에 행방불명됐습니다. 물론 붉은 용병에서 그렇게 발표했을 뿐이지 아마 전쟁 도중에 죽었을 거라고 생각합니다. 네. 진청 그자의 손에…… 말입니다. 혜진 씨도…… 다른 많은 동료도 전부…… 죽었습니다. 전부 그자 때문에……."

"후우…… 기분이 이상하군요. 분명히 지금은 일어나지 않은 일이지만……."

"죄송합니다. 제가…… 괜히 분위기를 무겁게 만들었군요."

"아니요. 오히려 말씀해 주셔서 감사합니다. 애초에 무거운 이야기이기도 했고요. 그리고…… 이 정도는 견뎌낼 수 있습니다. 물론 찝찝함이 없다면 거짓말이겠지만…… 지금 회차에서는 일어나지 않은 이야기니까요. 하얀이도 희라 누나도 지금은 모두…… 네, 돌아가면 한번 꼭 안아주고 싶군요. 한데, 그 악마 소환사는 도대체……."

"목적은 아마도 인류에 대한 복수였을 거라고 생각합니다."

"복수?"

"확실하지는 않습니다. 한 가지 확실히 말씀드릴 수 있는 건 그는 인류의 적이었고 1회차에 위험을 가져온 인물이었다는 겁니다. 도시 하나를 전염병으로 물들이기도 했고, 전쟁에서 아군을 감염시킨 채로 전투에 참여하기도 했습니다."

"아……."

"살인마 정진호를 버린 것처럼 그자는 아군 적군을 가리지 않고 이용하고 버리고 또 이용하고 버리며 대륙 전체를 기만했습니다. 동기를 찾아보려고 했지만 찾을 수 없더군요."

'찾아보려고 했었어? 그걸 또? 그래서…… 그랬던 거야?'

괜스레 똥줄이 타 허겁지겁 입을 열 수밖에 없었다.

"어쩌면 동기 따위는 없었을지도 모릅니다. 저희 같은 평범한 사람들은 아마 그런 이들의 생각을 이해할 수 없겠죠. 현성 씨 같은 사람이라면 특히요. 이해할 수 있을 리가 없습니다."

"……."

"선천적으로 어딘가 망가진 인간일 겁니다. 사이코패스 살인마 정진호 같은 부류로요. 아니, 그보다 더 지독하고 악독한 인간이었겠죠. 그자는 그저 조금 더 악독하고 타인의 고통과 공포를 즐기고 있었을지도 모릅니다. 마치 마약에 중독된 것처럼……."

"그럴 수도…… 있겠군요. 하지만 무언가 이유가 있을 거라고 생각해서……."

"그런 자들은 이해할 수 있는 부류의 인간이 아닙니다. 아마 모든 게 연기였을 겁니다. 타인의 가면을 쓰고 자신이 원하는 캐릭터를 연기한 겁니다. 인류에 대한 증오와 복수, 그런 캐릭터를 연기했을 뿐입니다. 저 역시 찾아본 적이 있습니다."

"어떤……."

"진청의 공화국이 전쟁을 일으킨 이유에 대해, 어째서 라이오스에 악마를 소환했는지 말입니다. 하지만 아무것도 찾을 수 없더군요. 저도 처음에는 그럴 리가 없다고 생각했습니다. 한 인간이 단지 자신의 즐거움을 위해, 단지 자신의 쾌락과 유희를 위해 평화롭게 생활을 이어나가고 있었던 이들을 전쟁터로 내몰 거라고는 생각하지 못했으니까요."

'쓰레기 같은 놈이지, 정말.'

"하지만 아니더군요. 동기 따위는…… 이유 따위는 발견할 수 없었습니다."

"……."

"그자는 그런 인간입니다. 네, 그냥 그런 인간이었을 뿐이에요."

"겨우…… 겨우 그런 것 때문에……."

입술을 꽉 깨물고 있는 김현성의 얼굴이 눈에 보인다.

입술과 팔을 부들부들 떠는 모습, 저런 반응을 보이는 게 당연했다. 지금까지 자신이 당했던, 자신이 겪어왔던 그 모든 게 한 쓰레기의 악의와도 같은 취미 때문에 벌어진 일이란다. 얼마나 황당할지, 또 얼마만큼의 분노를 느끼고 있을지 예상하기 힘들었다.

많은 일이 있었을 것이다. 또 많은 전투가 있었고, 여러 가지로 이해할 수 없는 일이 일어났을지도 모른다. 녀석과 녀석의 동료들, 또 많은 인류가 겪어야 했던 그 모든 고통이 고작…….

"그런 것 때문에…… 그런 쓸데없는 것 때문에……."

희생당해야 했고 고통스럽게 죽어가야 했다.

동기에 대해 의문을 느끼고 있었던 김현성은 허탈함과 분노를 동시에 느끼고 있었다.

김현성의 감정에는 공감할 수밖에 없었다. 나 역시 김현성의 입장이었다면 저런 얼굴을 하고도 남았으리라.

한 가지 의문점은 김현성에게 정말로 걸리는 게 없냐는 것. 김현성과 파란 길드가 내가 본 박덕구의 죽음에 정말로 관여하지 않았느냐는 점이었다.

당시 박덕구는 가면 쓰레기를 지키기 위해 죽었다. 그게 가면 쓰레기가 대륙에 복수의 칼날을 갈게 된 시발점이었고…… 파란 길드와 김현성 역시 가면 쓰레기의 목표에 있었을 것이리라.

'오해가 있었던 건가.'

확실한 것은 이야기를 전부 다 듣기 전까지는 알 수 없다.

'차차 들을 수 있겠지, 뭐.'

지금은 배도 고프고…… 무엇보다 졸린다. 포션으로 버티려고 해봤지만, 어느새 솔솔 잠이 쏟아질 것 같은 느낌.

일단 분노에 점점 빠지고 있는 김현성부터 깨우도록 하자. 가장 궁금했던 것 하나만 더 듣고 말이다.

내가 먼저 최종 빌런에 대한 걸 물어볼 수가 없으니 슬금슬금 빌드업을 하는 것도 나쁘지는 않으리라. 큰 가닥만 잡자. 그 안에 수록된 다른 이야기들은 다시 들을 기회가 있겠지, 뭐.

아직도 불편한 표정을 짓고 있는 김현성의 어깨를 두드리며 입을 열자 예상대로 녀석은 조용히 이야기를 꺼내기 시작했다.

"이곳에서는 일어나지 않은 일입니다. 진정하셔도 됩니다."

"네, 그렇죠, 네."

"그자는 이미 죽었고 자신의 죗값을 치렀습니다. 물론 저는 현성 씨처럼 1회차를 겪지 못해 자세한 사정은 알 수 없지만, 현성 씨가 걱정하는 일은 더 이상 일어나지 않을 겁니다. 전부 끝난 겁니다."

'이 정도면 되겠지.'

기분 좋게 고개를 끄덕이던 녀석은 어느새 조금은 진지한 얼굴로 이쪽에 말을 건넨다.

"아니요. 사실…… 사실 모든 게 끝난 것은 아닙니다. 살인마 정진호도, 이설호와 이토 소우타도, 진청도, 지금은 모두 없지만, 모든 위협이 사라진 것은 아닙니다. 기영 씨에게 제가 회귀했다고 고백한 것은 제 마음속에 있는 짐을 던져 버리기 위함이기도 했지만, 앞으로 다가올 위협에 함께 대비하기 위함입니다."

'그래, 그걸 기다렸다, 현성아. 그걸 기다렸어. 전부 끝내고 행복해져야지, 우리.'

"그러고 보니 베니고어 님께서."

"네, 위협은 실존합니다."

"……."

"바깥 신의 파편."

"바깥 신의 파편?"

"조금 갑작스러울 수도 있으실 겁니다. 하지만 지금 제가 드리는 말씀은 거짓 하나 없는 진실입니다. 파도의 웜홀에서 선희영 씨가 목격한 아우터 갓의 일부로 어째서 대륙에 오게 된 건지는 정확히 알 수 없습니다. 그 목적도 자세히 알 수는 없었고요."

"……."

"그자는 인간을 증오했지만, 대륙을 자신의 관리하에 두려고 했었습니다. 개체 수를 유지하려고 했다는 게 올바른 표현일 겁니다. 이건 1회차의 제가 진청, 그자에게 직접 들은 이야기였습니다만……."

'어?'

김현성의 말을 듣던 중에 생각난 의문 한 가지.

인류는…….

'전멸하지 않았나?'

무의식 세계에서 김현성은 회귀 직전 혼자 남아 만신창이가 된 대륙을 바라보고 있었다. 당연하지만 생존자는 존재하지 않았고, 녀석 역시 그 사실을 받아들였던 것으로 기억한다.

인류의 개체 수를 유지하고 싶다는 바깥 신의 뜻과는 대조적인 이야기에 약간의 의문을 가질 수밖에 없었다.

'뭐지?'

당장 떠오른 가능성은 두 가지 정도, 첫 번째는 바깥 신의 진짜 목적이 대륙의 멸망이었던 경우다.

'얘도 완벽하지 않은 거야.'

신도 완벽하지는 않다. 베니고어는 그 사실을 항상 내게 강조했다.

바깥의 신 역시 완전하지 않을지도 모른다. 그래서 신도들을 모아야 했고 더 큰 신성을 가져야 했다. 파편이라고 했으니 본인이 가지고 있는 힘으로는 대륙의 생명체들을 삼킬 수 없을 거라는 판단이 섰을 것이고, 자기편을 만들어 인류를 이간질해 싸우게 했을 것이다.

신성이 모이고 인류의 개체 수가 안정되었다는 사실을 받아들인 이후에는 곧바로 먹튀. 꿀꺽 대륙을 삼킨 이후, 자신을 믿었던 지지자들을 배신하고 다른 대륙으로 가 똑같은 행동을 반복했을 것이다.

두 번째는 바깥 신의 진짜 목적이 관리에 있었던 경우다.

'이것도 그럴듯하지.'

만약 내가 바깥 세계의 신이라면 대륙을 관리하는 것에 어떤 동경을 품지 않았을까 싶다. 인간들에게 많은 관심을 가졌다면 더욱더. 아무것도 가지고 있지 않은 녀석일 테니 대륙 하나 붙잡고 신 놀이라도 하고 싶었을지 모른다.

여기서 문제는 어째서 대륙이 그 지경이 됐느냐에 대한 것.

가능성은 작지만…… 어쩌면…….

'가면 쓰레기가 바깥 신 통수까지 날려 버린 건 아니겠지?'

애초에 인류를 증오하고 복수하려고 했던 가면 쓰레기가 외부 신의 말에 고분고분 따르며 충성심을 보일 거라는 건 상상하기가 힘들다.

실제로 가면 쓰레기는 여단에 가입했을 당시, 썩어빠진 모든 인간에 대한 복수라는 주제를 타이틀로 내걸고 입단했었고……. 행보나 분위기를 보면 복수심을 완전히 버린 것 같지도 않았다.

바깥의 신은 관리와 유지를 생각하고 있었지만, 가면 쓰레기가 생각했던 것은 인류의 파멸. 어쩌면 뒤를 핥아주는 척하다가 소중한 바깥 신의 대륙에 똥을 투척하는 방법으로 뒤통수를 때렸을지도 모른다. 일이 그런 식으로 흘러가도록 유도했을 가능성도 존재하고.

만약 두 번째 가설이 들어맞는다면…….

'이 새끼, 진짜 난 놈이네.'

이쯤 되면 뒤통수 후려치기의 장인이라고 불러도 부족하지 않다.

163장
준비

"물론 바깥 신의 파편이 인간의 개체 수를 유지하려고 한다는 것 역시 정확하지 않습니다. 이런 말을 드리는 게 민망하지만, 당시 제가 접할 수 있는 정보가 많이 제한되어 있었던 터라…… 무엇보다 마지막 순간에 남은 것이 저 혼자라는 걸 생각해 보면 진청, 그자가 거짓말을 했을 확률도 고려해야 할 겁니다. 아니면 바깥 신이 단순히 대륙을 관리하는 것에 염증을 느꼈을 수도 있고요."

"마지막 순간이라면……."

"아무것도 없는 대륙 위에 홀로 남겨진 적이 있었습니다."

"네?"

"……역시…… 기억 못 하시는군요."

"그게 무슨 말씀이신지……."

"아무것도 아닙니다."

살짝 아쉽다는 얼굴로 나를 바라보는 김현성의 얼굴이 시야에 비쳤다.

무의식 세계에서의 일을 기억해 줬으면…… 하는 표정이었지만 일단은 숨기는 것으로 결정을 내렸다. 어차피 내가 기억하느냐, 못 하느냐 여부는 크게 중요하지 않았으니까.

기왕이면 혼자만의 추억으로 남겨놓는 편이 더 좋다. 기억한다고 하면 이것저것 설명해야 할 부분이 늘어날 수밖에 없으니까.

머릿속으로 계속해서 상황을 정리하는 중에도 중간중간 의문점들이나 새로 알게 된 흥미로운 부분들이 밟힌다.

대표적으로 대륙에 김현성이 홀로 남은 일이나 바깥 신의 파편과 가면 쓰레기의 관계 같은 것들 말이다. 김현성조차 완전히 파악하지 못한 일도 꽤 있었기 때문에 더욱더 의문이 남았다.

"일단은 일어나는 게 좋을 것 같습니다. 밤새 이야기를 들어주시느라 많이 힘드셨을 텐데, 너무 피곤하시면 오늘은 주무시고 가셔도……."

"아뇨, 다른 길드원들이 기다리고 있을 테니까요. 천천히 이동하면서 바깥 신의 파편이라는 것에 대해 조금 더 이야기해 주셨으면 좋겠습니다. 시내로 나가 식사라도 하면서요."

"아! 네, 그렇게 하는 게 좋겠군요."

'정보.'

"사소한 것이라도 괜찮습니다. 꼭 이야기해 주셨으면 좋겠어요."

"물론입니다. 오히려 제가 부탁드리고 싶습니다."

확실히 김현성은 속이 확 뚫린 것 같은 얼굴을 하고 있었다.

녀석도 개인이 감당할 수 없는 일이라고 판단해 내게 상담을 요청해 온 것이겠지만, 무의식 세계에서처럼 짐을 내려놓은 듯한 표정이었다.

미래에 어떤 일이 일어날지는 알지만, 이걸 어디에서부터 어떻게 바로잡아야 할지는 전혀 감을 잡지 못하고 있었을 테니 저런 반응을 보이는 게 당연하다.

아마 우리 사랑스러운 회귀자 같은 경우에는 '무력을 키워야 한다. 모두를 지킬 수 있도록 더 강해져야 한다'라고 생각하는 것 정도가 한계였을 것이다. 어떤 식으로 위협에 관해 설명해야 하는지, 정확히 어떻게 대비해야 하는지, 그림이야 머릿속으로 그리고 있었겠지만, 그건 녀석의 전문 분야가 아니지 않은가.

정말로 속이 후련하다는 표정에 내가 다 기분이 좋아질 정도였다.

"일단 생김새를 설명하자면 이질적이라는 말이 어울릴 것 같습니다."

"이질적이요?"

"네, 뭐라고 말로 표현할 수 없을 정도로 이질적입니다. 엘프들이나 다른 이종족들처럼 종족이 다르다는 느낌보다는 설명하지 못할 경외감을 느끼게 합니다. 마치 현세로 내려온 신들처럼 말입니다. 물론 그와도 다른 느낌입니다. 베니고어 님이나 다른 신들이 그나마 인간에 가깝다고 한다면, 그는 조금 더 고차원적인 느낌의 생물이라고 부르는 게 알맞을 것 같습니다."

"그렇다면…… 진청, 그자 말고도 그를 추종하는……."

"있었습니다. 인류를 저버리고 그자를 추종하고 신봉하는 이들 말입니다. 그들 자신을 신의 사도라고 부르며 바깥 신의 뜻에 따라 대륙에 영향력을 행사했었습니다. 물론 그 정점에 선 것이 바로 진청이었고요. 지금의 기영 씨가 베니고어 교단을 대표하듯이 그자 역시 바깥 신의 교단을 대표하는 상징이었습니다."

'신성을 모아준 거라고 봐야 되나?'

그렇게 생각해도 별 무리가 없을 것 같았다.

'이 새끼는 완전히 카멜레온이네.'

여단 다음에는 교단, 사막 한가운데 떨어뜨려 놓아도 살아남을 새끼라는 건 확실하다.

아무튼, 여기서 알 수 있었던 것은 녀석 역시 신성이 필요하다는 것.

애초에 신들에게 있어서 신성은 힘이자 돈이며 모든 것이다. 녀석의 진짜 목적이 대륙의 관리든 대륙의 파괴든 간에, 신성을 필요로 한다는 건 변하지 않는다.

'으음…….'

예상하건대 추종자들을 통해 신성을 모으는 것이 그렇게

어렵지는 않았으리라. 김현성이 앞서 묘사한 대로 녀석은 신성을 뿌리고 다니는 신이었으니까.

그 베니고어조차 실제로 보면 정체를 알 수 없는 경외심을 느끼게 한다. 김현성이 그렇게 느낄 정도이니 바깥 신의 파편인지 뭐시기인지도 어련할까. 단순히 겉모습만으로도 대부분 인간에게 알 수 없는 감정을 품게 하기에 충분하다는 거다.

이를테면 사이비 종교에 특화된 외관, 신성을 뿌리며 '믿습니까'를 외친다면 아무것도 모르는 이들은 쉽게 걸려들 확률이 높다. 거기에 진청 쓰레기의 특기라고 할 수 있는 선동과 날조가 조미료처럼 뿌려지면 인간 몇 속이는 건 일도 아니다. 그에 상응하는 무력을 갖추고 있다면 더욱더.

'너무 쉬웠겠는데.'

인류의 일부만 추종자로 받아들였다는 사실이 이해가 되지 않을 정도였다.

"혼자 내려온 것이 아니었습니다. 그를 따르는 이들 역시 있었고, 외관은 천사의 모습을 하고 있었던 것으로 기억합니다."

심지어 신의 군대까지 보유하고 계셨단다. 입을 털기에 최적의 상황이라고 해도 부족함이 없다.

김현성은 그 외에도 자신이 알고 있는 것들을 하나하나 풀어내기 시작했다. 자신이 알고 있는 모든 걸 쏟아내고 있는 것처럼 보였는데, 그 정보를 대략 정리해 보자면 이렇게 정리할 수 있으리라.

1. 녀석의 정확한 목적은 아직 밝혀지지 않았다. 표면적으로 내세우고 있는 목적은 인류의 개체 수 감소를 통한 관리이며, 외부 신이 대류을 배정받지 않거나 못했다는 걸 생각해 본다면 그럴듯한 이야기다.

2. 녀석의 생김새는 기본적으로 신성을 가진 신이나 다름이 없다. 베니고어를 비롯한 다른 신들보다 더 이질적이며 인간으로 하여금 경외심을 느끼게 한다.

3. 녀석의 정확한 무력이 어느 정도인지는 김현성조차 확실하게 알지 못한다. 짐작하기로는 현세로 소환된 벨리알 이상이라 예상하며, 준신화 등급 아래로 분류된 공격은 통하지 않을 가능성이 크다. 말하자면 녀석의 공략에 참여할 수 있는 인원 수가 한정적이라는 뜻이다.

4. 녀석을 따르는 추종자들이 있고 인류는 그들을 천사라고 불렀다. 녀석을 보좌하는 존재들이며, 무력은 최소 도노반이나 리무르아 같은 악마들과 비슷한 수준으로 추정된다.

5. 최초로 소환된 장소는 북쪽일 확률이 높다. 최초의 빛이 북쪽에서 일어났고, 그 이후에 그들이 활동을 시작했으니까.

그 외에도 여러 가지가 있었지만, 큼지막하게 분류할 수 있는 것은 이 정도가 전부다.

조금 더 세부적으로 파고들 여지가 남아 있었지만, 이건 굳이 오늘이 아니어도 들을 수 있는 이야기고, 대응할 수 있는 이야기다. 일단 이 그림에 상응하는 그림을 그려줘야 이야기가 된다.

가장 첫 번째로 해야 할 일은 역시 최북단에 전진 기지를 만드는 것.

'정확하지는 않다지만, 없는 것보다는 훨씬 나아.'

최초 소환된 위치를 알 수 있다는 것은 말로 다 표현할 수 없을 정도로 커다란 이점이다.

'회귀가 좋기는 좋네.'

물론 모든 상황이 1회차처럼 돌아가지 않기에 제한적일 수도 있다. 아주 작은 일에도 영향을 받고 행동 방향을 바꾸는 인간 군상의 경우에는 그 나비 효과가 커다란 것이 사실이니까. 그것 때문에 김현성조차 이번 회차를 겪으면서 여러 가지로 혼란스러워하지 않았던가.

하지만 일어나는 것이 확정된 이번 이야기는 다르다. 녀석은 대륙의 적이었고 대륙에 소환될 존재다. 여기에는 그 어떤 나비 효과가 끼어들 여지가 없다.

아주 먼 나라에서 나비 수백만 마리가 날갯짓한다고 한들, 바깥 신의 파편이 대륙의 위협으로 다가오는 것은 이미 확정된 이야기다.

'이건 쉬울 수도 있어.'

미리 알고, 미리 대비할 수 있다. 녀석과 싸울 수 있는 병력을 양성하고 녀석을 맞이할 성벽을 쌓는다. 녀석을 카운터 칠수 있는 여러 가지 무기를 준비하고, 대륙을 계속해서 담금질한다.

최대의 난적인 진청 쓰레기마저 이미 극에서 퇴장한 상황, 1회차보다 유리하면 유리했지 불리하다고는 볼 수 없는 형국이다.

잘 돌아가지도 않는 대가리를 계속해서 굴리자, 김현성이 조금은 걱정스러운 표정으로 나를 바라봤다.

"기영 씨. 많이 피곤해 보이시는데……."

"아, 네, 조금은 피곤합니다만 버틸 만합니다. 계속 깨어 있다 보니 배가 고프기도 하고요. 주문은……."

"식당에 들어오면서 이미 마쳤습니다. 간단하게 빵과 스튜로 했는데 괜찮으실지."

"아, 괜찮네요."

"아침에 종종 드시고는 하셨으니까요. 생각에 너무 빠져 계신 것 같아 따로 물어보지 않았습니다."

"괜찮습니다. 어차피 같은 걸 시켰을 것 같아서……."

"다행이군요. 일단 생각은 잠시 넣어두시고 식사부터 하시는 게 어떻겠습니까? 아무래도 몸도 성치 않으신데 너무 무리하신 것 같아서……. 제가 너무 붙잡아둔 건 아닌지 걱정됩니다."

"너무 걱정하지 않으셔도 됩니다."

조금 피곤하기는 하지만 그래도 일반인보다는 체력 수치가 높다. 하루 정도는 밤을 새워도 문제의 여지는 없지 않을까. 피로 회복 포션을 슬쩍 들이켜기도 했고…….

하지만 그동안 많은 걸 눈으로 봐온 녀석으로서는 혹시라도 내가 쓰러지지 않을까 걱정스러운 모양. 본인이 밤새도록 이야기를 쏟아낸 건 기억나지 않는지 지금에 와서 저런 반응을 보이는 게 우습기는 했지만 틀린 말은 아니다.

어차피 레스토랑에 들어온 이후로 저번처럼 시선이 집중되고 있었기 때문에 계속해서 이야기를 나누기에도 무리가 있다. 김현성이 마력의 장벽을 겹겹이 쌓아놓았다고 한들, 쏟아지는 시선을 감당하는 건 전혀 다른 이야기지 않겠는가.

'여기는 아침부터 왜 이렇게 사람들이 많이 돌아다녀. 우리나라 사람들 진짜 부지런하다, 부지런해.'

무거운 몸을 이끌고 일어나 일터로 몸을 옮기는 와중에도 행복한 미소를 짓고 있는 사람들이 눈에 띈다. 너무 이른 아침이라 법으로 규정된 근무 시간을 어기고 있는 건 아닌지 내가 걱정이 다 될 정도.

분명한 것은 이곳 헤르엔은 아침부터 활기가 넘친다는 것.

파티를 구하는 사람들이 우르르 몰려 있는 모습도 보였고, 식당에 앉아 하루를 시작하기 위한 아침 식사를 준비하는 모험가들도 눈에 많이 띈다.

멍하니 그들을 바라보고만 있다 보니 마침내 간단한 스튜와 빵이 나왔고 기계적으로 녀석들을 떠먹기 시작했다.

김현성이 뭐라 말을 걸어왔지만, 대부분이 영양가 없는 이야기들. 잠깐은 생각을 멈추라고 부탁받았지만, 머릿속은 1회차 생각에 여념이 없다.

'핵심이 뭘까.'

어떻게 해야 꿀 덩어리에 퐁당 빠져 행복을 영위할 수 있을까에 대한 고민이었다.

'일단 가장 중요한 건 그거네.'

이것 역시 확실하지는 않지만, 보험상 투척해 놓으면 좋을 이야기이기는 할 것이다.

'신성.'

이번 회차에 가면 쓰레기 진청은 없다. 하지만 그렇다고 해서 정체를 알 수 없는 경외심에 속아 녀석을 모시는 이들이 없다고는 단언할 수 없다. 베니고어에 대한 믿음이 워낙에 확고한 교국민들이야 녀석에게 낚이지 않겠지만 그렇다고 하더라도……

'이건 준비를 하는 게 맞아.'

아우터 뭐시기가 신성이 충분하든 충분하지 않은 간에 일단은 대비해야 한다. 힘을 깎을지언정 보태줄 수는 없었으니까. 대륙인들에게 이 모든 상황을 설명하지는 못하더라도 이런 녀석이 올 거라는 것은 이야기할 수 있는 것이 아닌가. 충분한 교육과 설명이 없다면 집단 중 몇몇은 녀석에게 속아 소중한 신성을 헌납할지도 모른다.

해야 할 일이 많지만, 가장 쉬운 것부터 차근차근 해결하자.

고개를 끄덕이며 미소를 짓자, 내가 뭣 때문에 웃는 것인지 제대로 알지 못하는 김현성도 얼떨결에 미소를 보내온다.

그렇게 정확히 3일 뒤, 교국일보, 아니, 대륙 전역의 언론들이 한마음 한뜻으로 같은 헤드라인의 기사를 내보내기 시작했다.

[이기영 명예추기경님의 육신에 베니고어 님이 다시금 강림. "신과 천사의 탈을 쓴 고대의 악마가 대륙의 전역을 불태우고, 이 땅 위에 살아가는 모든 생명체를 울부짖게 할 것입니다." 우리는 무엇을 준비해야 하는가. -교국일보 김성경 기자.]

🏳️

-그럼 금일의 발표를 시작하겠습니다. 오늘 이 회견장에 찾아와 주신 여러분께 진심으로 감사의 인사를 드립니다. 일단은 알고 계신 일정대로 간단한 브리핑부터 시작하도록 하겠습니다.

-24일 저녁 12시에 휴가를 마치고 돌아온 파란 길드 이기영 명예추기경님의 몸에 다시금 베니고어 님께서 강림하셨습니다. 아무런 전조도 없었던 강림이었기 때문에 저희 역시 많은 준비를 하지 못했지만 파란 길드에서 베니고어 님의 강림, 아니, 베니고어 님의 예언에 관한 내용을 전문으로 보내주셨기 때문에 이에 대해 공식적으로 발표하고자 합니다.

-신과 천사의 탈을 쓴 고대의 악마가 대륙의 전역을 불태우고, 이 땅 위에 살아가는 모든 생명체를 울부짖게 할 것입니다. 우리가 살아갈 터전을 위협하는 이들이 보이지 않는 어둠 속에서 그 모습을 드러내고 있습니다.

-저 역시 많은 것을 말씀드릴 수 없는 입장입니다만, 이번 위

협은 인류와 대륙에 커다란 재앙이 될 것이며 이에 대응하기 위해 이 땅에 자리 잡은 모든 이들이 마음과 뜻을 하나로 모아야만 합니다.

-지금껏 많은 일이 있었습니다. 많은 위험을 겪고 많은 갈등을 겪어왔습니다. 헤아릴 수 없는 많은 시간 동안 여러분들이 이 대륙에서 살아가는 것을 지켜봐 왔습니다. 많은 생명이 죽었고 또 많은 생명이 태어났습니다. 서로가 서로에게 상처 입히기도 했고 악의에 가득 찬 이들 역시 있었습니다. 하나 저는 믿습니다. 제가 잠깐 몸을 빌린 이기영 명예추기경처럼 본래 인간은 선하게 태어나고, 결국에는 옳은 행동을 하리라는 걸 믿고 있습니다.

-이는 커다란 시련입니다. 이 대륙의 운명을 좌지우지할 거대하고 크나큰 시련입니다. 하나 저는 믿습니다. 여러분들이 지금까지 제게 보여주신 것처럼 결국에는 다시 평화로운 일상을 되찾으실 거라는 것을 믿어 의심치 않습니다. 이겨내십시오. 여러분들은 해낼 수 있습니다. 부디 이 커다란 시련을 이겨내십시오. 이 신성한 땅에 발을 들이려는 어둠에게 여러분들이 가지고 있는 빛이 얼마나 강한지 깨닫게 해주십시오.

-이상입니다. 이에 따라 베니고어 교단을 비롯하여 대륙 전역에 있는 다른 교단들과 연합하여 고대의 어둠에 대항할 조직을 마련하고자 합니다. 많은 교단에서도 현재 신의 목소리를 기다리고 있는 상태에 있으며 엘룬 님께서도 엘레나 님을 통해 자신의 뜻을 전했다는 것을 확인한 상태입니다. 이전에

겪어본 적이 없는 커다란 어둠이 표면적으로 그 모습을 드러내고 있습니다. 이에 전 교단뿐만이 아니라 교국과 공화국, 왕국 연합과 중립국은 이번 사태를 국가 위기 사태라고 판단. 대륙 보호 관리 위원회를 조직, 대륙 전체를 위원회의 아래에 두고 관리, 보호하고자 합니다. 이상입니다.

-뭐?

-정말입니까?!

-다시 한번 말씀해 주십시오. 오스칼 님.

-네. 머지않은 시일 내에 전 대륙은 대륙 보호 관리 위원회가 관리하게 되며 그 인선에 대해서는 정해지는 대로 말씀드릴 수 있도록 하겠습니다.

-현재 모든 국가와 교단들은 군부와 거대 길드에 포함된 모든 후보와 인선에 대해 논의하며 청문하는 입장에 있으며 대륙인들이 만족하실 수 있는 인선을 뽑을 수 있도록 최선을 다하고 있습니다. 그전까지는 정부가 대륙을 하나로 묶어 관리하게 되며 위원회가 구성되는 즉시 언론과 출판, 집회와 결사 역시 정부의 권한 아래 움직이게 됩니다. 상황의 특수성을 고려해 여러 단체에 대해서는 최소한의 권한만을 행사하겠다는 방향으로 결정을 내리겠지만, 이 자리에서 발표를 드려야 할 사항이라 생각해 먼저 말씀을 드렸습니다.

-저희 중앙 정부에서 준비한 내용은 여기까지입니다. 이후 인선이나 구조에 관한 결정이나 자잘한 사항들에 모든 결정이 생기는 즉시 여러분들에게 말씀드릴 수 있도록 하겠습니다.

질문받겠습니다.

-교국일보의 김성경 기자입니다, 오스칼 님.

-네, 김성경 기자님.

-많은 혼란이 우려되는 이야기라는 것을 오스칼 님 역시 알고 있을 거라고 생각합니다. 대륙에 위협이 다가오고 있다는 사실에 대해서는 모든 대륙인이 어느 정도 인지하고 있지만, 국가 기관에서 이를 표면적으로 언급함으로써 끼칠 영향에 대해서 고려해 보셨을 거라고 생각합니다. 간단히 말해 대륙이 멸망할지도 모른다는 발표를 에둘러 표현하신 것처럼 보이십니다만……. 커다란 우려와 혼란을 예상함에도 불구하고 이렇게 공식적인 자리를 만들어 발표한 이유가 있으십니까.

-저희 역시 이것을 발표하는 게 맞는지, 아닌지에 대해 많은 고민이 있었습니다. 김성경 기자님이 말씀하신 대로 시민 대부분이 받아들이기 힘든 이야기일 거라고 생각합니다. 아마 이 자리의 이야기가 여신의 거울을 통해 흘러나가게 되면 대륙 전역에서 커다란 혼란이 야기될 것도 당연히 예상하고 있는 부분입니다.

-그렇다면.

-하나 우리는 강합니다. 많은 일을 겪었고 많은 위험을 헤치고 이 자리에 서 있습니다. 이기영 명예추기경님께서는 이번 일을 정부의 일뿐만이 아닌 이 대륙에 살아가는 모든 이들이 직면해야 할 문제라고 느끼고 계십니다. 이에 저희 역시 그 뜻을 받아들이기로 결정을 내린 것입니다. 대륙은 혼란과 공포

를 이겨낼 수 있습니다. 베니고어 님의 뜻처럼 저 역시 인간의 가능성을 믿습니다. 이상입니다.

-라이오스의 제이콥이라고 합니다.

-네.

-베니고어 님께서는 신과 천사의 탈을 쓴 고대의 악마가 대륙의 전역을 불태우고 모든 이 땅 위에 살아가는 모든 생명체를 울부짖게 할 것이라고 말씀하셨다고……

-네, 맞습니다.

-신과 천사의 탈을 썼다는 표현에 대해 궁금한 것이 있습니다만, 정확히 어떤 일인지에 대해서는 아직 밝혀진 것이 없는지요.

-네, 명확하게 말씀드릴 수 있는 것이 없습니다. 현재 여러 교단 측에서 베니고어 님의 예언을 해석하고 있습니다만, 정확하게 발표할 수 있을 정도로 성과가 있는 것은 아닙니다. 다만 신과 천사의 탈을 썼다는 말은 단순히 겉모습을 이야기하는 것이 아니라, 신성력을 사용한다는 의미일지도 모릅니다. 이에 대한 것 역시 해석이 완료되는 즉시 발표해 드릴 수 있도록 하겠습니다.

-감사합니다.

-공화국칼럼의 세르게이스키입니다.

-네.

-군이 대륙 보호 관리 위원회를 두어 대륙 전체를 그 아래 두신다 선포하신 의도가 궁금합니다만, 말씀해 주실 수 있으

십니까.

　-대륙에 드리워진 어둠이 완전히 걷히지 않았다는 것을 여러분들도 알고 계실 거라 생각합니다. 교국의 악마숭배자 이토 소우타와 공화국의 악마 소환사 역시 대륙 안에 숨어 있던 어둠 중 하나였다는 걸 떠올려 본다면…… 네, 신과 천사의 탈을 쓰고 있는 만큼 대륙 안에 있는 숨어 있는 어둠이 빛의 뒤에 숨어 있을 수도 있다고 생각했습니다. 국가 비상사태이며 대륙 위기 상황이 찾아왔습니다. 국가 지도자들로서도 어쩔 수 없는 선택이라는 걸 이해해 주셨으면 합니다.

　-조금 더 질문을 드리고 싶습니다.

　-물론입니다.

　-베니고어 님의 강림을 여신의 거울로 공개하지 않는 이유가 뭡니까. 사실상 대륙 보호 관리 위원회가 시민들의 자유 권리를 제한한다는 것은 계엄 사령부가 계엄령을 선포한다는 것과 다를 바가 없는 것으로 보입니다. 그 자리에 이기영 명예추기경을 올리기 위한 자작극이 아닌지에 대한 우려가 있습니다만…….

　-뭐?

　-뭐야, 지금 저 새끼가 무슨 말 하는 거야! 당장 끌어내!

　-실제로 베니고어 님께서 강림하신 것이 맞는지 의심이 있습니다. 공화국과의 마지막 전쟁에서도 진청 님에게 언데드 소환 혐의를 덮씌웠다는 의혹이 있는 만큼 이번 계엄령 선포와 여신 강림에 대해서도 투명한 공개가 이루어졌으면 합니다!

-당장 입 막아! 이 악마 소환사의 끄나풀 새끼! 어디에다 대고 계엄령이라는 거야!

-진청 님께서는 악마 소환사가 아닙니다. 이 정보들과 정황들을 보면! 진청 님께서도 피해자……

-저 새끼 누가 출입시켰어! 당장 끌어내지 못해!

-진청 님은 악마 소환사가 아니다! 으읍! 악…… 으읍!

-이 악마의 졸개야! 여기가 어디라고!

-으읍! 아니야! 아니야아!!! 끄윽……

-당장 이단 심문관을 데려오세요!

-아니야아!!! 이기영, 네가 사람이야! 네놈이 사람이냐고! 군사님께서 그랬을 리가 없어! 군사님께서 그러셨을 리가 없다!

-입 막아!

-신의 탈을 쓴 악마는 바로 너다! 이기영! 바로 네놈이다!!!

-제기랄! 끌어내!!

-……이것이 이유입니다. 보셨던 것처럼 아직도 대륙 내에는 저런 자들이 활보하고 있습니다. 여러 가지로 불편할 것이며, 우려의 목소리가 나올 수 있다는 것도 이해합니다. 하지만 이는 권력자들의 사사로운 이득이 아닌, 대륙을 위해서입니다. 추가로 이기영 명예추기경님께서는 저희 위원회의 자리에 앉는 것을 거듭 거절하시고 계시는 상황입니다만……

-교국일보의 김성경 기자입니다! 혹시 이기영 명예추기경님의 건강 때문이 아닌지…….

-아니요.

-일전에도 베니고어 님께서 이기영 명예추기경님의 몸을 빌리셨을 때, 많은 고통을 겪으신 것으로 알고 있습니다. 새로 질문드리고 싶습니다. 현재 이기영 명예추기경님의 몸에는 아무런 이상이 없는 게 확실한 겁니까? 저희 교국민들에게 가장 중요한 문제입니다. 꼭 대답해 주셨으면 합니다.

-그건…….

"건강하긴 건강하지."

"누워서 과자 먹는 거 진짜 꼴불견이네요. 아마 저기 있는 사람들이 지금 오빠 모습 보면 뒤집힐 걸요."

"그럼 어쩌겠어. 베니고어 같은 건 몸에 들어오지도 않았는데."

"기왕이면 다른 사람들이 전부 보고 있을 때 진짜로 보여주는 게 효과적일 텐데……. 이번에는 따로 영상 공개 안 할 거예요?"

"이번에는 공개 못 한다니까. 영상이야 못 찍었다고 하면 되는 거고, 사실 여러 가지 의혹이 생겨나고 있는 상황도 아니잖아?"

솔직히 공개하고 싶기도 했지만, 공개할 수 있을 리가 없었다. 현시점에 갑자기 베니고어 님의 신탁을 받았다고 이빨을 털기엔 김현성의 시선이 신경 쓰일 수밖에 없었으니까.

이야기를 들은 직후 몸이 황금색으로 돌변하며 개연성에 상처를 주는 것보다는, 조금 억지스럽더라도 녀석을 이해시키는 편이 낫다.

우리 회귀자도 이런 종류의 발표를 하는 게 좋을 것 같다고 동의해 왔으니 문제될 게 어디 있겠는가. 투명해야 할 언론을 어쩔 수 없이 이용하는 건 가슴이 아팠지만, 전부가 이 대륙을 위해서였다. 지금 이 시점에 단합하는 것만큼 중요한 건 없었으니까.

사실은 곧바로 전시 상태를 선포해 버리고 싶었지만…….

'그것보다는 이게 낫지.'

여러모로 불만의 여지가 있을 수도 있으니까.

물론 불만이야 단칼에 쳐내면 그만이지만, 현시점에서는 대륙 전체에 행정적인 영향력을 끼치는 게 더 이득이다. 전 대륙을 관리하는 게 어디 쉬운 일인가.

잠시 생각에 빠져 있었을 때 옆에 있던 이지혜가 다시금 말을 걸어왔다.

"방금 못 봤어요?"

"그거야 특수한 경우고. 내 귀에 도청 장치에 달려 있다고 방송국 급습한 놈이나 다를 바 없다니까. 저런 거 신경 쓰는 사람이 몇이나 될 것 같아. 주변에 있는 다른 기자들한테도 제 지당하고 있는데……. 악마의 졸개나 편집증을 앓고 있는 미친놈처럼 보이는 사람들한테 일일이 신경 쓸 정도로 여유롭지 않다고."

"아무튼, 그건 정말인 거예요? 그런 정보는 어디서 전해 들었고 어느 정도인 거예요?"

"나도 확실히는 몰라. 다만 없는 이야기를 지어낸 건 아니야."

"난 또."

"왜?"

"오빠가 본격적으로 대륙을 먹을 생각이겠구나 싶었거든요. 이렇게 언론 흔들고 이빨 털어서 계엄령 선포하고 자리에 턱 하니 주저앉은 다음에 권력 휘두르면서 100년 이상 독재 정치 해 먹으려던 거 아니었어요? 계속해서 '위험은 실존한다. 실존한다' 말하고 이빨 털면서 오래오래 해 먹으려는 줄 알았죠."

"그 정도로 쓰레기는 아니야……. 애초에 우리나라 사람들이야 역사 때문에 계엄에 대해서 인식이 좋지 않지만, 지금은 그때처럼 이빨이 아니라 진짜로 국가 비상사태라니까. 거짓말이 아니야, 누나. 한번 삐끗하면 정말로 다 뒈질 수도 있어. 나라고 뭐 이런 거 선포하고 조이고 싶겠어. 전부 다 어쩔 수 없는 일이야."

"진지하네요."

"진지하지 그럼."

"그럼 정말로 저거 안 할 거예요? 사령부에 안 들어간다고요?"

"아니, 들어가야지. 거길 왜 안 들어가."

"……."

"내 발로 안 들어간다고. 부를 때까지 기다릴 거야."

슬쩍 뭉쳐진 신문을 확인해 보자 여러 가지 타이틀이 눈에 들어왔다.

[누가 지도자의 자격이 있는가. 여러 후보가 물망에 올랐지만, 아직

도 난항. -교국일보 김성경 기자.]

[이기영 명예추기경이 커다란 결단을 내려야……. -교황청 소식.]

[천재 검사와 연금술사 한 달도 지나지 않아 신간 출간. 역대 최단 시간 신간 출간에 모든 팬이 한마음 한뜻으로 환호를 보내. -린델 문화부 강유미 기자.]

[공화국의 리엔샤오 후보로 거론되었지만, 지도자들과 대륙인들의 지지를 이끌 수 있을까. -공화국 소식통.]

[그 어느 때보다 투명한 판단이 이루어져야 할 때. 이기영 명예추기경은 무슨 생각을 하고 있나. -교국일보 김성경 기자.]

약속된 승리의 흐름이라는 것에는 그 누구도 이견을 내놓지 못할 것이다.

린델로 돌아온 지 시간이 약간 흘렀다.

파란 길드의 휴가 아닌 휴가는 나름대로 성공적으로 끝났다.

헤르엔에서 다시 거울 호수로 넘어온 이후에는 주변 탐사를 끝마친 길드원들과 함께 다시금 휴가다운 휴가를 즐겼다.

물론 나와 김현성은 마음 놓고 쉴 수 없는 상황이었기에 드문드문 여러 가지 계획을 의논하기도 했지만, 전체적인 분위기가 그리 무겁지만은 않았다.

김현성 입장에서는 지고 있던 짐을 함께 들 사람이 나타나

줬으니 얼마나 신이 날까.

물론 무의식 세계에서 이미 커다란 짐을 벗어던지기는 했지만, 그것과 이건 엄연히 다른 이야기였다. 혼자만 미래를 알고 있는 것은 물론, 홀로 그 일을 맞이하고 준비해야 한다는 압박감이 상당해 보였으니까.

심각한 이야기를 하면서도 이 일을 함께 계획할 수 있다는 게 기분이 좋았는지, 표정이 여실히 드러난 것도 무리가 아니었다.

물론 얼굴을 굳힐 때가 대부분이었지만, 적어도 휴식 시간이나 다른 일정들을 지낼 때의 얼굴은 이전보다 더욱더 좋았고 재미없는 농담을 던져올 정도였다.

정말로 재미없는 농담 말이다.

'만날 때마다 술을 사라고 하는 고유 직업군이 새로 발견됐다고 하더군요. 편지 아십니까?'

'네?'

'마술사입니다.'

'아…….'

녀석의 농담에 웃어주는 것은 기껏해야 조혜진이 고작. 그녀가 진심으로 웃는 것 같아 더 신기하게 느껴졌다. 김예리마저 억지웃음을 지어주는 정도였으니 어련할까. 진심으로 이 새끼 어떻게 해야겠다는 생각을 자연스럽게 품게 된다.

어쩌다가 이런 유머 감각을 가지게 됐는지 1회차를 다시 한 번 열어보고 싶다.

가슴 아프게 재미없는 농담이 녀석의 황폐한 마음을 대변해 주는 것 아닐까 하는 생각도 해봤지만, 녀석이 나서서 분위기를 환기하려고 했다는 것은 분명 커다란 진전이라고 할 수 있으리라.

아무튼 간에 파란 길드는 린델로 돌아와 다시금 일에 박차를 가하기 시작했다. 정하얀과 엘레나는 물론 선희영과도 함께 뱃놀이를 즐겼고 예정됐던 차희라와도 꽤나 긴 시간을 함께 보냈다.

누군가에게는 재충전의 시간이기는 했지만, 누군가에게는 힘겨운 상황이기도 했다. 때마침 베니고어 강림 자작극을 벌인 터라 그 힘겨움이 표면적으로 드러났다는 소소한 이득도 봤지만, 온종일 잠들어 있는 경험은 그리 유쾌하지는 않았다. 평소처럼 일어난 이후가 더 피곤하기도 했고…….

이런 상황에서 베니고어의 예언이 전 대륙적으로 퍼져 나가기 시작했고 많은 이들의 관심을 받았다. 잠깐 긴장이 풀렸었던 대륙의 국가와 길드들은 다시금 초긴장 상태로 들어갔고, 그만큼 많은 우려의 목소리와 계산 외의 상황이 벌어지기 시작했다.

어느 정도 혼란이 있을 거라고는 예상했지만 내 상정 범위를 뛰어넘을 정도로 패닉에 빠진 이들이 나타난 것이다.

다소 자극적인 예언에 대륙 종말론을 설파하는 이들이 나타

낮고, 눈에 띄는 정도는 아니지만, 범죄율이 소폭 상승했다.

교국과 공화국, 라이오스나 대륙 연합은 스스로를 제어할 힘을 가지고 있었지만, 72군단과 벨리알에 의해 쑥대밭이 된 연방 쪽과 그 외 빈곤 지역, 중앙 권력 기관과 멀어진 소외 국가들의 경우에는 누가 봐도 심각함이 느껴질 정도였다.

[종말의 때는 언제인가.]

[무책임한 베니고어와 대륙의 신들, 그들은 우리를 버렸다.]

[어째서 이 모든 고통을 우리가 감내해야만 하나.]

자극적인 찌라시가 쏟아져 나왔다.

대륙에 종말이 올 거라며 광장에서 외치는 미친 자식들에 대한 소식을 들을 때마다 기분이 언짢았던 것은 굳이 설명할 필요도 없다. 악마 맛을 제대로 본 연방민들이야 이해가 갔지만, 소외 국가에서 벌어지고 있는 일들은 한숨이 다 튀어나올 정도.

교국 내의 분위기를 환기하는 것과 대륙 전체를 환기하는 것은 또 다른 이야기였다.

'사과 박스에 썩은 사과 하나가 들어가면 전체가 썩는다는 건 알고 있는 거죠, 오빠? 별 도움이 되지 않을 거라면 밀어버리는 게 나은 선택이 될 수도 있어요. 일이 터져도 '다 죽을 거야!'라고 외치며 방방 뛰어다닐 놈들인데 저게 도움이 되겠어요? 장담하

는데 가만히 놔두면 다른 곳들도 전부 다 썩게 만들걸요.'

1회차의 가면녀답게 농담인지 진담인지 모를 섬뜩하고 쓰레기 같은 한마디를 내뱉은 이지혜. 그녀의 생각과는 다르게 혼란을 겪고 있는 녀석들 역시 품고 가야 총알받이 하나라도 더 건질 수 있다는 게 내 생각이다.

아우터 갓이 들어오면 녀석에게 기대는 것은 아닐지 의심이 될 정도로 나약한 이들이었지만, 그 전까지는 나름대로 할 일이 있는 이들이었다. 베니고어를 비롯한 대륙에는 신성을, 벨리알 군단에는 실적을 주고 있으니 무슨 말이 더 필요하겠는가.

이쪽이 둠기영 모드를 유지할 수 있는 만큼 27군단의 힘이 늘어나면 늘어날수록 박수를 칠 만한 상황이었고 결정적으로 혼란을 느끼는 이들 역시 머지않은 시간 내에 해결할 수 있다고 여겨졌다.

'시간을 내서라도 한번 방문해야지 어쩌겠어.'

어차피 북부로 이동해 전진 기지를 만들 예정이니 소외 국가들을 중심으로 순회 공연을 다니는 것도 나쁘지는 않아 보였다. 물론 이 모든 일정은 원하는 자리에 취임하고 난 이후이기는 했지만 말이다.

예상했던 대로 대륙 보호 관리 위원회의 인선이 혼란을 겪고 있는 상황. 끊임없이 후보들이 자리에 오르고는 있었지만 정말로 자격이 있는가를 논한다면 애매한 이들이 많았다. 심지어 차희라조차 후보에 올랐다가 경질되지 않았던가.

다소 날이 선 일침이었지만, 전투가 일어났을 때 합리적인 판단을 내릴 수 없다는 게 바로 그 이유였다. 확실히 틀린 말은 아니지만, 차희라 본인은 조금 상처받지 않았을까.

언론에서는 매번 누가 보호 관리 위원회에 자리 잡을 인물로 적합한지 떠들어댔고, 자연히 대륙인들과 모험가들 사이에서의 갈등 역시 일어날 수밖에 없었다.

다른 것도 아니라 대륙 전체를 관리하는 자리다. 민감하게 반응하는 게 당연하다.

소국의 국가 지도자들은 한 발자국 물러난 상태로 관망하는 듯한 자세를 취했지만, 그들이라고 관심이 없을까.

대륙 전체를 주무를 수 있는 막대한 권한을 갖는 자리다. 누가 오르느냐에 따라 많은 것이 달라지는 만큼 그들 역시 주의를 기울일 수밖에 없을 것이다. 국가에 이득을 먼저 생각하는 이가 꼭대기 위에 앉는 것은 충분히 경계할 만하다는 거다.

이런 배경이 깔려 있으니 소외 국가나 상대적으로 약한 힘을 가지고 있는 이들은 물론, 교국이나 공화국을 포함한 강대국에게도 이 공석에 들어갈 인선이 가장 뜨거운 감자로 변모하기 시작했다.

같은 적을 위해 힘을 모은다는 뜻이 있기는 했지만, 이들은 제각기 다른 생각을 품은 인간들이다.

어떤 이는 이번 기회를 통해 국력 증대를 도모하고자 했고, 어떤 이는 길드를 키우려고 했다. 어떤 이는 종말론을 설파하는 이들을 활용해 정치적 이점을 얻으려고 하고 있었고, 또 어떤 이들은 정말로 종말이 찾아올지 의심했다.

모두의 생각은 달랐지만, 이들이 원하는 것은 단 하나.

'균형.'

바로 균형이었다.

강대국과 약소국의 차이를 더 벌어지지 않게 만드는 균형, 다시 말해 이 균형을 유지해 줄 수 있는 투명한 인간이다.

이 위협을 통해 타국이 이득을 챙기는 것을 견제해 줄 수 있는 인물. 욕심이나 사사로운 감정에 의해 휘둘리지 않고, 오직 대륙의 안전과 번영을 위해 움직여 줄 인물. 투명하고 깨끗하고, 털어도 먼지 한 톨 나오지 않을 인물. 지성과 무력을 겸비하며, 이런 종류의 경험을 가진 인물이었다.

균형을 유지하는데 가장 적합한 이가 누구일지는 뻔하지 않은가. 시대는 빛기영을 원하고 있었다.

'시대가 나를 원하고 있잖나……'

물론 이런 배경을 만드는 게 쉬운 일이 아니기는 했다. 무엇보다 얼마 전까지 악마들에 의해 타락했던 이를 중역으로 올리는 것에 대한 찬반 여론이 있었으니까.

[이기영 명예추기경이 정말로 적합한가 묻는다면 나는 소신 있게 'NO'라고 외칠 것이다. -공화국 신문 / 저는 절대로 자살할 마음이 없습니다.]

라는 칼럼이 나올 정도. 물론 녀석은 소신 있게 독이 든 홍

차를 마시고 있었지만, 틀린 말은 아니었다.

무엇보다 건강 상태를 우려하는 목소리가 많았다. 이제는 더 이상 명예추기경을 혹사시키지 말아야 한다는 여론이 들끓고 있었으니까.

정말로 이기영 명예추기경에게 이런 직책을 맡겨도 되는지 의심하는 이들이 있기도 했고…….

그간 이기영이라는 인간이 보여준 아웃풋은 결코 나쁘지 않았지만, 대륙을 관리하는 것은 또 다른 이야기지 않은가.

하지만 여론은 점차 이기영 명예추기경이 자리에 올라야 한다는 쪽으로 굳어지고 있었다.

중앙 정부를 비롯해 군부와 길드 지도자, 그 누구에게도 이런 자리를 내줄 수 없다는 것이 권력자들의 입장.

그들이 원하는 것은 지도자가 아닌 '중재자'였다. 서로가 서로를 믿을 수 없으니 가장 공정하고, 깨끗해 보이는 놈을 찾을 수밖에 없었겠지.

그 무엇보다 일반 시민들의 지지 기반이 대단했다.

-당연히 이기영 명예추기경입니다. 다른 국가 지도자들은 믿을 수가 없어요. 오직 이기영 명예추기경님만이 대륙의 균형을 유지하실 수 있으실 겁니다.

-중앙 정부의 그 썩어빠진 새끼들이 뭘 알아! 도대체 뭘 아느냐고!

-너무 불쌍해. 명예추기경님이 한 번이라도 해봤으면 좋겠

어……. 5년 만이라도. 너무 불쌍하잖아…….

　-우리 어머니가 이기영 님은 안 된다고 했는데 그래도 저는 강력하게 지지할 겁니다. 시대는 명예추기경님을 원하고 계십니다.

　린델로 중앙 정부의 인사들이 하루가 멀다고 찾아오는 일이 이제는 당연한 일과가 되어버렸다.

　"어떻게…… 아직도 생각이 없으십니까."

　"글쎄요. 아무래도 저보다는 더 어울릴 사람이 있을 거라고 생각합니다만……. 혹여 누가 될까 두렵습니다. 정확히 말하면 저는 그런 자리에 어울리지 않는 사람이기도 하고요."

　"그렇지 않습니다. 그 누가 이기영 명예추기경님의 자질을 의심하겠습니까. 오스칼 님께서 만류하시기는 했지만, 다른 국가 지도자들 대부분이 명예추기경님을 원하고 계십니다. 종교 지도자들의 지지와 대형 길드의 길드마스터들도 같은 심정이고요. 대륙인들과 모험가들, 종교 지도자와 국가 지도자들, 소외 계층과 그렇지 않은 자들을 하나로 뭉치게 만들 수 있는 구심점이 필요합니다. 명예추기경님이 아니라면 그 누구도 맡을 수 없는 자리일 겁니다."

　"하지만……."

　"부디 다시금 재고해 주셨으면 좋겠습니다. 많은 분이 명예추기경님을 바라고 계십니다. 이 대륙을 이끌어 나갈 인사로 명예추기경님보다 적합한 이를 찾을 수가 없습니다."

"생각할 시간을 주셨으면 좋겠습니다."

"드려야지요. 당연히 드려야지요."

삼고초려가 아니라 칠고초려라고도 할 만했다.

물론 개인적인 심정으로는 '옳지!' 하고 들어가고는 싶었지만, 본인이 원해서 들어간 그림과 어쩔 수 없이 맡게 된 그림은 다르지 않은가.

보여주기용 쇼였지만 본래 대중은 이런 보여주기용 액션에 반응한다. 사람들의 애가 탈수록 이쪽의 주가는 점점 더 올라갈 수밖에 없다.

모든 게 완벽하다고 할 수 있으리라. 계획했던 일이 착착 잘 진행되고 있었으니까. 관리 위원회의 위원장으로 발탁, 이후 대륙 전체를 관리하며 체계적인 교육 시스템을 마련하고 북부에 전진 기지를 건설한다.

거의 완벽하다고 할 수 있는 계획이었지만…….

"나가주셨으면 좋겠습니다. 기영 씨는 직책을 맡지 않을 거라고 제가 말씀드린 것으로 기억합니다."

"하지만……."

"배웅해 드리도록 하겠습니다."

제동이 걸리고 있다는 게 문제였다.

'이 새끼야…….'

길드 내에서 반대 여론이 우후죽순 생겨나기 시작한 것. 심지어 김현성 이 새끼가 가장 앞장서 반대를 외치고 있었다.

이유야 뻔했다.

'파란 길드를 나가야 하니까.'

표면적으로 모든 지위를 내려놓을 수밖에 없다는 게 바로 그 이유였다.

명예추기경이라는 직책이야 넘어갈 수 있겠지만 어떤 한 집단에 편의를 봐줄 가능성을 원천적으로 배제하기 위해서는 어쩔 수 없는 선택. 당연히 집단의 보호를 받을 수도 없게 되고 이기영 친위대 역시 제 기능을 할 수 없게 된다.

아마 따로 경호 부대가 생겨나지 않을까 생각했지만, 본인이 픽하지 않은 경호 부대에 나의 안전을 맡기는 것을 불안해하고 있는 것이다.

심지어 이 새끼도 이게 필요한 일이라는 걸 알고 있는 상황. 단순히 땡깡을 부리는 것과 다름없었다.

그리고 내부적인 문제는 이것뿐만이 아니었다.

"……."

'전혀…… 성장하지 않았어.'

정하얀의 성장이 완전히 정체되고 있었다.

164장
우리 하얀이가 달라졌어요

"하얀아."

"네? 네?"

"요즘 좀 어때?"

"열, 열심히 하고 있어요. 네······. 마도 길드에 확실히 서적 같은 게 많더라고요. 재미있는 것도 조금 많았고······ 네."

"뭐, 문제가 되는 건 없고?"

"네, 따, 딱히 문제가 될 건 없는 것 같은데······. 매일매일 똑같아요. 사람들도 전부 잘해주시고······ 무엇보다 그 린델이 쑥대밭이 된 이후에도 마법 서적들을 제대로 보관하고 있더라고요······."

"으음······."

"왜, 왜요?"

"아니, 아무것도 아니야. 오늘은 같이 가볼까?"

"네? 네? 정말요?"

"응, 최근에 어떻게 지내고 있는지 궁금하네. 바쁘기도 해서 얼굴 볼 시간이 그렇게 많지는 않았으니까. 휴가 다녀온 이후에는 계속, 잘하고 있는 거 맞지?"

"네, 자, 잘, 잘하고 있는 것 같아요. 잘하고 있어요."

'이건 한번 확인해 봐야 될 것 같은데.'

김현성을 비롯한 일부 길드원들이 떼쓰는 것은 어차피 가라앉게 될 문제라는 것에는 그 누구도 이견이 없을 것이다. 우리 회귀자는 자신이 뭘 해야 하는지 알고 있었고, 결국에는 선택을 할 수밖에 없는 입장에 놓여 있었으니까.

대륙 전체를 관망할 수 있는 자리에 자신이 가장 신뢰하는 이를 집어넣을 필요가 있다는 것은 본인이 가장 잘 알고 있을 게 분명하다. 잠깐은 반대하더라도 도장을 찍을 수밖에 없다. 아마 한 달 이내로 조금씩 생각이 바뀌지 않을까.

하지만 정하얀의 문제는 조금 의아함을 느낄 수밖에 없었다.

'얘 왜 성장이 멈췄지?'

지금껏 정하얀의 성장에 제동이 걸린 적은 단 한 번도 없었다. 오히려 계속해서 괴물 같은 성장세를 보여주고 있었기 때문에 정말로 같은 사람이 맡는 건지에 대해 의심해 볼 정도.

하루가 지나고, 또 하루가 지나고 정하얀을 확인했음에도 불구하고 내 눈에 보이는 상태창은 항상 같았다.

똑같은 스텟, 똑같은 마법, 똑같은 고유 능력.

재능 없기로 유명한 박덕구 마저 쓸모없는 스텟이 1씩 올라가고 있는 상황. 성장이 정체되고 있는 것은 정하얀이 유일했다.

'마도 길드는 뭘 하는 거지? 의사소통에 문제가 있는 건가? 도움이 되는 사람이 있기는 한 건가.'

마도 길드로 훈련을 보낸 것이 실수가 아닌가 하는 생각이 들 정도였으니 다른 말이 필요할까.

'이러면 안 되는데.'

물론 성급할 필요는 없었다. 시간은 남아 있었고 정하얀은 지금도 충분히 강하다고 할 수 있는 이들 중 하나였으니까.

하지만 더 성장할 여지가 있음에도 불구하고 제동이 걸린다는 건 나로서는 두고 보기 힘든 이야기였다. 김현성에게 1회차 정하얀이 가지고 있는 힘이 어느 정도였는지 설명을 들은 이후에는 더욱더 말이다.

'그녀는 마법 그 자체라고 불러도 될 정도의 마법사였습니다. 아마 그녀가 아니었다면 긴 전쟁을 이렇게까지 끌고 올 수도 없었겠죠. 차라리 그녀가 회귀자였으면 일을 조금 더 쉽게 풀어나갈 수 있지 않을까 하는 생각이 들 정도로 압도적이었습니다.'

말이 필요 없는 평가. 더 이상 다른 수식어가 필요 없다.

정하얀은, 김현성이 회귀해서 정신없는 와중에도 가장 먼저 찾았던 인물이었고, 그 기대를 배신하지 않고 묵묵히 성장하고 있는 인선 중 하나였다.

공간 이동이 가능한 유일한 마법사이자 준신화 등급 이상의 항마력을 뚫을 수 있는 인물.

'물론 지금보다도 훨씬 강했던 것으로 기억합니다. 아직도 성장 중일 테니 차라리 마도 길드로 훈련을 보내는 것도 나쁘지 않을 겁니다.'

같이 나가는 게 그리 좋은지 계속해서 웃고 있는 모습이 시야에 비쳐왔다.

뱃놀이 이후로 정하얀과 시간을 보내는 것은 처음. 물론 업무의 일환이고 다른 스케줄이 있는 것은 아니었지만, 그럼에도 불구하고 무척 즐거워 보인다.

임시 길드하우스를 나서자 복구 작업이 한창 진행 중인 린델의 모습이 보였다. 몇몇 사람밖에 없었던 전과는 다르게 아침부터 활기가 넘치는 듯하다.

김현성과 함께 갔었던 헤르엔 사업이 초대박을 치는 것으로 모자라 갑작스레 대표 관광지로 변모해, 많은 이들이 그쪽에 몰려 있을 거라고 생각했지만, 역시 모험가들의 고향이라고 할 수 있는 린델의 아성을 무너뜨리지는 못한 것 같았다. 아직 폐허가 된 곳이 있음에도 불구하고 많은 사람이 눈에 띈다.

일부 건축 기술을 가지고 있는 모험가들은 일상생활을 뒤로 한 채로 복구 작업에 참여하고 있는 상황. 어느 한쪽에서는 대류 종말론이 퍼지고 있다는 걸 생각해 보면 이러한 분위기 온도 차는 이질적이었다.

'확실히 많은 일을 겪었으니까.'

이 정도에 흔들릴 거였다면 교국은 이미 옛날 옛적에 망하지 않았을까.

확실히 27군단이 남긴 상처는 가슴 속에 남아 있었지만, 오히려 그것 때문에 더 강해질 거라는 생각이 든다. 멘탈도 더 강해졌고, 결국 우리의 땅을 지켜냈다는 자부심이 드러나는 것을 곳곳에서 확인할 수 있었다.

"사냥 나가실 분들 구합니다."

"천연 길드가 헤르엔으로 자리를 옮기게 되었습니다. 급매로 내놓은 물건들이 많으니 한 번씩 보고 가세요."

"거울 호수, 헤르엔으로 이어지는 패키지여행 참가자 신청 마감합니다. 갑작스러운 일 때문에 예약 취소가 생겨서 생긴 자리입니다. 빠른 신청 부탁드립니다."

"회귀 등급의 던전으로 같이 가실 파티원 구합니다. 캐리해 주실 분들이면 좋겠어요."

"영웅 등급 식재료 팔아요. 일반 식재료도 있으니 구경이라도 하고 가세요."

"파란 길드에서 제작된 포션 처분해요. 급하게 돈이 필요해서 싸게 처분합니다. 시중에 나와 있는 가격보다 훨씬 싸게 판매하고 있습니다."

"천재 검사와 연금술사가 사랑하는 법, 개정판 전권 있습……악! 밀지 마요! 밀지 마세요. 딱 세 분에게만 판매합니다."

아직 광장과 시장이 완벽하게 복구된 것은 아니다. 천막을 세워 프리마켓처럼 운용하고 있었지만, 그리 나빠 보이지는 않았다. 조금 예전 느낌이 나기도 했고 무엇보다 저 자리에 있는 구성원들이 즐거워 보였기 때문이다.

정하얀과 길거리를 거닐자 허리를 숙여 인사를 하는 이들이 보인다. 대륙 보호 관리 위원회와 관련해 응원한다고 말하는 이들도 있었고, 힘내라고 말하는 이들도 있다.

마치 연예인이 된 듯한 느낌. 아무래도 내가 가지고 있는 친근한 이미지가 도움되는 것 같았다.

이렇게 보이는 것처럼 대륙은 평화로웠다. 교국민들과 모험가들은 일상을 보내면서도, 예언에 대해 토의하거나 위원회의 인선에 대해 지대한 관심을 보였지만 말이다.

어떻게 보면 아직 위기의식이 부족한 게 아닐까 하는 생각이 들었지만, 저들 모두가 내일을 위해 살아가는 이들이라는 걸 고려하니 지금 보여주는 분위기가 아주 좋다고 느껴졌다.

인간은 지키기 위해 싸운다. 본인들이 가지고 있는 것들과 영위해야 할 것을 위해서 말이다.

주점과 광장 같이 사람들이 많이 모이는 곳에서 가장 화제가 되는 주제는 역시나 위원회에 대한 것. 저들이 평소와 다를 바 없는 일상을 보내고 있는 것은 내일을 살아가기 위함이었다.

'전반적으로 수준이 높아지기도 했어……'

평균 스텟 자체가 27군단이 나타나기 전이랑 비교가 되지 않을 정도로 올라간 것이 눈에 띈다.

물론 그래 봤자 전쟁, 전쟁, 전쟁을 하고 있었던 1회차와는 비교가 되지 않겠지만 비치기연 때 본 그런 막장 길드 같은 놈들은 이제 없을 거라 장담할 수 있다. 잘 기억나지도 않는 우정 클랜의 이철호와 김태건 역시 엄청난 성장을 이룩하지 않았던가.

눈에 독기가 서린 것을 보면 알 수 있다. 살아남기 위해 지옥 같은 훈련을 견디고 스스로를 담금질한 모험가의 얼굴을 하고 있었다. 그만큼 가장 가까운 이의 성장에 제동이 걸린 게 안타깝다.

선희영, 엘레나, 김예리, 조혜진, 김창렬, 유아영, 안기모, 모든 길드원이 휴가에서 돌아온 이후 훈련에 매진하고 있었다.

심지어 한소라도 서서히 예전의 멘탈을 되찾아가며 길드 내 가장 큰 성장을 이룩해 냈다. 그만큼 얼굴이 활짝 펴지기도 했고……. 마치 정하얀에 대한 공포를 완전히 벗어난 것 같은 느낌이었다.

모두가 앞으로 나아가고 있는 상황에 유일하게 제자리에 멈춰 있는 사람이 있으니 어떻게 걱정이 안 될 수가 있겠는가. 다른 사람도 아니라 정하얀인데.

"아. 저, 저기예요. 최근에 저기에서 점심을 먹거든요. 마도 길드 사람들이랑 같이요."

"아아아……."

"정, 정, 정말로 맛있더라고요. 오빠랑 같이 오고 싶었어요. 오늘은 가, 갈 수 있겠다."

"그렇게 맛있었어?"

"네. 아…… 마탑도 많이 변했었어요. 복구 작업도 엄청 빨랐다는 것 같았는데 신기한 물품들도 많아요."

"평소에 훈련이랑 공부는 어떻게 해?"

"길드에서 가장 꼭대기 층을 주셨거든요. 저는 괜찮다고 했는데…… 끝까지 배려해 주셨거든요. 드, 듣기로는 거기가 가장 마력이 풍부하대요. 보통 거기에 틀어박혀서 마법 서적을 읽었어요. 오, 오빠가 책들은 꼭 읽으라고 해서……."

"잘했네. 많이 읽기는 했어?"

"거기 있는 책들…… 으음…… 절, 절반 정도요."

"이해는 했고?"

"네, 기초적인 내용도 있었고 조금 난해한 부분도 있었지만……."

"음……."

"무, 무슨 문제라도 있나요?"

"아니야, 아무것도."

조금 불안해하는 모습이 눈에 많이 띈다. 자꾸만 어떻게 수련하고 있는지 물어보니 본인이 무슨 잘못이라도 한 줄 아는 모양.

하지만 '너 요즘에 제자리걸음인 것 같아서, 그래서 무슨 일인가 해서 물어보는 거야'라고 물어보기에는 조금 상황이 그렇지 않은가. 혹시라도 본인이 슬럼프를 겪고 있으면, 이런 말들이 오히려 악영향을 끼칠 수도 있었으니까.

'애 혹시 그냥 땡땡이치고 노는 건 아닌지 몰라.'

어쩌면 가장 가능성이 크다.

이른바 태업. 슬슬 어느 정도 경지에 올랐겠다. 마땅히 비교할 대상도 없으니 조금씩 나태해지는 것이다.

'가장 가능성이 크기는 해.'

하지만 마탑에 들어간 직후 여러 늙은이들과 함께 대화를 나눈 이후에는 내가 틀렸다는 사실을 인정할 수밖에 없었다.

"정하얀 님 말씀이십니까."

"네."

"식사 시간을 제외하시면 탑에 틀어박혀서 나오지 않으십니다. 심지어 식사하러 나오실 때도 고대 마법 서적을 끼고 계시고요. 어떨 때는 거르시는 경우도 많아서 이것 참 뭐라고 해야 할지…… 제가 다 걱정이 될 지경입니다. 허허허."

"그야말로 대류의 복입니다. 마도 길드의 마탑에 상주하는 마법사들이야 천재가 아닌 사람이 어디 있겠느냐마는 정하얀 님 께서는 그중에서도 수준이 다르다고 말할 수 있을 정도지요."

"그 유명한 텔레포트 마법에 대한 공식이 너무나도 난해한 나머지 힌트를 주셨음에도 불구하고 아직 연구에 진전이 없는 상황이니……. 그런 마법을 창조하신 것을 보면 그야말로 마법 의 화신이라고 불러도 부족함이 없을 지경입니다."

정하얀 빠돌이가 되어버린 마도 길드의 늙은이 군단은 마치 하나뿐인 손녀를 바라보는 듯한 상황.

혹시나 해서 계속해서 정하얀을 지켜봤지만 정하얀은 방

안에 틀어박혀 계속해서 책을 읽을 뿐이었다.

참관 수업에 부모님이 오신 학생의 자세로 보여주기식 공부를 하고 있는 건 아닌가 싶었지만 그런 것 같지는 않다.

물론 어느 정도야 그런 느낌이 있었지만, 제대로 정리되지 않은 커다란 방 안의 모습은 그녀가 지금껏 얼마나 열심히 해 왔는지를 보여주는 것만 같았다.

"따로 사람을 불러 방 안을 정리하는 게 좋지 않을까 생각해 보기는 했지만, 그냥 두기로 결정을 내렸습니다. 아무렇지도 않게 어지럽혀 있는 것 같지만 정하얀 님의 나름대로 체계가 잡혀 있다고 할까요. 저희 길드의 신입 길드원이 뭣 모르고 방을 정리하려고 했다가 호되게 혼이 난 적도 있었습니다. 허허허, 스트레스를 많이 받으셨는지 물건들을 집어 던지면서 나가라고 소리치는 모습이 어찌나 순수해 보이던지. 재능뿐만이 아니라 마법에 대한 열정도 따봉입니다. 따봉! 요즘 애들 말로 짱입니다! 짱!"

젊은이들의 유행어를 탑재해 정하얀과 가까워지고 싶은 할아버지의 마음은 이해됐지만, 이제는 아무도 쓰지 않는 이상한 유행어일 뿐이다.

침대에 눕기도 하고 소파에 앉으며 계속해서 책을 탐독하거나 마법 연산을 써 내려가는 모습은 확실히 천재처럼 보이기는 한다.

슬그머니 방 안으로 들어가 둘러보자 왠지 모르게 굉장히 익숙해 보이는 것은 기분 탓일까.

'1회차에서도 이런 방 안에 틀어박혀 있었다는 거네.'

처음부터 끝까지 쭈욱 말이다.

힐끔 나를 바라보기는 했지만, 정하얀은 계속해서 집중하는 모양새. 공부하는 시간이니 이런 모습을 보이는 게 더 점수를 딸 수 있을 거라고 생각하는 거겠지.

할아버지들의 말대로 확실히 아무렇게나 널브러져 있는 책들이 눈에 띈다.

[기초 마법의 이해]

[고급 마법이란 무엇인가]

[마력에 대한 심화 과정]

[실전으로는 이해하지만, 이론으로는 밝혀지지 않은 이야기들]

[대륙의 마법 법칙에 대한 1,023가지]

[대마법사조차 모르고 있던 마법의 비밀]

대륙에 기본적으로 출판되고 있는 서적부터, 던전 안에서 발견된 고대 서적까지. 내가 전부 이해할 수 없는 이야기들로 쓰여 있는 책들이다.

그 와중에 몇몇 개의 물건들도 눈에 띄기는 한다.

[오빠1.avi]

[오빠2.avi]

뭔지는 잘 모르겠지만 일단 저건 필사적으로 모르는 척해주자. 본인도 숨기고 싶은지 구석에 위치해 있었으니까.

'저것 때문은 아니겠지?'

자식의 교육을 신경 쓰고 있는 부모의 심정이 된 듯한 기분이었다.

'애먼 데 신경 쓰고 있는 거 아니야?'

딱히 지적이 필요하다고 생각하는 것은 아니다.

공부하다 보면 스트레스를 받을 수도 있고, 머리를 환기시킬 때도 필요하지 않은가. 그 방법이 조금 걱정스럽기는 했지만, 자연스러운 일이니 굳이 난리를 칠 필요도 없다.

물론 과하면 문제가 되겠지만, 방 안을 둘러보면 그런 것 같지도 않았으니까.

'공부 잘하고 있나 계속 지켜보고 있을 수도 없고……'

이미 몇 번 확인했지만, 그래도 한 번 더 정확히 확인하고 싶어진다.

정하얀의 방이 성역인 것처럼 들어오지 못하고 문을 서성거리고 있는 할아버지 군단을 향해 발걸음을 옮기며, 입을 열자 헐레벌떡 질문에 대답해 오는 이들의 모습을 확인할 수 있었다.

"평소에도 이 정도로 하는 겁니까?"

"네, 평소에도 오랜 시간을 수련에 쏟고 계십니다. 심할 때는 잠을 자지 않은 경우도 많으시고요. 허허."

"으음……"

"마법에 대한 열정이 아주 대단하십니다. 혹시나…… 마음에 들지 않는 부분이라도 있으십니까."

"아니요. 그렇지 않습니다. 그저 잘하고 있는지 걱정이 돼서……. 아시다시피 마탑 같은 곳에 수련을 보낸 게 처음이라 그렇습니다. 물론 이 정도로 방대한 지식을 보유하고 또 관리하는 장소라는 걸 생각하면 여기로 보낸 것이 정답이라는 생각이 들지만…… 혹시나 새로운 환경에 적응하지 못하고 있는 게 아닐까 하는 마음도……."

"아주 잘 적응하고 계시니 걱정하지 않으셔도 됩니다. 아마 조만간 커다란 성과를 안고 돌아가실 게 분명합니다. 파란 길드에서 마도 길드에 투자한 것과는 별개로 마도 길드 자체적으로도 프로그램을 통해 물심양면으로 지원을 아끼지 않을 테니 조금은 저희를 믿어주셨으면 합니다."

'믿음이야 가지, 믿음은 가. 어떻게 믿음이 안 갈 수가 있겠어.'

비록 대형 길드라고 불리지는 않지만, 마도 길드는 명실상부 마법의 천재들이 모인 집단이다.

특히 마도 길드의 마법사 육성 인프라와 커리큘럼에 수많은 마법사가 엄지를 추켜올릴 정도였으니 무슨 말이 더 필요할까.

검은 백조는 물론, 붉은 용병 역시 마법사 육성에 관해서는 마탑과 파트너십을 맺고 있는 상황.

어디 두 곳뿐이랴. 많은 국가와 연대하기 시작하면서 타국에서도 이곳, 마탑과의 파트너십을 요청하고 있었다. 우리 파란 길드 역시 마찬가지였고 말이다.

'마도 길드가 최고의 마법사를 보유한 집단은 아니다. 하지만 대륙 최고의 지식을 보유하고 있다는 것에는 그 누구도 이견이 없으리라'라는 대륙의 격언 그대로였다.

물론 그 누가 정하얀을 가르치고 지도할 수 있겠느냐마는 그녀에게 필요한 것은 훌륭한 지도자가 아닌 훌륭한 시설과 안정적인 지원이다.

사실 이렇게까지 멀리 볼 필요도 없다. 마탑은 1회차의 정하얀을 육성해 낸 기관이었으니까.

"제가 조금 실례되는 말씀을 드린 것 같습니다. 하지만 결코 마탑을 신뢰하지 못한 것은 아닙니다. 누가 이곳을 의심할 수 있겠습니까."

"허허, 아닙니다. 오히려 걱정이 들지 않는 게 이상하지요. 저희로서는 지금까지 잘 적응하고 있다고 느끼고 있습니다만……. 음, 파란 부길드마스터께서 그렇게 느끼고 계시다면 아마 새로운 환경에 녹아들 시간이 조금은 부족하지 않았나, 그런 생각도 해봄 직할 것 같습니다. 그보다 이렇게 이기영 님께서 저희 마탑을 찾아와 주신 것도 인연인데, 어떻습니까? 연금술에 관한 이야기를 오늘은 조금 들을 수 있을지 기대됩니다. 실례가 되지 않는다면 차라도 한잔하시면서……."

'그래, 이런 사람들이니까.'

이런 종류의 사람들은 돈으로 다룰 수 있는 사람들이 아니다.

물론 더 큰돈이면 다룰 수도 있겠지만, 현재 마탑의 인프라가 자리 잡은 데에는 이런 열정적인 학자와 마법사들이 바탕이 되었으리라.

천천히 고개를 끄덕였다.

하지만 정확히 4시간 후에 이 결정을 후회할 수밖에 없었다. 이곳 기준으로 차 한잔을 마시자는 소리가 어떤 의미였는지 깨닫지 못했기 때문이다.

"굳이 공식을 찾을 필요가 없다는 말씀이십니까. 하지만 이론 역시 중요한 부분입니다. 지금까지 학계가……."

"여기 가장 강력한 증거가 있지 않습니까. 정하얀 님께서는 공식에 구애받지 않으십니다. 이건 지금껏 없었던 형태로 마법을 연구하고 계신 것 역시, 틀에 박히지 않은 사고방식 때문이라고 생각합니다. 마탑뿐만이 아닙니다. 현재 모든 마법사는 시스템이 주는 편안한 지식에 매몰되고 있어요. 이대로 간다면 더 커다란 길로 향하기는 무리가 있을 겁니다. 발전하지 못하고 도태될 게 뻔하다, 이 말입니다."

"마법의 바탕이 되는 지식 외에도 우리는 끊임없이 연구하고 발전하고 있습니다. 애초에 정하얀 님을 평범한 사람들의 카테고리 안에 묶는 것이 무슨 의미가 있는지……."

"제 말뜻은 지금까지의 방식을 버리자는 게 아닙니다. 고수하되, 조금 더 다른 방향으로의 발전을 모색하는 게 필요하지 않나…… 하는 뜻으로 말씀드린 것인데……."

할아버지들의 끝나지 않는 토론이 시작된 것이다.

연금술과 연금 마법에 대한 이해가 어쩌다가 이런 자리로 변모했는지 도무지 알 수가 없다.

서서히 열을 올리기 시작한 마법 영감들은 결국 처음의 주제와는 아무런 상관이 없는 이야기로 목소리를 높이고 있다. 마력의 원천, 원소 마법 출력의 증진 방향에 이어 비전투 마법에 필요성에 대해 논쟁을 시작하더니 결국에는 여기까지 와버렸다.

이야기의 주제는 지금까지 정립된 공식이 과연 의미가 있느냐는 것. 아마 정하얀 때문에 새로 생긴 떡밥이 아닐까. 타 마법사들과 다르게 얘는 마법을 발현시킨 이후에 공식과 주문을 만드는 타입이었으니까.

굳이 예를 들자면 수학 문제의 답을 먼저 떠올린다는 식이다. 술식을 정립하는 것은 그 이후였고…….

이해할 수 없는 규격 외의 존재 때문에 마법의 근간이 흔들리고 있으니, 이런 종류의 논쟁이 생기지 않는 게 이상하다.

본인들끼리 침을 튀기며 목소리를 높이고 있는 모습에 당장에라도 이곳을 뛰쳐나가고 싶어졌다. 하지만 조금씩 조금씩 입을 여는 정하얀의 모습을 보고는 계속 앉아 있을 수밖에 없었다.

뭔가 대단한 말을 하는 것은 아니었다.

"그런 것 같아요."

라거나.

"그건 아니에요."

정도가 전부였고 회의실에 마련된 커다란 보드에 마력으로 공식과 주문을 던지는 것이 고작.

하지만 겨우 그 정도에도 할머니와 할아버지들은 하나라도 놓칠세라 필기까지 하며 그녀의 이야기를 경청하고 있었다. 서로 갑론을박을 벌이는 것은 물론 정하얀과도 논쟁 아닌 논쟁을 벌이는 모습이 눈에 띈다.

하나같은 공통점은 이 자리에 있는 모든 마법 영감이 그녀를 친손녀처럼 바라보고 있다는 것. 마법 아저씨와 마법 아줌마들 역시 딸을 바라보는 듯한 눈으로 정하얀을 응시하고 있었다.

'정하얀도 익숙해 보이네.'

별것 아닌 것 같았지만 흥미롭기도 했다. 정하얀의 1회차가 어떤 식으로 흘러갔는지는 자세히 모르겠지만 지금 보이는 분위기로 그녀의 1회차를 대충 유추해 볼 수 있었기 때문이다.

어딜 가나 미꾸라지처럼 물을 흐리는 놈들이 있었겠지만 아마 마도 길드의 마탑은 이런 분위기였으리라. 매일매일 이런 종류의 대화를 나누고 자신을 아껴주던 사람들 사이에서 지냈을 것이 틀림없다.

물론 본래 가지고 있는 소심함이 어디로 가는 건 아니겠지만, 마탑 안에서만 틀어박혀서 지냈던 시간이 그리 비참하지는 않았을 것이다.

'나쁘지 않은 사람들이네.'

애초 마법 말고 다른 데는 관심 없는 것처럼 보이는 사람들. 아직 확정적으로 말할 수 있는 시점은 아니었지만, 정하얀의 정체된 성장이 배경 때문은 아니라는 걸 깨달은 순간이었다.

"벌써 시간이 이렇게 됐나."

"끄응…… 그렇구만."

"일단 식사부터 하는 게 좋겠습니다. 손님도 계시고 하니……
어떻습니까. 이기영 님, 괜찮으시면 저녁까지 함께하시고 돌아
가시는 건……."

'싫어, 이 새끼들아.'

"아니요. 괜찮습니다. 제안은 감사드리지만, 저녁 식사는 위
에서 하얀이와 함께 조촐하게 했으면 합니다."

"허허허, 이거 제가 눈치가 없었군요."

'아까부터 없었지.'

"하하……."

"그럼 따로 식사를 올려 보낼 수 있도록 하겠습니다."

"감사합니다."

그렇게 다시금 탑의 꼭대기까지 발걸음을 옮겼다.

"어, 어떠셨어요?"

"글쎄……."

"하, 할아버지들이 말이 조금 많았죠. 박 할아버지랑 장 할
아버지가 오, 오빠가 와서 조금 기분이 좋았나 봐요. 평소보다
더 말씀을 많이 하시는 것 같더라고요."

"전부 다 좋은 사람들 같더라."

"그, 그렇죠?"

"분위기도 좋고…… 수련할 수 있는 여건도 솔직히 파란 길
드보다 더 괜찮은 것 같네. 일단 분위기 자체가 공부하는 분

위기라서 마음에 들고."

그래서 더욱더 모르겠다. 어째서 갑작스레 성장이 정체된 건지.

본인 역시 열심히 하려는 것 같고, 분위기도 좋다. 이전과 비교해도 고개를 끄덕일 환경이었고, 마력도 더 풍부하다. 폭발적으로 성장했으면 했지, 멈출 상황은 아니었다.

'떡밥을 한번 걸어볼까.'

뭔가 목적성이 결여된 것은 아닐까. '성과를 내면 보상을 받는다'라는 둘 사이에 있던 무언의 약속이 이제는 조금 흐릿해지기도 했었으니까.

매번 간만 보던 이전과는 다르게 이제는 익숙하게 스킨십을 해오기도 했으니 그럴 만도 하다. 본인도 왼손 약지에 끼고 있는 반지에 자부심을 느끼고 있는 듯하고.

무엇보다 납치 사건 이후에는 기가 많이 죽어 위로차 응원을 보낸다는 게 신체적으로 가까워지는 계기가 되어버렸다. 지금도 팔짱을 끼고 몸을 붙여오고 있지 않은가.

마탑에 설치된 마력 엘리베이터를 타고 탑의 꼭대기까지 오르는 것은 순식간.

방 안에 들어가 탑의 직원이 건네준 음식을 먹는 와중에도 계속해서 생각을 멈추지 않는다.

'조금 더 두고 봐야 하나. 그래도 보상을 내거는 게 좋지 않을까.'

현재 배경을 보면 소소하게나마 성장할 것 같기는 했지만,

그래도 불안한 것은 부정할 수 없다.

빤히 그녀를 바라보자 살짝 웃음을 내비치는 모습. 갑작스레 형성된 묘한 분위기에 긴장하는 게 피부로 느껴졌다.

책상에 얹어져 있는 손에 괜스레 손을 포개자 움찔하는 모습까지 보인다.

별 쓸모없는 대화를 나누면서도 시선이 목에 고정된 느낌. 정확히는 외투를 전부 벗어서 드러난 쇄골 같았지만, 눈 한 번 깜빡이지 않고 빤히 바라보는 얼굴은 조금 무섭다.

"열심히 하고 있는 것 같아서 내가 다 기분이 좋네."

"네, 열, 열심히 했어요. 진짜로 열심히 했어요. 와, 완전 열심히요."

"나는 하얀이 이런 모습이 좋더라."

"아? 아! 아!"

"매력적으로 느껴져."

"아! 아!"

"조금은 섹시하게 느껴지기도 하고."

"아…… 으!"

'얘, 왜 이렇게 이상한 소리를 내고 있어.'

정하얀의 손등 위에 올려진 내 손을 살짝 들어 올려 손가락으로 손등을 간질이자 몸을 부르르 떠는 모습이 보인다. 뭔가 눈이 점점 무서워지는 것 같은 느낌.

살짝 열려 있었던 방문이 자연스럽게 철컥하고 닫힌다.

바람 한 점 들어오지 않는 곳이니 누군가 문을 컨트롤한 것이 분명했다. 그 사람이 누구인지는 너무 뻔한 거고.

혹시나 차희라 사태가 일어나지 않을까 하는 불안감이 있었지만, 정하얀은 아직 경거망동하지 않고 있다.

원래 기분 내키는 대로 행동하는 차희라와는 다르다. 유니콘에게도 인증받은 자신의 반쪽짜리 순수함을 지키고 싶을 테니 먼저 움직이기는 쉽지 않을 것이리라.

손등에서 머물던 손은 어느새 팔뚝과 그녀의 목선을 타고 얼굴에 머무른다.

잔뜩 상기된 붉은 볼을 엄지손가락으로 쓰다듬자 먼 곳에서도 들릴 만한 숨소리가 튀어나오기 시작했다.

무심코 내 손을 덥석 잡을 정도.

고통 때문에 잠깐 인상을 찡그렸지만, 그래도 표정을 계속 유지했다. '난 지금 너에게 굉장한 성적 매력을 느끼고 있다' 정도로 해석해도 될 것 같은 표정을.

정하얀도 처음 보여주는 내 표정에 오늘은 해낼 수 있을 거라고 기대하는 눈치였고.

하지만 그 기대가 산산조각이 나기까지는 시간이 얼마 걸리지 않았다.

"그래도……."

"네? 네! 네!"

"지금은 공부에 전념해야 할 때니까."

"아…… 아…… 아앗……."

"괜히 하얀이한테 영향을 주고 싶지는 않네."

"아…… 그, 그, 그렇지 않, 않, 않, 않, 않은…… 데…… 그렇지 않은데……. 영향 같은 거 없, 없는데……."

"지금 같은 모습만 보여줬으면 좋겠어. 내가 무슨 말 하는지 알고 있지?"

입술을 꽉 깨문 표정이 시야에 비쳐왔다.

확실히 나쁜 방향은 아니었던 듯, 정하얀은 다시 한번 미친 듯이 몰두하기 시작했다. 이후에 함께 길드로 돌아가자는 걸 거절할 정도였으니 무슨 말이 더 필요할까.

열심히 마법을 공부하는 모습이나 학자 같은 이미지가 내게 먹힌다는 걸 인지했는지, 본인이 지을 수 있는 최대한 야릇한 표정으로 책장을 넘기는 모션을 보여주려고 했다는 것 역시 그 날 일어난 소소한 이야기 중에 하나.

물론 그게 정말로 섹시한 표정인지는 이해가 되지 않았지만, 본인 나름대로는 무척이나 만족해하는 것 같았다. 아주 조금이지만 자신감을 되찾은 것처럼 보이기도 했고……. 본인 나름대로 가지고 있던 콤플렉스를 극복할 방법을 찾아냈다고 느끼는 것이리라.

사실 최대한 거칠게 숨을 몰아쉬며 야릇한 표정으로 책을 탐독하고 있는 모습은 성적 매력이 느껴진다기보다는 귀엽게 느껴졌다. 하지만 괜스레 한 번 더 다가가는 걸로 정하얀의 생각이 맞다고 확인시켜 줄 수밖에 없었다.

'쑥쑥 커야지. 쑥쑥쑥.'

정하얀의 정체된 성장에 활기를 불어넣기 위해서라면 무슨 짓인들 하지 못하겠는가. 이쪽에서 할 수 있는 수단은 전부 다 사용해 보는 게 맞다.

그 바쁜 와중에도 일주일에 한 번을 시간을 내 정하얀과 함께 외출 약속했다는 것도 그렇다.

계속해서 처박혀 있는 것도 좋지만 그래도 지속해서 머릿속을 환기시키는 것도 중요했으니까. 흔들릴 것 같으면 잡아주기도 하고, 조금 의욕이 떨어진다 싶으면 다시 한번 의욕을 넣어 줄 수도 있다.

그렇게 약속을 한 이후에 기뻐하던 정하얀의 모습이 아직도 기억에 남는다. 그리고 그 의기양양한 표정도 말이다.

자신의 지적인 매력에 빠져 허우적거리기 시작했다고 느낀 것인지 그 날 이후로도 본격적으로 책을 끼고 살기 시작했고…… 당장 눈에 보이는 성과는 아무것도 없지만, 그럴듯한 계단을 뛰어넘고 오리라는 것은 굳이 보지 않아도 예상할 수 있었다.

'조금만 더 두고 보자.'

지금의 정하얀에게는 소소한 성장이라도 도움이 된다고 말할 수 있었으니까.

물론 정하얀의 성장에만 관심을 기울인 것은 아니었다.

"훈련은 어때?"

"잘 모르겠소. 조금씩 조금씩, 달라지고 있는 것 같기는 한데…… 스텟이 올라가는 게 더뎌서. 그래도 현성이 형씨가 잘 봐주고 있다니까. 크게 걱정할 필요는 없소."

"넌 더 잘할 수 있을 거다, 덕구야."

"아암, 누구 동생인데. 당연히 잘해야지."

박덕구를 비롯한 파란 길드원들은 물론이거니와 이제는 정상적으로 돌아가고 있는 대륙 합동 훈련까지.

그중에서도 대륙 합동 훈련은 생각한 것 이상의 성과를 내주었는데, 확실히 충격 요법이 효과가 있다는 생각이 들었다.

훈련을 구성하고 있는 선임 멤버들 대부분이 27군단과의 전쟁에서 싸운 역전의 용사들이다 보니 김현성이 원했던 분위기가 형성된 것이다.

딱히 내가 개입하지 않아도 무척 잘 돌아가고 있는 훈련소를 보니 기분이 좋을 수밖에 없었다.

물론 가장 신난 게 김현성이었다는 것은 당연한 이야기다.

본인의 수련 시간도 줄여가며 타국의 모험가들에게 도움을 주었고, 가능성이 보이는 이들은 따로 챙겨 관리하기도 했다.

'커뮤니케이션이 중요하기는 해.'

물론 이 역시 커뮤니케이션의 성과라 할 수 있으리라.

김현성과 내가 정말로 솔직한 의견을 나누며 대화를 나누기 시작했다는 게 중요했다.

솔직히 예전에도 삐걱거리는 수준은 아니었지만, 불편했던 것이 사실. 바깥양반이 뭘 하면서 싸돌아다니는지 알지 못한 채로 집안을 관리해야 했으니 효율이 나오지 않는 게 당연하지 않은가.

내조하고 싶어도 어떤 부분에서 도움을 주고, 관리해야 하는지 하루에도 몇 번씩 생각해야만 했고, 막상 실행할 때도 이게 맞는지 고려했어야 했다. 심지어 그게 정답이란 걸 알고 있으면서도 숨겨야 했던 상황.

이제는 그런 일이 없다. 김현성은 자신이 필요한 게 뭔지 표현했고, 이쪽은 그걸 정리해서 보내주는 것으로 끝.

물론 김현성이 이런저런 부탁을 해올 때마다 미안해하는 것 같았지만, 내 입장에서는 일이 훨씬 편해지고 안정감 있다고 느껴졌다.

무엇보다 여러 가지 일을 한꺼번에 병행할 수 있다는 게 가장 커다란 장점이었다. 김현성을 위해서 쏟았던 시간을 다른 곳으로 분배할 수 있게 된 것이다.

[이런 문제가 생겨서…… 전반적인 훈련 상황을 확인해 주셨으면 합니다. 바쁘시다면 '괜찮다' 아니면, '조금 아쉽다' 정도로 표현해 주셔도 되고요. 그리고 이전에 말씀해 주셨던 정신 교육에 관해서도 코멘트를……. 마지막으로 대륙 보호 관리 위원회의 경우에는 한 번만 더 생각을 해보시는 게 어떨지…… 아무래도 굳이 기영 씨가 책임질 필요는 없을 것 같습니다. 물론 이점이 크다는 것은 알고 있지만, 그만큼 얽매이는 게 많을…….]

"그래도 해야 하는데 어쩌겠어."

'교육은 내가 직접 가봐야 할 것 같고…… 뭐, 잘하고 있는

것 같으니까 별문제는 없겠네.'

다 읽은 편지를 다시금 책상 안으로 집어넣는 것은 순식간이다.

이제는 편지 말고 다른 통신 수단이 있음에도 불구하고 이런 걸 애용하는 걸 보면, 2회차에 발달된 기술에 아직도 적응하지 못하고 있는 것은 아닌지 의심이 될 정도였지만, 뭐 크게 중요한 이야기는 아니었다.

똑똑똑 문을 두드리는 소리에 '들어오세요'라고 말을 내뱉으니 최근 정하얀이나 김현성보다도 더 얼굴을 자주 보는 이가 시야에 비쳤다.

"김미영 팀장님."

"죄송합니다. 부길드마스터. 제가 조금 더 일찍 나왔어야 했는데……."

"아니요. 괜찮습니다. 항상 정상적인 시간에 출근해 주고 계신데요. 어쩌다 보니 오늘 조금 일찍 눈이 떠져서 먼저 나오게 된 것뿐이니 미안해하실 필요 없습니다. 어제도 늦은 시간까지 업무를 봐주셨으니까요."

'얘가 있어서 내가 참 편해.'

"그렇게 늦은 시간까지는 아니었지만……."

"새벽 두 시가 늦은 시간이 아니면 언제가 늦은 시간이라는 겁니까. 수당은 당연하고…… 성과금이랑 보너스를 드린다고 하더라도 제 마음이 편치 않을 것 같습니다."

"지금까지 부길드마스터가 저에게 해주신 걸 생각하면 이 정도는 당연한 걸요. 신경 써주셔서 감사하지만, 그렇게 일일이 챙겨주시지 않으셔도 됩니다. 제게 부길드마스터는 은인이나 마찬가지니까요."

"제가 뭐 한 게 있겠습니까. 능력 있으신 분을 데려다가 스카우트한 게 전부인데 말입니다. 그러고 보니…… 요즘 아이들은 잘 지내고 있습니까?"

"네. 최근에 둘 다 모험가가 되고 싶다고 해서……."

"……확실히…… 걱정이기는 하겠군요."

"물론 자신을 지킬 힘을 가지고 있다는 건 좋은 이야기이기는 합니다만…… 아무래도 어머니된 입장에서는 조금 걱정이……."

"조금 냉정한 이야기일지는 몰라도 이런 대륙에서는 칼을 든 사람이 펜을 든 사람보다 안전할 수도 있을 겁니다. 만약 아이들의 뜻이 확고하다면 파란 길드에서 진행하는 유소년 프로그램에 참여시켜 보는 것도 나쁘지 않을 겁니다. 아무것도 없이 일반 던전부터 시작하는 것보다는 훨씬 나을 테니까요. 제가 담당자에게 미리 말해놓을 테니 결정을 내리시면 언제든지 말씀해 주세요."

"감사합니다."

"매번 감사하고 미안해하실 필요 없다니까요. 그럼 일단……."

"네. 오늘은 정하얀 님과 외출하시는 날이라 따로 다른 스케줄을 잡지는 않았습니다. 그 외에 확인해 주실 부분이, 여기 있는 북부 전진 기지 시공 계획서와……."

"아, 일단 봅시다."

"네."

"……완공 시기가 4년 이후……."

"최대한 빠르게 잡아보려고 했지만, 부길드마스터가 원하시는 규모와 퀄리티를 고려하면 이 정도가 딱 적정 기간이라고 생각했습니다. 기간을 더 단축시킨다면 여러 가지로 부작용이 생길 가능성이 크고…… 무엇보다 북부 전진 기지에 들어갈 마력석이 충분하지 않습니다. 최대한 빠르게 채굴하고 있습니다만, 그렇게 쉽게 물량을 늘릴 수 있는 자재가 아니기에 현재도 어려움을 겪고 있는 것으로 보고됩니다. 일반적인 성벽의 완공은 시기를 조금 더 앞당길 수 있겠지만, 아무래도 곳곳에 설치된 탑 같은 경우에는……."

"네, 물론 빠르게 짓는 게 능사가 아니라는 건 저도 알지만 그래도 조금만 더 속도를 냈으면 합니다. 문제가 되는 부분이 마력석 자재 확보라면 북부 쪽에 있는 국가의 노동력을 빌리는 게 좋을 것 같네요. 채굴에 들어가는 도구도 개선이 필요할 것 같고요. 아영 씨한테 부탁드리는 게 좋을 것 같습니다."

"북부 국가들과는 이미 노동력에 대해 협의 중이지만, 그들 대부분 곤란을 겪고 있는 상태입니다."

"으음……."

"해결할 방안을 마련해 보도록 하겠습니다."

"저도 같이 알아보는 게 좋을 것 같네요. 힘들겠지만 3년 정도로 잡고 싶은 마음이 커서……. 아무튼 간에 고생하셨습니다. 계획서는 내일 내로 전부 점검한 이후에 조금 더 자세하게 코멘트드릴 수 있도록 하겠습니다."

"네."

"그럼…… 다음은 뭡니까?"

"관리 위원회와 미팅을 잡을 예정입니다만……."

"아, 괜찮네요. 안 그래도 슬슬 진행해야 한다고 생각하던 타이밍이었는데. 팀장님이 알아서 잘 처리해 주세요. 언론 쪽 특히 신경 써주시면 감사할 것 같습니다."

"네, 꼭 확인할 수 있도록 하겠습니다."

그 외에도 이것저것 물어오거나 보고를 올리는 김미영 팀장의 모습을 볼 수 있었다.

확실히 일 처리 하나는 기막히게 해낸다. 본인의 전공이 아닌데도 불구하고 이 정도 성과를 내는 걸 보면 확실히 사람 하나는 제대로 뽑았다.

물론 민감하지 않은 업무는 그녀가 데리고 있는 팀과 하겠지만, 현재 길드 내 행정 처리 부분에서 그녀보다 더 열정적인 사람이 또 있을까. 심지어 실력까지 있다는 걸 생각해 보면 가진 능력이 치트 키나 다름없다고 생각해 버렸다.

"이상으로 보고를 마칠 수 있도록 하겠습니다. 마침 정하안 님이 밖에서 기다리고 있는 것 같습니다만……. 집무실로 오라고 전달해 드려도 되겠습니까?"

"아니요. 괜찮습니다. 함께 바깥으로 나가죠. 그게 더 좋을 것 같은데……. 아, 그리고 오늘도 고생 많으셨습니다."

"감사합니다."

손가락으로 살짝 안경을 올리는 그녀의 모습이 눈에 보인다.

괜스레 정하얀이 현재 원하는 이미지는 김미영 팀장 같은 이미지가 아닐까 하는 생각이 든다. 지적인 커리어 우먼.

이거 괜히 같이 나갔다가 또 폭발하는 건 아닌지 걱정이 들기는 했지만, 군단 이후 정하얀은 그 행동에 신중 또 신중을 기하는 상태, 또다시 사고를 치진 않을 거라고 확신할 수 있었다.

예상했던 대로 조용히 앉아 있는 모습. 한소라는 또 어떻게 만났는지 둘이 함께 대화하고 있는 모습이 보인다.

뭔가 이상한 광경이었지만, 왠지 모르게 자연스럽다. 특히나 한소라가 살짝 미소를 띠고 있는 부분이 더욱더 말이다.

정하얀이 얌전해진 것으로 가장 커다란 이득을 보고 있는 인물이라고 하기에 부족함이 없는 표정. 파란 길드에 온 이래로 저런 미소를 처음 본 것 같다.

이쪽을 발견했는지 손을 들어 흔드는 모습이 보였다.

아나나 다를까 오른쪽 손에는 오래된 서적 한 권이 들려 있었고 오늘은 빨간색 안경까지 쓰고 오셨다. 은근히 귀여워 보이는 모습에 웃음이 나올 뻔했지만, 기분 나쁠 수도 있으니 평소대로의 모습으로 인사를 건넸다.

난데없이 김미영 팀장이 앞으로 꼬꾸라진 것은 바로 그때.

"아."

다른 이유가 있는 게 아니다. 단순히 발을 헛디딘 것뿐이지.

1초 후에 몸이 철푸덕 넘어지지는 않을까 하는 생각에 자연스럽게 팔이 나갔다.

"감사합니다, 부길드마스터."

"역시나 조금 피곤하신 것 같습니다. 오늘은 김미영 팀장님도 다른 것 하지 마시고 푹 쉴 수 있도록 하세요."

"네."

"말로만 그렇게 하지 말고요."

"네, 반드시 부길드마스터의 말씀대로……."

그녀와 내가 현재 어떤 상태에 있는지 깨달은 것은 바로 그때.

어정쩡하게 이쪽에 안겨 있는 김미영 팀장을 보고서는 화들짝 놀라 손을 뗄 수밖에 없었다. 정하얀이 지켜보고 있었기 때문이다.

본인이 원하고 있는 이미지를 가지고 있는 여자와 내가 밀착하고 있다는 사실을 민감하게 받아들이고 있지 않을까. 아무리 얌전해졌다고는 해도 정하얀은 정하얀이라는 걸 생각해 보면 걱정할 수밖에 없다.

아니나 다를까 옆에서 목소리가 들려오기 시작했다.

"팀장님, 괘, 괜, 괜찮으세요?"

"네, 감사합니다."

'이게 뭐야.'

"다, 다행이다."

'너 왜 그래, 시바. 무섭게.'

"조심하셔야죠……."

'진짜 왜 그래…… 하얀아. 너 시바…… 왜 그래. 이러지 마,

무서워.'

진심인지 아닌지는 모르겠지만, 걱정하는 듯한 얼굴. 그 얼굴로 건네는 친절한 한마디. 깜짝 놀라기는 했지만, 이내 조용한 미소를 짓는 한소라.

여전히 정하얀의 성장은 멈춰 있었다.

"정하얀 님 말씀이신가요."

"네."

"요즘 매우 조용히 지내시고 계시죠. 친절해지기도 하셨고요. 매번 챙겨주시기도 하시고……. 그래도 예전 일 때문에 조금 무섭기는 하지만 최근에는 그런 조짐이 없으셨어요. 그……이상하게 눈빛이 변하시거나 그러지 않으세요. 참을성이 높아지신 건지 아니면 뭔가 깨달으신 건지 모르겠지만요."

"확실히 조용해진 것 같기는 했습니다만……."

"그래서 드리는 말씀인데……."

"아! 네."

"이랬다저랬다 해서 죄송하지만…… 굳이 전출 보내주실 필요는 없을 것 같아서요. 저도 여기에 있는 게 편하기도 하고……. 지금은 린델에서 지내는 게 좋거든요."

"무슨 말씀하시는지 알겠습니다, 소라 씨."

'애초에 전출 보낼 생각은 없었지만…….'

본인의 입으로 이렇게 이야기해 주면 오히려 더 반갑다.

물론 이 대화의 목적은 그녀의 전출 문제가 아니다.

'애가 이렇게 말할 정도면 진짜 달라졌다고 볼 수 있을 것 같은데……'

최근 정하얀의 상태를 알아보기 위함인 게 당연했다.

여러 가지 대외적인 활동을 진행하는 와중에 생긴 문제였지만, 이걸 가만히 두고 볼 수 있을 리 없다.

북부에 전진 기지를 배치하는 것과 대륙 보호 관리 위원회를 두어 전반적인 전쟁 준비를 하는 것. 둘 다 중요한 문제였지만, 인류가 보유한 비밀 병기의 성장 역시 중요했다.

한소라는 정하얀을 어떻게 생각하는지 모르겠지만, 정하얀은 한소라를 자신의 마음을 털어놓을 수 있는 친구로 여기고 있다. 무슨 사건이 터질 때마다 옆에 두고 기용했으니 인간관계가 한정적인 정하얀은 그녀에게 호감을 느낄 수밖에 없었으리라. 아마 정하얀에게 있어 한소라는 가장 신뢰할 수 있는 이로 꼽히지 않을까.

물론 당한 게 있는 한소라야, 정하얀을 두려워했지만 지금 보여주는 액션은 그렇게 느껴지지 않는다. 거울 호수로 떠났을 때까지만 해도 낌새가 있었지만, 조금 시간이 지난 지금은 그것마저 전부 사라져 버렸다.

'이건 확실히 변한 게 맞네.'

그만큼 정하얀이 변했다는 방증이리라.

'생각해 보면 이상하기는 해.'

납치 사건 이후로 철이 들었다고 생각했지만, 그래도 이건 아무리 생각해도 이상하다. 그동안 눈치채지 못했던 건지, 아니면 무의식적으로 모르는 척했던 건지는 나도 판단할 수 없었지만, 정하얀이 이전과는 180도 달라졌다는 걸 인정할 수밖에 없었다.

일단…….

'마탑 문제도 그래.'

내가 조금 강하게 권유하기는 했지만, 평소의 정하얀이었다면 절대로 순순히 따르지 않았을 것이다. 그리 멀지는 않지만, 온종일 떨어져 있어야 하는 마탑에 처박힌다는 것은 그녀에게 견딜 수 없는 이야기였을 테니까.

일주일에 한 번 함께 외출을 나간다지만, 겨우 그걸로 만족할 리가 없지 않은가.

물론 참고 있다는 액션을 보여줄 때도 잦았지만, 그럼에도 불구하고 이해하기 힘든 상황이었다.

정하얀이 가장 싫어한다고 말할 수 있는 희라 누나와 만날 때 역시 생떼를 부리지 않는다. 입술을 꽉 깨물고 손을 부들부들 떨며 바라보기는 하지만, 다른 헛짓거리는 하지 않는다는 것이 중요했다.

일하러 나가거나 홀로 외출할 때도 예전처럼 따라온다고 억지를 부리지 않았고, 다른 여자들과 이야기를 나누는 것 역시 바라만 볼 뿐 접근하지 않는다.

심지어 대륙 관리 위원회의 문제 역시 그렇다. 길드를 임시

탈퇴하고 북부로 향하다니. 정하얀의 입장에서 이것보다 더 마음에 들지 않는 일이 어디 있을까.

단순히 참을성이 늘어났다고 하기에는 폭발할 기미가 보이지 않는다는 것이 문제였다.

'이제 폭발하면 안 된다고 느끼는 거일 수도……'

본인이 어떤 행동을 했을 때, 그 결과가 부정적인 영향을 미칠 수도 있다는 걸 깨달은 것이다.

여러 가지 복합적인 이유가 있겠지만, 굳이 원인을 찾을 필요는 없다. 중요한 것은 납치 자작극이 그녀의 행동을 제한하고 있다는 것 하나였으니까.

애초에 이런 상황을 노리기는 했다. 돌발 행동을 하지 않는다는 정하얀이라니, 이것보다 매력적인 옵션이 어디 있단 말인가.

하지만 이전의 자작극이 정하얀의 행동뿐만 아니라 정신까지 제한하고 있다고 생각하니 다시 한번 머리를 꽉 부여잡을 수밖에 없었다.

"무슨 일 있으신가요? 부길드마스터?"

"아뇨, 아무것도 아닙니다. 그럼 요즘은 뭐 특이 사항이랄 게……."

"네, 그런 건 없으세요. 생각처럼 공부가 잘되지 않는지 스트레스를 받고 있는 것 같으시기는 한데…… 다른 문제는 전혀 없으세요. 잠깐 부르셔서 뵈러 갈 때도 책을 끼고 있으신 것만 빼면요."

"으음……."

"그리고……."

"네."

"이런 표현이 맞을지 모르겠지만……."

"네."

"조금 힘들어하시는 것 같더라고요."

"……."

"아니, 힘들어하신다기보다는 재미없어 하시는 것 같다는 게 올바른 표현일 것 같아요."

"재미없어해요? 마탑이 수준이 그만큼 낮은가?"

"아니요. 그런 뜻이 아니라. 마법 자체에 커다란 흥미를 느끼시지 않는 것 같았어요. 그냥 어쩔 수 없이 공부하신다는 느낌이라……. 사실 정말로 마법을 공부하고 즐기는 사람이 그렇게 많지는…… 않을 것 같지만…… 최근 들어서는 더 흥미를 느끼지 못하는 것 같아요. 아무리 봐도 억지로 의자에 앉아 계시는 것 같아서……."

"그럴 리가 없는데……."

'우리 애가 공부하는 걸 싫어한다고?'

"확실하지는 않지만…… 네."

"그렇군요. 일단 감사합니다."

'정하얀이 마법을 재미없다고 느끼고 있다고?'

"……저…… 부길드마스터."

"네."

"바쁘시다는 건 알지만 그래도…… 그…… 정하얀 님을 자주 찾아주셨으면……."

"네, 무슨 말씀하시는지 잘 알겠습니다."

"그, 그럼 저는 이만 나가보겠습니다."

"네, 며칠 뒤에 다시 한번 부를 테니 멀리 나가는 임무는 최대한 지양해 주세요."

"네."

'걔가 왜 마법을 재미없다고 느껴? 우리 애가 얼마나 공부를 좋아하는데…….'

한소라가 밖으로 나가고 한참이나 시간이 흘렀음에도 불구하고 책상에서 몸을 뗄 수가 없었다.

'그렇지는 않을 텐데? 정말로 그런 건가?'

1회차 정하얀의 모습을 계속 지켜본 건 아니었지만, 정하얀이 마법을 재미없다고 느끼는 건 터무니없는 이야기였다.

마법은 그녀에게 삶의 목적이자 돌파구였고 치료제였다. 받은 스트레스를 마법 서적을 탐독하는 것으로 풀었고, 심심하거나 외로움을 느낄 때도 마법에 의지했다. 그녀가 힘들 때 말을 걸어주고 위로해 주며 함께 웃어주는 친구.

극단적으로 표현하면 마력과 마법은 그녀에게 있어 유일한 친구라고 봐도 무방했다. 그런 그녀가…….

"아……."

'이거…….'

머리를 굴리다 문득 무언가 깨달은 것은 당연한 일이었다.

'지금은 1회차가 아니지.'

정하얀은 외롭지도 않고, 마법을 유일한 친구라고 느끼지도 않는다.

'오히려.'

수단으로 느끼고 있지 않을까.

1회차의 정하얀은 튜토리얼이 끝난 후부터 계속 마탑에 틀어박혀 있었다. 밖으로 나가지 않고 탑의 꼭대기 위에서만 시간을 보냈다. 마탑의 영감들이 부둥부둥 옹야옹야 했을 테지만 외로움을 느끼지 않았을 리가 없다.

아마 그런 정하얀에게 마법과 마력은 친구 같은 거로 느껴졌을지도 모른다. 본래 가지고 있는 재능이 시너지를 일으킨 것은 물론, 본인도 그만큼 열정적일 수 있었을 것이다.

하지만······.

'지금은 상황이 너무 달라졌지.'

내 존재 자체가 문제일 수도 있다.

1회차 정하얀의 목적이 마법이었다면 2회차 정하얀의 목적은 이기영이다.

1회차 정하얀은 마법을 목적으로 생각했지만, 2회차 정하얀은 마법을 수단으로 생각하고 있다.

1회차 정하얀은 감당할 수 없는 일이 생기면 마법을 찾았고 2회차 정하얀은 나를 찾는다.

1회차와는 다르게 그녀가 마법을 재미없고, 지루하게 느끼는 것도 무리가 아니었다. 수단과 목적이 너무 확실하게 달라져 버렸으니까.

'그럼 필연적으로 1회차보다 약해질 수밖에 없다는 건가?'

그렇지는 않다. 지금 정하얀이 이룩한 걸 생각해 보면 여전히 그녀는 마법과 마력에게 사랑받고 있다.

'그쪽에서만 사랑을 보내고 있다는 게 문제지만……'

괜스레 한숨을 내뱉을 수밖에 없었다. 어느 정도 결론에 도달한 것 같았기 때문이다.

현재의 방법으로는 정하얀을 수면 위로 끌어 올릴 수 없다. 계속해서 성장하라고 외친다고 한들, 성장하지 못할 것이다. 새로운 각성 키워드를 제시해야 했고, 이전처럼 행동해야 했다.

물론 답을 찾는 것은 어렵지 않았다. 정하얀의 성장 분기점에서 일어난 일들만 떠올려 봐도 그녀가 어떻게 성장해 왔는지 금방 깨달을 수 있었으니까.

현재, 2회차의 정하얀을 성장시킨 키워드는 수련이 아니라 분노였고, 질투였으며, 마이너스한 감정이었다.

차희라에 대한 분노, 가면 쓰레기 진청을 향한 분노, 연방을 향한 분노, 악마들을 향한 분노. 분기점이 있을 때마다 그녀는 성장했고, 상상할 수 없을 정도로 강해졌다. 간단히 말해 사고를 칠 때마다 몇 계단을 한 번에 껑충 뛰어넘었다는 거다.

당연히 그녀가 성장하지 못하는 이유도 여기에 있다. 납치 사건으로 기가 죽은 정하얀 스스로가 자신이 가진 마이너스한 감정을 절제하고 있으니 원활한 성장이 진행될 리 없지 않은가.

'왜 우리 애, 기를 죽이고 그래요.'

그동안 정하얀의 목줄을 채우려고 안간힘을 썼고, 결국 그 목줄을 채우는 데 성공했지만, 목줄을 찬 순간 정하얀은 사냥개가 아닌 애완견이 되어버렸다. 분노하고 발전해 연적들과 불안 요소를 쓸어버리려는 생각은, 타협하고 참고 견디는 생각으로 전환됐다.

'이걸 시바…… 어떻게 해야 돼.'

"제기랄……."

'목줄을 다시 푸는 게 맞나?'

"얼마나 고생했는데……."

'정하얀을 완전히 배제하고 전투에서 승리할 수 있나?'

"김현성 공인 오피셜이 떴는데…… 가능할 리가 없지, 시바."

'도대체 뭘 어쩌라는 거지.'

"나도 잘 모르겠다, 진짜."

'하얀이한테도 이게 더 좋을 수도 있을 텐데…….'

단순히 개인적인 욕심의 문제가 아니다.

정하얀은 명백히 온순해지고 있었다. 한소라와도 항상 붙어 다니며 사회성을 기르고 있었고, 조금씩 조금씩 예전의 모습을 되찾아가고 있었다.

당장은 무리겠지만, 이곳으로 소환된 이후 마모된 인간성을 조금씩 되찾을 마지막 기회일지도 모른다. 내가 원하는 것도 딱 그런 거였고…….

애초에 정하얀의 첫 단추를 잘못 끼운 것에 대한 죄책감도 조금은 느끼고 있었으니까. 정말로 조금이기는 하지만 말이다.

지금에 와서 다시 한번 폭탄을 투하하기에는 여러모로 걸리는 게 많을 수밖에 없는 상황. 조금 약해도 안정적인 정하얀이냐, 아니면 약빤 것처럼 강해도 통제가 어려운 정하얀이냐.

　안경 쓴 오빠와 어둠의 힘을 다루는 오빠, 그 어느 쪽도 선택할 수 없었던 정하얀의 심정이 이해된다. 이 경우에는 답이 정해져 있는 게 문제였지만…….

　정확히 한 달 후, 결국에는 조심스럽게 한마디 내뱉을 수밖에 없었다.

　"조금만 떨어져서 지내자."

　"네? 네?"

　"조금 개인적인 시간이 필요한 것 같아서……."

　정하얀에게는 청천벽력 같은 목소리였을 것이라 장담할 수 있었다.

　물론 한소라에게도 말이다.

to be continued

막장 악역이 되다

크레도 퓨전 판타지 장편소설
WISHBOOKS FUSION FANTASY STORY

자고 일어나니 소설속, 그런데……

[이진우]

재벌 3세, 안하무인, 호색남, 이상 성욕자, 변태.
가장 찌질했던 악역. 양판소에나 등장할 법한 전형적인 악인.

"잠깐, 설마…… 아니겠지."

소설대로 가면 끔찍하게 죽는다.
주인공을 방해하면 세계는 멸망한다.

막장 악역이 되다

흙수저 이진우의 티타늄수저 악역 생활!